Omniworld
Mark Taler

AF206659

Mark Taler
Omniworld

Dystopischer Thriller

Bibliografische Information der Deutschen Nationalbibliothek: Die
Deutsche Nationalbibliothek verzeichnet diese Publikation in der
Deutschen Nationalbibliografie; detaillierte bibliografische Daten sind
im Internet über dnb.dnb.de abrufbar.

Herstellung und Verlag: BoD – Books on Demand, Norderstedt

ISBN: 9783749450497

2033

2033 – 1. Ethan

Die erste Zeile von Queens „Bohemian Rhapsody" ertönte aus den Lautsprechern: „Is this the real life? Is this just fantasy?" Das Lied stoppte abrupt und die Bühne wurde abgedunkelt. Kurze Kunstpause, bevor die himmelblauen Omniworld-Farben aufleuchteten und Ethan Hubble zu Retro-Synthesizer-Klängen plötzlich auf der Bühne auftauchte. Wie ein Flaschengeist schien er aus dem Kunstnebel aufgestiegen zu sein. Die hellen Lichtstrahlen, die eben noch wie ein Schwarm Bienen aufgeregt über die Bühne getanzt waren, sammelten sich um ihn und verliehen ihm eine heilige Aura. Nur ein leichtes Schimmern an den Umrissen seiner Silhouette verriet dem geschulten Auge, dass es sich um ein Hologramm handelte.

„Willkommen, liebe Omniworld-Gemeinde", begrüßte Ethan das frenetisch jubelnde Livepublikum und die Millionen Menschen, die seine jährliche Ansprache live streamten. Seine Anhänger gierten nach Innovationen aus dem Hause des größten Metaverse-Netzwerkes der Welt und nach den weisen Worten des Gründers und CEOs von OMNI, dem Konzern hinter Omniworld. Tech-Guru. Simulations-Gott. Milliardenschwerer Geschäftsmann und Innovator. Ethan Hubbles Ansprachen waren ein Event, die Nachrichtenticker und die Aktienkurse würden wieder von seinen Worten elektrisiert werden. Ganz im Gegensatz zur allgemeinen Anspannung, die dem „Hubble's Scope", wie die Show in Anspielung auf das namensgleiche

Weltraumteleskop hieß, war Ethan wie immer lässig gekleidet: weiße Sneakers, Jeans, blaues Sweatshirt mit der stilisierten Omniworld-Wolke – typischer Silicon-Valley-Stil. Er hätte auch als Barista bei Starbucks durchgehen können. Nichts deutete darauf hin, dass er sich in den letzten Jahren zum wichtigsten Tech-Unternehmer seiner Zeit hochgearbeitet hatte. Einflussreichster Mensch des Jahres 2031 im Time Magazine. Die Anstrengungen der letzten Monate, um Omniworld zur unbestrittenen Nummer eins bei den Metaverse-Anbietern zu machen, sah man ihm nicht an. Er war braun gebrannt und wirkte entspannt, als käme er gerade vom Surf-Urlaub aus Hawaii zurück.

„Wir haben viel erreicht", fuhr er mit gewohnt sonorer und sicherer Stimme fort. Er war sich seiner Präsenz und seines Status durchaus bewusst. Gelassen führte er durch die Events als spräche er mit ein paar Freunden über ein Basketballspiel. Eine seltsame Mischung aus gutaussehendem Nerd und bodenständigem Größenwahn. Ein ‚special brew', wie man sie nur in diesem Teil von Nordamerika findet.

„Omniworld ist inzwischen das größte und umfassendste Metaverse und wir wachsen weiter mit rasender Geschwindigkeit. Jeden Tag schreiben über 2,5 Milliarden Nutzer, Omni-Menschen, wie wir sie nennen, ihre eigenen Geschichten in Omniworld. Gemeinsam haben wir die Art und Weise revolutioniert, wie Menschen arbeiten, miteinander interagieren und sich weiterbilden. Echte Interaktion dank immersiver Simulation. Omniworld bietet jedem Menschen die Möglichkeit, sein bestes Selbst zu sein!"

„Danke für das Intro, Omni-Ethan!", lachte der echte Ethan Hubble, als er auf die Bühne joggte und ins Publikum winkte. Applaus brandete auf, gepaart mit überraschtem Gelächter, als der echte Ethan mit seiner Hand durch sein Hologramm wischte, was dieses mit einem angewiderten Gesichtsausdruck quittierte. Im Vergleich zu seinem Hologramm sah er etwas blasser aus, sein Haar war dünner und seine Stimme war etwas höher und brüchiger.

„Ich weiß, was ihr denkt. Der Omni-Ethan ist viel heißer als der echte. Hast du keine Angst, dass er dir die Freundin ausspannt?" Gelächter.

„Ich habe mein Omni-Ich mitgebracht, meinen Omni-Avatar, um hier und heute ein Statement zu machen. Ja, ich glaube, dass er eine bessere Version von mir ist. Omni-Ethan ist mein Abbild, eine Kopie. Aber ich konnte an den Ecken und Kanten feilen. So wie ich gesehen werden möchte. So wie ich mich wirklich fühle. Wie ich wirklich bin. Und viele meiner Freunde und Mitarbeiter haben schon heute mehr Interaktion mit Omni-Ethan als mit mir. Warum? Weil ich der festen Überzeugung bin, dass das die Zukunft ist. Warum sollte ich mich mit meinen Schwächen abgeben? Vielleicht möchte ich in Omniworld eine Prinzessin sein oder ein Kieselstein."

Hinter die Bühne wurden nun Bilder aus dem simulierten Omniworld-Universum projiziert, fantastische 3D-Welten, spektakuläre Landschaften, glückliche Wesen in allen Formen und Farben. Ein großer Kieselstein.

„Schon zum Start vor drei Jahren haben wir die Vision gehabt, dass Omniworld der Gegenentwurf zur Objektwelt ist und diese eines Tages überflüssig machen wird. Für die Newbies unter euch: Die Objektwelt ist die physische Welt, euer Objektkörper ist euer physischer Körper. Die Objektwelt ist voller Restriktionen, die euer wahres Ich und euer volles Potential beschränken. Omniworld ist der Gegenentwurf dazu. Eine simulierte Welt, in der wir diese Schranken sprengen können. Die einzige Grenze ist unsere Fantasie. Und unser Mut. Ein Universum, das die unerfüllten Versprechen von Gleichheit, Freiheit und Selbstverwirklichung einlöst. Wie weit wollen wir gemeinsam gehen?"

Menschen und Fantasiewesen aller Formen und Farben reichten sich die Hände, Pfoten und Tentakeln, während eine Armada weißer Friedenstauben den Bildschirm weiß färbte, woraufhin sich die Omniworld-Wolke abzeichnete.

„Doch zum gemeinsamen Gehen brauchen wir Omni-Menschen, die vorangehen. Errichtet mit mir diese neue Welt unbegrenzter Möglichkeiten! Ich möchte einer dieser Omni-Menschen sein und hoffe, dass mir viele von Euch folgen. Deshalb wird in Zukunft nur noch Omni-Ethan bei internen Meetings und bei ‚Hubble's Scope' auftreten. Das heißt auch: Heute verabschiede ich mich als ‚Objekt-Ethan' von der Bildfläche."

Raunen ging durch das Live-Publikum.

„Macht es gut und wir sehen uns in Omniworld. Und passt auf, vielleicht bin ich der Kieselstein, den ihr in den Fluss schmeißt."

Raunen mischte sich mit Gelächter.

„Omni-Ethan, übernimm!"

Der echte Ethan Hubble rannte von der Bühne, vorbei an der Security, in einen sterilen, vollkommen leeren Raum. Dort zog er sich ein Headset an und stülpte sich zwei Controller über die Hände, die wie Fitness-Handschuhe die Finger frei ließen. Damit konnte er nun sein zweites Ich steuern, genau wie in Omniworld. Die Show ging weiter, der Übergang war nahtlos. Seine Anhänger brauchten noch mehr Futter.

Omni-Ethan präsentierte nun das Headset der neuesten Generation: „Das hier ist das Omniface 3, das erste Virtual Reality Headset, das den virtuellen Turing Test bestanden hat."

Jubel brandete auf, bei den Personen, die wussten, was das bedeutete. Die Kamera fing ein paar offene Münder und sprachlose Gesichter aus dem Publikum ein.

Für die anderen erklärte Ethan: „Das heißt, dank einer Auflösung von 12K, einer verbesserten Fokustiefe, einer neuartigen Verzerrungskorrektur und dem Ausnutzen von High Dynamic Range wird das menschliche Auge das Bild für absolut real halten. Das ist ein technologischer Quantensprung für Omniworld! Ich zeige euch jetzt Live-Bilder, schaut hinter mich."

Das staunende Publikum konnte aus der Ich-Perspektive einen Menschen sehen, der einen Berg aus schwarzem Vulkan-Stein hinaufsprintete. Er blickte links zum schäumenden Meer, rechts über tropische Vegetation, hastete weiter nach oben. Es gab keine Möglichkeit zu sagen, ob dies gefilmt war oder computergeneriert. Fotorealismus. Lediglich die rosaroten Wolken sahen etwas kitschig aus, aber unrealistisch? Das Publikum versuchte verbissen Fehler zu entdecken. Nach einem kurzen Sprint war die Person am Gipfel angekommen. Unter ihr das tosende Meer. Dann sprang sie in die Tiefe. Luftblasen, Schaum, Wirbel, die sich plötzlich in Wolken verwandelten. Freier Fall aus dem Himmel. Unten die Erde. Also doch eine Simulation.

Dann kristallisierte sich die Omniworld-Wolke heraus. Die Simulation endete in einem flüssigen Übergang ins Omniworld-Blau.

Tosender Applaus kam vom Publikum. In den Live-Streams überschlugen sich die Zuschauer mit Smileys und Kommentaren. Die Leute hatten angebissen und Ethan würde ihnen nun sagen, wann sie das Omniface 3 von ihm kaufen durften. Dank der sensationellen neuen Grafik würde Omniworld den noch bestehenden Konkurrenten endgültig den Garaus machen, egal ob Metaverse oder klassisches soziales Netzwerk. Das Auge war immer das Einfallstor für neue Technologien und Ethan Hubble hatte nicht weniger als das Rad der Virtual Reality erfunden.

2033 – 2. Marie

Als die Vorstellung beendet war, sprintete Marie zu Ethan. Er hatte noch das Headset auf, ein Omniface 3, als Marie ihn stürmisch umarmte und auf den Mund küsste. Ethan lächelte: „Bist das du, Isabelle? Sei vorsichtig, Marie ist hier irgendwo."

Marie lachte und boxte ihn sanft in die Schulter.

„Du warst super, Schatz. Wir haben einen neuen Rekord aufgestellt. Mehr als 320 Millionen waren im Livestream!"

Ethan schien sprachlos. Es gab immer wieder Momente, in denen er den eigenen Erfolg nicht fassen konnte. In letzter Zeit hasteten sie von Rekord zu Rekord.

„320 Millionen", wiederholte er leise, als wäre die Zahl eine magische Formel.

Marie war nicht nur die Freundin des milliardenschweren Tech-Moguls Ethan Hubble. Sie war gleichzeitig das gute Gewissen von OMNI und war für die Abteilung „Social & Ethics" zuständig. Sie kannte Ethan bereits aus College-Zeiten. Er hatte sie an Bord geholt, als das Unternehmen noch wie ihr erstes Programm Omniworld hieß; als sie noch ein kleines Startup-Unternehmen mit fünf Mitarbeitern gewesen waren. Spezialisiert auf die Entwicklung von Grafik-Anwendungen für andere Metaverse-Anbieter. Sie waren ein Paar geworden, bevor Ethan seine erste Million verdient hatte. Marie wurde nicht müde, dies zu betonen, besonders in letzter Zeit. Und er hatte sich ins Zeug legen müssen, um sie zu bekommen. Denn Marie war immer noch eine Rarität: Sie konnte programmieren, obwohl sie Grafik-Design studiert hatte. Sie mochte Videospiele, obwohl sie auf einer Farm in Oregon bei den alten Hippies, wie Ethan ihre Eltern nannte, aufgewachsen war. Und zu allem Überfluss sah sie gut aus. Als sie sich früher noch mit ihrer Cosplay-Gruppe als „Maka Albarn" aus ihrem Lieblings-Manga „Soul Eater" verkleidet hatte, waren Jungs und Mädels Schlange gestanden, um sie zu daten. Dafür gab Ethan ihr jeden Tag das Gefühl, dass er dies wusste. Intern wurden beide umeinander beneidet.

„Gehst du vor der Party nochmal nach Hause?", wollte sie wissen.

„Ich habe noch ein paar Meetings, ich bleibe wohl gleich hier."

„Alles klar, dann sehen wir uns nachher, Schatz".

Sie küsste ihn auf die Wange, wischte sich eine braune Locke aus dem Gesicht und verließ den Raum.

Marie fuhr mit dem sprachgesteuerten Aufzug in die oberste Etage des OMNI-Gebäudes. Von dort hatte sie einen sensationellen Überblick über den gesamten Campus – mehr als 15.000 Menschen arbeiteten hier. Dahinter glitzerte die Bucht von San Francisco in der Abendsonne. Natürlich hatten sie Ableger in allen wichtigen Märkten weltweit, aber das war die Zentrale ihres Reiches, das Nervenzentrum. Gebaut mitten im Silicon Valley, trotz der wahnsinnigen Grundstückspreise. Aber die Investoren hatten sie mit Geld überschüttet, ein anderer Ort wäre niemals in Frage gekommen. Es gab hier Fitnessstudios, Apartments, ein Theater, ein Kino, verschiedene Restaurants und eine eigene Universität. Der Campus war so rasend schnell gewachsen wie die Nutzerzahlen von Omniworld.

Ethan und Marie hatten ebenfalls ein kleines, abseits gelegenes Haus hier, auch wenn sie sich längst ein gigantisches Anwesen am Meer hätten leisten können. Unwichtig. Von ihrem Haus waren es zehn Minuten zu Fuß ins Büro, zwei Minuten mit dem selbstfahrenden Shuttle. Das war, was zählte. Denn es gab keine Zeit für unnötigen Luxus. 15.000 Menschen – eine kleine Stadt, ganz dem Fortschritt verschrieben. Noch. Denn laut Ethans inoffiziellen Plänen sollten alle OMNI-Mitarbeiter spätestens ab 2035 komplett remote arbeiten. Ein Mittelfinger für die Objektwelt, wie Ethan sagen würde. Ein Statement, dass das Leben sich in das simulierte Universum von Omniworld verlagerte. Lediglich ein paar gut geschützte Entwicklungsabteilungen und Server-Farmen in entlegenen Bunkern wären langfristig noch als physische Infrastruktur nötig.

Beim heutigen „Hubble's Scope" wollten sie dies aber noch nicht verkünden. Marie hatte um mehr Vorbereitung gebeten. Die

Zeit war noch nicht ganz reif; die Gefahr, die Menschen zu überfordern, war groß. Und die Presse liebte Schlagzeilen wie „Tech-Milliardär will Realität abschaffen!" Gleichzeitig arbeitete OMNI an einer schall- und sichtisolierten Kammer, die man auf engstem Raum zu Hause aufstellen konnte. Zusammen mit dem Omniface und den Omnigloves sollte so die Omniworld-Erfahrung verbessert werden. Totale Immersion war das Ziel. In der Wohnung der Zukunft sollte eine sogenannte Omnichamber genauso zum Inventar gehören wie ein Kühlschrank. So könnte man ungestört in der virtuellen Realität von Omniworld arbeiten oder Spaß haben.

Marie machte der Gedanke hin und wieder nachdenklich. Sie liebte das Leben auf dem Campus, die Partys, sie liebte das „echte" Leben, wenngleich sie schon oft mit Ethan über die Definition von „echtem" Leben gestritten hatte. Für sie war Omniworld eine Ergänzung zur Objektwelt. Für ihn war Omniworld die Ablösung der Objektwelt. Eine echte Alternative. Eine Auflösung des Campus war somit aus seiner Perspektive ein logischer und notwendiger nächster Schritt. Eine Transformation der Gesellschaft in ein Metaverse-basiertes Leben. Sie musste Ethan in letzter Zeit immer wieder bremsen, damit dieser mit seinen radikalen Ideen die Öffentlichkeit nicht verprellte.

Marie sah sich in dem weitläufigen Büro um, das, bis auf sie, menschenleer war. Ihr Team arbeitete bereits jetzt die meiste Zeit remote, Meetings und sogar Einstellungsgespräche fanden in Omniworld statt. Vor drei Jahren war das Büro noch recht konventionell konzipiert worden: Lounge, Videospielecke, Anger Room, der eigene Starbucks im Erdgeschoss. Früher hatten sie hier tagelang durchgearbeitet und auf den Sofas übernachtet. Und gefeiert. Es hatte ja auch allen Grund zum Feiern gegeben. Von Erfolg zu Erfolg waren sie gehetzt. Von den Fehlern der anderen sozialen Netzwerke hatten sie gelernt und es besser gemacht. Fotorealismus statt Comic-Stil. Weniger nervige Werbung, keine offensichtlichen Algorithmen, die nur das Ziel haben, dir den nächsten Scheiß zu verkaufen. Weniger Zensur. Bei Omniworld war jeder User der Schöpfer seiner eigenen, einzigartigen Erfahrungen. OMNI bot die virtuelle Plattform und das Equipment und die User füllten es mit Leben. Heute war Omniworld bereits die unbestrittene Nummer eins bei den Metaverse-Plattformen. Wer heute von Metaverse sprach, meinte Omniworld. Die Konkurrenz war in kleine Nischen gedrängt worden.

Dies war auch Maries Arbeit als „Social & Ethics" Managerin zu verdanken. Denn von Anfang an hatte OMNI eine klare Vision, wie mittels Omniworld die Welt schrittweise verbessert werden könnte. Unablässig arbeitete Maries Team an der Kommunikation daran, wie durch das Arbeiten in Omniworld von zu Hause aus 30 Millionen Tonnen CO_2 pro Jahr eingespart wurden, da der Transport vom und zum Arbeitsort entfiel. Virtueller Urlaub, virtuelle Klassentreffen, alles ganz ohne Reisen und dem damit verbundenen Energieverbrauch. Die Server waren von Anfang an zu 100 % durch Wind- und Solarenergie betrieben worden. Kein Greenwashing, sondern wirklich nachhaltig.

Dazu die ganzen Identitätsthemen: Jeder Mensch konnte in Omniworld sein eigenes Selbst sein. Geschlecht, Alter, Hautfarbe – das waren alles Kategorien der alten, physischen Welt, der Objektwelt. Die Gewinne aus dem Verkauf des Equipments und der vorsichtig platzierten Werbung waren immer nur Mittel zum Zweck gewesen. Auch das war ein großer Unterschied zur Konkurrenz. Das System war nicht mit dem Ziel geschaffen worden, Dinge zu verkaufen. Wenn Dinge verkauft wurden, dann diente dies dem Erhalt des Systems. Zur Finanzierung der gigantischen Rechenleistung, die für die fotorealistischen Simulationen benötigt wurde.

An diese Vision glaubte Marie immer noch, auch wenn ihre Entschlossenheit in letzter Zeit immer öfter durch Ethans radikalere Vorstellungen herausgefordert wurde. Umso mehr freute sie sich auf die Party später. Wie viele Partys würden sie hier noch feiern? „Ob es die letzte ist, werden wir erst wissen, wenn es vorbei ist", dachte Marie. Sicherheitshalber nahm sie sich vor, zu tanzen und zu feiern, als gäbe es kein Morgen.

Die Party am Abend war ein hybrides Event. Neben den tatsächlichen Besuchern, die zur Freude Maries zahlreich waren, gab es für alle OMNI-Mitarbeiter die Möglichkeit, virtuell teilzunehmen. Dank der letzten Pandemiewelle war die Vorbereitung ein ziemliches Drama gewesen. Mitarbeiter, die nicht auf dem Campus wohnten, hatten eine dreitägige Quarantäne und mehrere Tests auf sich nehmen müssen, um teilzunehmen. Das große Party-Areal vor dem Hauptgebäude erinnerte an ein Festivalgelände – wenigstens auf das Wetter im Silicon Valley war zu dieser Jahreszeit Verlass.

Marie schnappte sich ein eisgekühltes Bier in einem wiederverwertbaren Papp-Becher und lief einmal quer über das Gelände an der Bühne vorbei, um die Atmosphäre einzusaugen. Eigentlich waren sie angehalten, ihre Smart-Brillen zu tragen, damit sie mit den Kollegen kommunizieren konnten, die per Omniworld teilnahmen. Marie hatte jedoch entschieden, heute eine reine Objektwelt-Party zu feiern. Sich auf eine Dimension zu konzentrieren. Singularität erlaubte Fokussierung.

Sie prostete der Gruppe Praktikantinnen zu, die laut lachend an ihr vorbeischlenderten und nickte zu den dumpfen Beats, die von der Hauptbühne herüberschallten. Als der DJ die Musik leiser drehte, wandte sich das Publikum der Bühne zu, die in ein himmelblaues Licht getaucht war.

„Und hier ist unser einzigartiger Ethan!", verkündete der DJ. Das Publikum brach in Jubel aus, mehrere tausend Stimmen vereinten sich zu einem „Ethan! Ethan! Ethan!"-Sprechchor, bis er sie endlich mit seinem Erscheinen erlöste. Es war wieder ein Hologramm, wie Marie sofort auffiel. Warum musste er sich selbst auf solch einem Event hinter seinen Technologien verstecken? Marie machte der Gedanke, dass Ethan nur 300 m weiter in seinem Büro saß und hier seinen Omni-Avatar projizieren ließ, wütend. Klar wollte er seine Vision pushen, aber manchmal schien ihm das Augenmaß zu fehlen. Außerdem war der Auftritt nicht abgesprochen. Hoffentlich sagte er nichts Unüberlegtes.

Ethan war schon mitten in seiner Ansprache: „Wir lieben ja das Silicon Valley, Kalifornien, die Westküste. Nur besondere Orte bringen besondere Menschen zusammen, um Großes zu erschaffen. Wer könnte das besser verstehen als dieser Typ hier?"

Neben Ethan war ein Hologramm von 2Pac erschienen, der Ethan einen Handschlag gab. Die Beats von „California Love" erklangen, das Publikum wippte mit. Marie überlegte, wie viele der Anwesenden hier 2Pac kannten, den 1996 erschossenen

Rapper. Das Durchschnittsalter der Omniworld-Mitarbeiter war 27,3. Wahrscheinlich musste Ethan noch ein paar Komplexe aus seiner Kindheit verarbeiten. Bitte fang nicht an zu rappen, dachte Marie, als sie ihr Bier exte.

2033 – 3. Steffen

Steffen Mieler hatte wieder schlecht geschlafen. Seine Sorgen schienen immer weiter zu wachsen, ganz im Gegenteil zum Kryptowährungs-Fonds, den ihm sein Nachbar empfohlen hatte. Wobei Wertverluste bei Kryptowährungen im Moment zu seinen geringeren Sorgen zählten. Gerade hatte er sich mit seinem Witwerdasein arrangiert – oder zumindest hatte er das geglaubt. Das hatte immerhin fast zwei Jahre gedauert, während er gleichzeitig ein starker Vater für Noah sein musste – oder zumindest hatte er das versucht.

Doch in letzter Zeit konnte er sich nicht mehr einreden, dass Noahs Probleme ganz normaler Pubertätsstress waren. Zumindest wenn man Noahs Therapeuten glauben sollte. Oder Noahs Großeltern. Doch was sollte er tun? Er hatte schon mehrmals das Internet abgestellt. Eine mehrtägige Flucht von zu Hause und ein angedrohter Suizid waren die Folge.

Am meisten ärgerte Steffen sich darüber, dass er keine Ahnung hatte, wie er seinem Sohn helfen könnte. Gerade er, der beim Bundesamt für Sicherheit in der Informationstechnik (BSI) damit beauftragt war, das Gebaren von Omniworld zu verfolgen und Handlungsempfehlungen abzugeben. Wenn er schon damit überfordert war, seinen eigenen Sohn vor Omniworld zu beschützen, wie sollten das all die anderen Eltern dieser Welt schaffen?

Er goss sich eine dritte Tasse pechschwarzen Kaffees ein. So bitter, dass er die Luft zwischen den Zähnen einsaugte. Kurz versuchte er sich mit den Nachrichten abzulenken und überflog die Schlagzeilen auf der Suche nach etwas Lesenswertem.

Eine neuere, gefährliche Variante des Corona-Virus in Indien aufgetaucht.

EU-Parlament diskutiert Gesetzesentwurf zur Home-Office Pflicht.

Rhein-Schifffahrt eingestellt wegen historischem Tiefstand.

Grenzkonflikt zwischen Thailand und Vietnam aufgrund neuen Damms im Mekong.

Im Jahr 2033 würde Steffen sicher kein Kind mehr auf die Welt bringen. Als sie sich damals für ein Kind entschieden hatten, vor 16 Jahren, war die Welt noch eine andere gewesen. Er war ein anderer Mensch gewesen. Krisen und Probleme hatte es immer gegeben. Doch damals gab es noch Optimismus. 2012, als er von der Uni kam, hatten sich einige Menschen auf den Weltuntergang vorbereitet, weil ein Zyklus im Maya-Kalender endete, ausgeschlachtet von einem mittelmäßigen Hollywood-Blockbuster. Im Jahr 2033 schien das Ende der Menschheit näher als je zuvor. Kein Wunder zogen sich die Menschen zurück und entzogen sich der Realität. Vorneweg die Kinder und Jugendlichen, überfordert von den Problemen, die die Generationen vor ihnen angehäuft hatten. Flucht in simulierte Welten. Wieder war er bei seinem ursprünglichen Gedankenstrang gelandet.

Der Streit gestern Abend war im Rückblick vielleicht doch heftiger gewesen als gedacht. Er schrieb eine kurze Mail an seinen Vorgesetzten beim BSI. Ein Tag Urlaub. Ein Tag mit meinem Sohn. Das machten gute Väter doch so. Donnerstags hatte Noah nur vormittags Unterricht. Er könnte ihn von der Schule abholen und danach könnten sie gemeinsam etwas unternehmen. So wie früher.

Schon hatte sich seine Laune von sehr miserabel auf normal miserabel verbessert und er bereitete das Frühstück für beide vor, während er seinen Geschichts-Podcast hörte. Ereignisse aus längst vergangenen Zeiten, als Menschen noch ihre gesamte Wachzeit in der Realität verbachten hatten und damit beschäftigt waren, ihre Grundbedürfnisse zu erfüllen. Beruhigend.

Als das Rührei bereits wieder kalt war und erst nach mehrmaligem Rufen, erschien ein schlecht gelaunter Teenager in der Küche.

„Morgen", murmelte Noah.

Sein Vater war der Meinung, dass sein Sohn eigentlich ganz gut aussah. Sicher, die paar Kilos zu viel hatten sich nicht rausgewachsen, wie er gehofft hatte. Aber Noah machte auch überhaupt keinen Sport mehr. Außer dem Weg zur Schule gab es keine nennenswerte Bewegung. Die Verlagerung auf Online-Unterricht aufgrund von Hitzetagen, Pandemiewellen oder Lehrermangel machte die Sache nicht besser. Dabei war Noah mal ganz gut im Breakdancing gewesen. Steffen hatte es geliebt, seinem Sohn dabei zuzusehen, wie er über den Boden wirbelte und sich auf dem Kopf drehte. Wie stolz war Noah gewesen, als er seinem Vater seinen ersten Headspin gezeigt hatte. Seine Akne war, trotz aller möglicher Cremes und Salben, nicht besser geworden. Aber hatten nicht alle Teenager darunter zu leiden? Noah selbst schien die Akne weniger zu stören als seinen Vater. Oder dachte jeder Vater, sein Sohn sähe eigentlich ganz gut aus? Steffen war klar, dass sich dahinter die Hoffnung verbarg, Noah möge eine Freundin finden, oder einen Freund, ganz egal. Hauptsache etwas für sein Selbstbewusstsein. Etwas, nein, so was sollte man nicht denken, das ihm Kraft zum Leben gibt. Aber danach sah es nicht aus. Gut, er war erst 16, oder schon? Vielleicht hatte in den prägendsten Jahren der Pubertät eine positive Mutterrolle gefehlt. Steffen hätte doch etwas mit Sarah vom Sekretariat anfangen sollen. Aber die roch so seltsam. Ein Grund, die gesunde Entwicklung seines Sohnes aufs Spiel zu setzen?

Steffen war beim bloßen Anblick seines Sohnes in Selbstzweifel zerflossen und von tausend bohrenden Fragen aufgespießt worden. Kollegen beschrieben ihn als sachlich-kühlen Menschen. Doch wenn es um seinen Sohn ging, war Steffen genauso überfordert und unsicher wie am Tag von Noahs Geburt, als er ihn zum ersten Mal im Arm gehalten hatte. Die Angst, eine falsche Bewegung zu machen, das kleine Leben, für das er verantwortlich war, fallen zu lassen, hatte ihn nie wieder verlassen. Damals hatte für ihn auch ein neuer Zyklus begonnen.

„Kaffee?", fragte Steffen, nur um die Frage gleich zu bereuen.

„Nee, macht Akne schlimmer", murrte Noah.

Das hätte er wissen müssen, das hörte er nicht zum ersten Mal. Schlechter Start.

„Was habt ihr denn heute in der Schule?", erkundigte sich Steffen.

„Mathe, Geschichte, Doppelstunde Deutsch und dann Biologie…", entgegnete Noah gelangweilt, ohne das Frühstück anzurühren. Er tippte eifrig etwas in seine Smart-Uhr und würdigte seinen Vater keines Blickes.

„Und was lernt ihr gerade so? Zum Beispiel in Biologie?" Noah atmete schwer, als würde ihm das Gespräch physische Schmerzen verursachen. „Genetik."

„Oh. Interessant. Und was genau?"

„Wir nutzen eine Omniworld-Simulation, um die DNA von verschiedenen Pflanzen und Tieren zu ändern und besprechen dann die Ergebnisse."

Steffen hatte genug gehört. Omniworld-Anwendungen in der Schule waren zwar keine Pflicht, aber viele Lehrer nutzten die Simulationen, um die junge Generation für den Stoff zu begeistern. Und natürlich rieb ihm Noah das genüsslich unter die Nase.

„Hör mal", fuhr Steffen fort, „ich habe mir heute freigenommen. Ich dachte ich hole dich nachher von der Schule ab und dann machen wir was zusammen. Kino, Paintball, Go Cart… Freie Wahl."

„Ich kann nicht. Habe nachher ein Turnier."

„Was für ein Turnier denn?"

„Kennst du eh nicht."

„Versuch es."

„Call of Honor 6. Heute ist Vorentscheidung für die Europameisterschaft."

„Okay. Aber du kannst doch nicht die ganze Zeit in Omniworld verbringen. Wir hatten das Thema doch. Komm, lass uns was Echtes machen."

„Mensch, Papa. Checkst du das immer noch nicht? Das ist echt. Wir haben die Chance bei der EUROPAMEISTERSCHAFT mitzuspielen. Mann. Ich muss los, ich kauf mir was auf dem Weg."

„Aber..."

„Ciao."

Steffen blickte aus dem Küchenfester seinem Sohn nach. Diesem Halbkind, Halberwachsenen, der für ihn nicht mehr zu greifen war. Seine Sorgen würden heute wohl nicht mehr schrumpfen.

Gedankenverloren schlurfte er Richtung Noahs Kinderzimmer. Die Tür war angelehnt, Steffen spähte hinein. In dem abgedunkelten Raum roch es, als wäre seit Wochen nicht mehr gelüftet worden. Trotzdem wagte Steffen nicht, den Raum zu betreten. Aus Angst, die Privatsphäre seines Sohnes zu verletzen? Oder fürchtete er sich, etwas zu sehen, das er nicht sehen sollte oder wollte?

Eigentlich war das Zimmer seines Sohnes für einen Teenager sehr ordentlich. Die wenigen Gegenstände, die er benötigte, waren in den Schränken verstaut. Es lagen keine Klamotten am Boden, keine Poster von Musikern oder Hanf-Pflanzen an den Wänden. Als Steffen noch ein Teenager war, hatte man noch auf den Postern an den Wänden die Vorlieben des Zimmerbewohners erkennen können.

Doch diese Generation war anders. Introvertiert, abwesend und omni. In Noahs Zimmer hätte auch ein Kaktus leben können, so minimalistisch und nichtssagend war der Raum. Nur das Bett war nicht gemacht. Auf dem Schreibtisch war ein Arsenal von Energy-Drinks in 1,5-Liter-Flaschen aufgereiht. Der Treibstoff für nächtelanges Zocken in den Simulationen. Steffen hatte aufgeben, Noah von der Gesundheitsschädlichkeit dieser Zucker- und Koffeinbomben überzeugen zu wollen.

Die hintere Hälfte seines Zimmers hatte Noah mit schwarzen Trennwänden versehen, das Fenster dort war mit schwarzer Pappe überklebt, um die Sonne zu verbannen. Die Wände hatte er mit Styropor verkleidet, um sich bei zu wilden Bewegungen in der virtuellen Welt nicht zu verletzen.

Hier lag die Ausrüstung, um nach Omniworld zu gelangen. Das sogenannte Omniface, eine VR-Brille, Version 2. Und die Omnigloves, Handschuhe, mit denen man die Bewegungen in Omniworld steuerte. Fixerbesteck, dachte Steffen, mit denen OMNI die Jugend abhängig macht und um ein normales Leben bringt. Wenigstens kannte Steffen durch seine Arbeit all diese Dinge. Wusste um die Gefahren. Hinter dieser schwarzen Trennwand fand das zweite Leben von Noah statt. Abgesehen vom Schlaf und dem Schulbesuch waren diese fünf Quadratmeter alles, was er brauchte. Stubenarrest war für die Generation Omni keine Strafe, sondern Lebensinhalt.

Steffen nahm sich vor, heute Nachmittag beim „Call of Honor 6"-Turnier seines Sohnes dabei zu sein. Nun hatte er den Vormittag für sich und wendete sich wieder den Nachrichten zu.

Ethan Hubble, der CEO von OMNI, hatte auf dem Weltwirtschaftsforum in Davos gesprochen, in einem Artikel wurde sein Auftritt beschrieben:

Wasserkonflikte, Klimakrise, Pandemien – an Themen von globaler Bedeutung mangelt es derzeit wahrlich nicht. Doch die Politik scheint keine Antworten zu haben. Stattdessen gibt es Schuldzuweisungen, Abschottung und Drohungen. Ethan

Hubble, CEO von OMNI und wahrscheinlich der momentan reichste und, wie man munkelt, auch einflussreichste Mensch der Welt, präsentierte gestern Abend einen erfrischenden Gegenentwurf zum kleinkarierten Denken der Nationalstaaten, das oft nur bis zur nächsten Wahl reicht. Seine Vision einer vernetzten Welt, deren Bewohner einen Großteil ihrer Arbeits- und Freizeit in der simulierten Realität seiner Metaverse-Plattform „Omniworld" verbringen, würde Grenzen jeder Art, territorial, kulturell oder religiös, überflüssig machen. Durch die globale Vernetzung und unterstützt durch Künstliche Intelligenz könnte ein Unternehmen wie OMNI die Probleme dieser Welt anpacken. „Wir verstehen uns in erster Linie als Weltbürger, unsere User sitzen überall. Wir können uns nicht hinter irgendwelchen Landesgrenzen verstecken. Flüsse, Meere und die Atmosphäre können dies auch nicht", erklärte Ethan Hubble. So habe OMNI mit einem 2032 gestarteten Algenfarm-Projekt einen ersten Schritt zur Ernährung der Zukunft gestartet. Die Meere erwärmen sich, während traditionelle Landwirtschaft immer schwieriger wird und für einen Großteil des weltweiten Wasserverbrauchs und CO_2-Austoßes verantwortlich ist. In Zukunft werde Nahrung aus Algen einen Großteil der Menschheit ernähren, so Hubble. Außerdem würde eine Lebensweise, die hauptsächlich virtuell stattfindet, den Energieverbrauch massiv senken. Ethan Hubble, der sich, wie meistens bei öffentlichen Auftritten, als Omni-Avatar zuschalten ließ, verwies auf die 700–800 Flüge, die allein durch die persönliche Teilnahme am Wirtschaftsforum anfielen. Hätte das Meeting via Omniworld stattgefunden, könnten bis zu 9.000 Tonnen CO_2 eingespart werden. Er forderte die anwesenden Entscheider aus Wirtschaft *und Politik auf, es ihm gleichzutun. Es gebe sicher auch Gründe, die eine physische Reise nötig machten. Auch dafür arbeite OMNI mit seiner Mobilitäts-Division an einer individuellen, elektrifizierten Transportlösung am Boden und in der Luft. „Wir springen dort ein, wo die traditionellen Nationalstaaten versagen", schloss Hubble seine mitreißende Rede, „und das ist eine ganze Menge Arbeit." In den sozialen Netzwerken wurden die Rede und Ausschnitte daraus millionenfach geteilt. „Ethan Hubble for president of the world" war das Schlagwort des Tages. Besonders bei den durch den Klimawandel politisierten Jugendlichen und jungen Erwachsenen trifft Ethan Hubble einen Nerv. Zum ersten Mal scheint es konkrete Antworten auf zumindest einige der drängendsten Fragen unserer Zeit zu geben. Dafür sehen sie ihm nach, dass er selbst ein Großunternehmer ist. So lange OMNI glaubhaft Kapital für gemeinnützige Projekte aufwendet, scheinen Ethan Hubble seine astronomischen Gewinne verziehen. In jedem Fall wird beim Gestalten der Zukunft OMNI mit am Tisch sitzen.*

2033 – 4. Ethan

Ethan war euphorisch. Dieses Jahr endete voller guter Nachrichten. Gerade war er dabei, beim wöchentlichen Board-Meeting richtig auf den Putz zu hauen und neue Projekte zum Laufen zu bringen. Dank der fantastischen Cashflow-Situation konnte er alles freigeben, worauf er Lust hatte. Die Buchhaltung bei OMNI diente lediglich zum Transferieren von Geld, niemand nervte ihn mit Ausgabenkontrolle. Dafür hatten sie gar keine Zeit. Ob ein Projekt machbar war, entschied er.

Zunächst hatte er die Userzahlen von Omniworld präsentiert – ein Plus von 5 % zur Vorwoche, es ging immer nur nach oben. Die Skala des Diagramms musste regelmäßig vergrößert werden. Omniface 3 war der heißeste Suchbegriff und die physischen OMNI-Stores und der eigene Online-Handel überschlugen sich mit den Vorbestellungen zum Weihnachtsgeschäft.

Gerade stellte Jason Huang, Chef des „Digital World AI"-Teams sein neuestes Tool vor. Dank künstlicher Intelligenz konnte Omniworld immer schneller und besser immersive digitale Welten kreieren.

„Unser Update des Verse Creators erlaubt es dem User, per Sprachkontrolle aus einem vorgefertigten Set von Szenarien zu wählen. Die Details können sie dann selbst bearbeiten. Ein Baum weniger hier, ein Haus mehr dort. Gleichzeitig füttern sie damit unseren Algorithmus. Je mehr Menschen ein ähnliches Szenario abrufen, umso genauer weiß unser Verse Creator, was die User mögen und was nicht. Die Verknüpfung der gängigen Wissens-Plattformen, Bilder und Videos aus sozialen Netzwerken erlaubt eine bisher unbekannte Vielfalt an Szenarien. Eine ständig wachsende Simulations-Bibliothek. In ein paar Jahren werden wir komplett auf Designer verzichten können. Wir werden das Update am 15.12. launchen, bis dahin testet bitte noch fleißig in der Beta. Jedes Feedback zählt. Danke euch."

Die anderen anwesenden Omni-Avatare klatschten höflich, Craig ließ eine kleine Feuerwerksrakete starten. Omni-Ethan nickte zufrieden.

„Gute Arbeit! Dann gebe ich das Wort an Krish weiter. Erzähl uns doch, was unsere Drohnen machen!"

Krish hatte als Omni-Charakter einen überzeichneten Neandertaler gewählt, samt Hose aus Säbelzahntiger-Fell und Steinknüppel. Am Anfang hatten es alle noch lustig gefunden, dass ein Neandertaler über die neuesten technologischen Errungenschaften berichtet. Krish hatte seinen Avatar beibehalten, konsequent seit Mitte des Jahres. Aber Ethan hatte ihn gewähren lassen. *Sei, wer du wirklich bist.* Wenn Krish in Omniworld ein Neandertaler sein wollte, sei es drum.

„Danke Ethan. Ich kann euch berichten, dass es in der Mobilitäts-Abteilung sehr gut läuft."

Neben Krish tauchte ein Diagramm auf. Mit dem Steinknüppel zeigte er auf die November-Absatzzahlen der OMNI-Pods und Drohnen. Freudig hoben sich die großen Augenbrauen unter seiner gigantischen Überaugenwulst.

„Wie schon im letzten Meeting angekündigt, rollen seit November mehr als drei Millionen selbst-fahrende Pods über die Straßen Nordamerikas. Wir haben unsere internen Ziele erhöht und denken, dass wir im nächsten Jahr die zehn Millionen knacken können. Die Herausforderung liegt nicht in der Nachfrage, sondern produktionsseitig. Deshalb hat unser Team einen Investitionsantrag gestellt – wir wollen die Fertigstellung der neuen Fabrik in Chennai unbedingt beschleunigen. Wie ihr wisst, wird sich das Fenster für Individualverkehr nicht lange offenhalten, wenn sich die letzte Projektion zur Omniworld-Nutzung realisieren sollte. Wir müssen jetzt von der Entwicklung profitieren. Darum Ethan, bitte asap den Antrag genehmigen!"

Ethan nickte, und suchte den entsprechenden Antrag aus der Flut seiner Mails heraus. Mit einer Handbewegung war er genehmigt, Neandertal-Krish erhielt die Benachrichtigung augenblicklich.

„Danke Ethan! Auch unser autonomes Flugdrohnen-Projekt geht voran. In Dubai fliegen jetzt bereits 139 Stück. Wir rechnen mit einer Zulassung durch die FAA im März 2034, die EASA sollte im Mai so weit sein. Hier seht ihr ein paar Videos der Drohnen im Einsatz."

Die Avatare blickten auf einen eingeblendeten Bildschirm, auf dem ein Highway vor der Skyline Dubais zu sehen war. Wie Schlangen bei der Paarung waren die einzelnen Straßen ineinander verknotet. Ein Geflecht aus Asphalt und Autos. Im Hintergrund verschmolzen das Beige des Wüstensandes und das Blau des Himmels. Nun schoss eine Drohne kerzengerade über den Highway hinweg, die Kamera hinterher. Unabhängig von Ampeln, Staus und der Straßenführung. Eine weitere Flugdrohne flog ihr entgegen und noch eine. Mit einer eleganten Schwenk-Bewegung wich die Drohne einem Hochhaus aus, folgte dann wieder dem Highway, der Blick auf den Burj Khalifa wurde nun frei. Die Drohne stoppte kurz vor dem gigantischen Bauwerk und begann dann senkrecht aufzusteigen. Immer höher, die anderen Hochhäuser unter sich lassend, während die Kamera rotierte. Kurz unter der Spitze eine Plattform, auf der die Drohne sanft aufsetzte. Das Cockpit öffnete sich und ein gut gelaunter Mann in einer traditionellen Dishdasha entstieg dem Gefährt, lächelte in die Kamera und verschwand im Gebäude.

„Auf jeden Fall können wir uns vor Vorbestellungen kaum retten. Eine Mammutaufgabe! Das wars von mir!"

Den Status beim Mars-Projekt stellte Ethan persönlich vor. Dies war sein Baby, sein Kindheitstraum. Er war besessen von der

Idee, dass der erste Mensch auf dem Mars eine OMNI-Wolke auf dem Raumanzug tragen würde. Gemeinsam mit seinem Mars-Team hatte er bereits detaillierte Pläne für eine Besiedelung des roten Planeten ausgearbeitet. In Omniworld entwarfen sie komplexe Simulationen von Mars-Stationen, unterlegt mit den letzten atmosphärischen und geologischen Daten des Ziel-Planeten. Noch war keine Simulation komplett machbar, aber sie standen kurz vor einem Durchbruch. Ein neuer Planet als etwaiger Rückzugsort, falls sich die Situation auf der Erde weiter verschlimmern sollte. Als nächster Schritt bei der Eroberung des Weltraums.

Alle Mars-Pläne scheiterten momentan aber noch am Transport, deshalb lag der Fokus des Forschungs- und Entwicklungsbudgets auf der Triebwerkstechnologie. Im Laufe des Jahres hatten sie erste Versuche mit der nächsten Generation eines auf rotierender Detonationsverbrennung basierenden Raketentriebwerks durchgeführt. Beim nächsten Meeting könnte er hoffentlich mehr zeigen.

Nach Ethan war Max an der Reihe, verantwortlich für das Thema Haptik/Motorik in Omniworld: „Hi miteinander! Wir entwickeln gerade unsere Omnisuit weiter. Ihr habt ja alle die neuen Prototypen bekommen. Bitte lasst eure Abteilungen diese eifrig testen und die Fragebogen ausfüllen. Wir wollen auch nächstes Frühjahr auf den Markt, nachdem sich das Omniface 3 etabliert hat. Wir sprechen bei dieser Generation der Omnisuit von 80 vibro-taktilen Motoren, die über 500 verschiedene haptische Muster simulieren können. Ihr könnt jetzt sogar Regentropfen spüren! Ich denke für das nächste „Hubble's Scope" könnte das ein Highlight sein."

Max blickte erwartungsvoll zu Ethan, doch dieser schien beschäftigt. „Erst die Optik, dann die Haptik", beendete er seinen Vortrag.

Die Runde wurde von „Social & Ethics" beendet, deren Neuigkeiten von Marie präsentiert wurden. So konnten die technik-lastigen Board-Meetings immer mit einem „Feel Good Vibe" beendet werden.

„Zunächst einmal willkommen zusammen vom ‚Social & Ethics' Team", begann Maries gutgelaunter Avatar seine Ansprache. Im Gegensatz zu Krish benutzte sie keinen Fantasie-Charakter. Ihr Avatar war eine fotorealistische Abbildung ihrer selbst – wie die der meisten anderen Board-Mitglieder. Noch kam sie ohne Filter aus, nichts zu verbergen.

Marie blendete ein paar Charts ein, Suchmaschinen-Hitlisten, Buzzwords.

„Der Auftritt von Ethan beim Weltwirtschaftsforum war ein voller Erfolg, die Berichterstattung und die Kommentare waren zu 87 % positiv. Laut einer Umfrage des ‚Guardian' trauen inzwischen 54 % der Menschen am ehesten OMNI zu, die Probleme der Menschheit zu lösen. Zur Info: Platz zwei ist die UNO mit 13 %, Platz drei Greenpeace mit 8 %. Unsere Strategie, Gutes zu tun und darüber zu sprechen, macht sich also bezahlt. Wir werden diese Strategie für das Branding fortführen. Für 2034 werden wir den Fokus insbesondere auf die Algenfarmen setzen, also die ‚Ernährung der Zukunft'. Unser Ziel sind zehn neue Farmen, um eine regionale Versorgung zu gewährleisten und Transportwege zu reduzieren. Wir können jetzt die Erfahrungen der British-Columbia-Farm skalieren. Und mehr gute Nachrichten: Die Smoothies und Burger aus Algenextrakt haben den internen Test in unserer Mensa bestanden. Die Bewertungen waren 8,3 bzw. 7,9 von 10. Mit ein paar neuen Geschmacksrichtungen können wir nun in die breite Vertriebsphase einsteigen. Pünktlich zum Weihnachtsgeschäft bringen wir in Kooperation mit Starbucks den ‚Green Latte' auf den Markt, das nachhaltigste Produkt aus ihrem Sortiment, basierend auf unserem Algenextrakt. Also: Algen für die Welt!"

Ethan blieb noch eine Weile im virtuellen Meeting-Raum, als die anderen Avatare sich bereits ausgeloggt hatten, um über die besprochenen Projekte zu reflektieren. Die Bandbreite war inzwischen sehr groß, umso wichtiger war es, den Überblick zu behalten und sich auf das Top Management verlassen zu können. Dieser Gruppe musste er blind vertrauen können.

Für ihn war Omniworld als soziales Netzwerk und führendes Metaversum das Herz seines Imperiums, der Beginn und das Ziel seines Schaffens. OMNI als Konzern generierte durch den Verkauf des benötigten Equipments und durch dezente, aber effiziente Werbung in Omniworld den Großteil des Umsatzes aller Unternehmungen. Von Anfang an hatte er die Entwicklung von Hardware strikt bei OMNI belassen und etwaige Konkurrenten aufgekauft oder dafür gesorgt, dass sie unrentabel wurden. Der Verkauf ging direkt an die Endkunden, über die eigenen Kanäle und die OMNI-Stores. Amazon hatte keinen Cent an Omniworld verdient und die eigenen virtuellen Shops hatten den einstigen Giganten in die Schranken gewiesen. Sowieso gab es kein anderes Unternehmen mit einem vergleichbaren Forschungs- und Entwicklungsbudget wie OMNI mehr. Wer omni gehen wollte, musste das Equipment von OMNI kaufen.

Die anderen Projekte umkreisen die Omniworld-Plattform wie Putzerfische einen Hai: eine Symbiose mit klarer Hierarchie und Nutzen für den Hai. Wie das Projekt zum autonomen Fahren und Fliegen. Zwar glaubte Ethan, dass es in der Welt der Zukunft kaum noch Bedarf für physische Infrastruktur geben würde. Denn der Omni-Mensch konnte jeden Ort der Welt in Omniworld besuchen; physische Reisen waren somit unnötig. Jedoch könnte dieser Prozess je nach Szenario noch 10–15 Jahre dauern. Sein Kapital ermöglichte ihm einen technologischen Vorsprung, der OMNI sofort an die Spitze des autonomen Transports gebracht hatte.

Die Umsätze aus dem Verkauf von Pods und Flugdrohnen waren dabei eher zweitrangig. Wichtiger, und den Wenigsten klar, waren die Erkenntnisse über Künstliche Intelligenz. Hier konnten die Algorithmen aus Omniworld und die autonomen Verkehrsmittel sich gegenseitig befruchten. Kameras filmten die Umgebung der Drohnen in Echtzeit und stellten Bilder für Simulationen und Kartendienste zur Verfügung. Zudem war die autonome Fortbewegung eine elegante Methode, weitere Daten zu sammeln und aufzubereiten.

Der Hai bekam Futter. Letztlich verbesserte sich Omniworld mit jedem Drohnen-Flug. Inzwischen hatten sie auch festgestellt, dass die Datenmassen der Drohnen auch eine dezente Möglichkeit waren, mit politischen Entscheidungsträgern ins Gespräch zu kommen.

Die Algenfarmen wiederum waren ein Herzensprojekt von Marie, deren Anliegen es war, das viele OMNI-Kapital für die Verbesserung der Welt zu nutzen. Günstiges, CO_2-freies Protein aus den Meeren, statt Fleischkonsum. Für Ethan war es PR. Die

Möglichkeit, das Image von OMNI zu verbessern und politischen Einfluss zu gewinnen. OMNI und Omniworld waren gut für die Menschheit. Sie mussten es nur ständig beweisen und an die große Glocke hängen, womit er gelegentlich haderte.

Die Mars-Mission hingegen war ein reines Ego-Projekt, welches die ersten Jahre nur Verluste schreiben würde. Zwar war mittelfristig eine Marskolonie denkbar, die sich mit Bergbau und Tourismus finanzierte, eventuell als Fluchtort für Superreiche. Aber bis eine Marskolonie technisch möglich wäre, würde sich die menschliche Existenz größtenteils in Omniworld abspielen. Also ein „just for fun"-Projekt und etwas Ego-Marketing für Ethan Hubble. Ein Milliardärs-Hobby.

Er loggte sich kurz aus Omniworld aus, rieb sich die schmerzenden, roten Augen. Er brauchte Augentropfen, war wieder zu lange omni gewesen.

Marie war bereits auf dem Sprung. Herausgesputzt, schön wie eh und je. Seine Manga-Göttin. Ethan verabschiedete sie, wünschte ihr viel Spaß. Tatsächlich hatte er völlig vergessen, dass sie heute Pläne hatte. Das Leben in der Objektwelt fand auf dem Seitenstreifen statt, womit er kein Problem hatte. Marie wollte mit ihrem Team im „C++", dem campus-eigenen Pub, das erfolgreiche Jahr feiern.

Das unerwartet sturmfreie Haus gab Ethan Zeit für das neue Projekt, welches nicht im Board-Meeting besprochen worden war. Er wusste nicht, ob die Öffentlichkeit bereit war, aber er fand es geil. Max' Team hatte es in den letzten vier Monaten programmiert. Keiner aus dem Board wusste von diesem Projekt, auch Marie nicht.

Ethan überschrieb per Sprachbefehl den Zugangscode zu ihrem Haus und entkleidete sich. Anschließend legte er eine Omnisuit an, die im Intimbereich um eine „Omnipussy" erweitert war – der vorläufige Arbeitsname. Eine leichte Vibration um sein bestes Stück signalisierte die Einsatzbereitschaft. Dann setzte er das Omniface 3 wieder auf und loggte sich ein. Mit ein paar Wischbewegungen öffnete er das Programm „birds and bees". Seine Vorfreude stieg schon beim Ladebildschirm. Er hatte ein Profilbild von Lisa aus der Buchhaltung hochgeladen. Damit erstellte das Programm nun einen Avatar. Manuell passte Ethan ihre Proportionen an und verpasste ihr größere Brüste und einen runderen Hintern. Ein paar Sprachsamples aus dem letzten Buchhaltungs-Meeting, und schon war Omni-Lisa fertig. Ethan wählte ein Szenario.

Ladebildschirm. Die Simulation startete.

Er war allein in seinem Büro, Feierabend. Da kam Lisa herein, in einem viel zu kurzen Kleid. Ihre Brüste fielen fast aus dem üppigen Dekolleté. Sie stolzierte direkt auf ihn zu, mit einem vielsagenden Lächeln auf den Lippen.

„Ethan", säuselte sie, „ich habe hier eine Unstimmigkeit bei der Fuhrpark-Abschreibung entdeckt. Kannst du dir das mal anschauen?"

Er musterte ihren Körper und blickte ohne Scham in ihren Ausschnitt. Sie war perfekt. Ohne eine Antwort abzuwarten, setzte sie sich auf den freien Stuhl neben ihn – wo war der denn plötzlich hergekommen? Ihre Arme berührten sich, als sie die Unterlagen auf den Schreibtisch legte. Die Omnisuit simulierte dies mit kleinen elektrischen Impulsen. Ethan starrte Lisa unverhohlen an, während sie irgendeinen Buchhalter-Nonsens von sich gab.

Einfach geil.

Lisa aus der Buchhaltung in 12K Auflösung. Er konnte sich nicht sattsehen. Sie sah wirklich aus wie die echte Lisa, nur besser. Und er konnte alles mit ihr machen. Keine Angst vor HR und der Öffentlichkeit. Keine Reue, kein Betrug an Marie. Er war bereits hart als sie ihm endlich in den Schritt fasste, die „Omnipussy" versuchte, die Berührung zu simulieren. Hier gab es noch Verbesserungsbedarf, stellte der Produkttester in ihm fest. Aber das war Ethan egal. Die Psyche trieb die Erfahrung nach vorne. Er wollte Lisa. Er drehte sie um, schob ihr das Kleid nach oben und riss ihren Slip zur Seite. Dann nahm er sie von hinten. Es war der beste Sex seines Lebens.

Nicht, dass die „Omnipussy" besonders realistisch wäre. Auch ansonsten gab es noch viel zu tun bei der Haptik. Aber die Möglichkeit, mit jeder beliebigen Person Sex zu haben, die man insgeheim begehrte, machte dieses Programm unschlagbar. Das Allmachtsgefühl sorgte für einen nie gekannten Kick. Ein Foto war genug. Seit Max ihm vor zwei Wochen den Prototypen gegeben hatte, war Ethan dabei, sich alle unerfüllten Sex-Fantasien zu erfüllen. Langsam hatte er den Dreh raus und er wusste, wie man die Avatare möglichst genussvoll gestalten konnte. Er hatte sich schon durch die halbe weibliche Belegschaft gevögelt, seinen Penis wundgerieben. Marie hatte er vertröstet; der Stress. Im Namen der Forschung. Zum Wohle der Menschheit.

Erschöpft loggte Ethan sich aus und ging ins Badezimmer, um die „Omnipussy" zu reinigen. Dann versteckte er sie zwischen seinen Socken im Wandschrank und löschte die Überschreibung der Zugangscodes zum Haus wieder. Während er sich ein isotonisches Algen-Getränk namens Al-G aus dem Kühlschrank holte, fasste er einen Entschluss. Die Technologie musste auf den Markt. Besser heute als morgen. Dies wäre der endgültige Durchbruch für Omniworld.

Wer könnte sich dem Versprechen entziehen, Sex mit dem Lieblings-Schauspieler zu haben? Dem Top-Model? Oder eben Lisa aus der Buchhaltung. Willige, maßgeschneiderte, simulierte Sex-Sklaven. Ein Foto oder ein Videoschnipsel wären genug als Datengrundlage. Die konsequente Evolution der Deep Fake Technologie. Natürlich müsste man bei der Werbung vorsichtig sein, Persönlichkeitsrechte und so. Aber OMNI würde nur die Plattform und das Equipment stellen. Welche Bilder die User hochluden, welche Avatare sie sich zusammenstellten, das war ihre Privatsache.

Die Gedanken sind frei und „sex sells"!

Warum sollte OMNI auf so einen wichtigen Teil der menschlichen Bedürfnisse nicht eingehen? Pornhub hatte mehr Besucher als Facebook zu dessen besten Zeiten. Die alten sozialen Netzwerke hatten es nie geschafft, Sex und Soziales miteinander zu verbinden, weil sie in ihren Herzen konservative Puritaner waren. Aber nicht OMNI. Nicht Omniworld. Sie waren progressiv, dem Menschen der Zukunft verschrieben.

Ja, er hatte seinen Entschluss gefasst. Er würde Max Bescheid sagen, dass es weitergeht. Zuerst sollte er den Prototyp des „Omnidicks" fertigstellen. Gleichberechtigung lag ihm am Herzen. Und nachher würde er Marie von diesem neuen Projekt erzählen. Es würde ihr nicht gefallen, aber sie würde es verstehen.

2033 – 5. Marie

Marie verstand nicht: „Wollen wir Omniworld in einen gigantischen virtuellen Puff verwandeln? Wo jeder seine schlimmsten sexuellen Fantasien ausleben kann? Ein Paradies für Perverse, Kinderschänder... Gott, Ethan. Ich weiß gar nicht, was ich sagen soll. Das geht gegen alles, für was wir stehen. Für was ich stehe. Als deine Lebensgefährtin, als Leiterin von ‚Social & Ethics' und als rational denkender Mensch kann ich dir nur davon abraten, in diese Richtung zu gehen."

Ethan ließ ihre Worte sacken und überlegte sich seine Antwort gut. Sie hatten ihr Gespräch auf dem Balkon ihres kleinen Hauses auf dem Omniworld-Campus begonnen, aber Marie hatte die Diskussion sofort ins Innere verlagert, als sie realisierte, um was es ging. Und Ethan wusste, dass es ernst war – wie immer, wenn sie ihn beim Vornamen anredete. Jetzt saßen sie sich auf der schwarzen Couch gegenüber, mit gebührendem Abstand.

„Du siehst das von der falschen Seite. Jeder Mensch, der seine Bedürfnisse in Omniworld ausleben kann, begeht keine Straftaten in der Objektwelt. Er bekommt Erleichterung, Erlösung. Er wird niemandem in der materiellen Welt schaden. Was für ein unglaublicher Dienst an der Menschheit! Kein Sexismus mehr, keine Belästigung. Keine unterdrückten Wünsche, keine frustrierten Menschen. Erfüllung! Und warum denkst du automatisch nur an Perverse und Straftäter? Ich sehe das neue Programm als ultimatives Tool zur sexuellen

Selbstbestimmung. Schau dir die Geschichte an: Wie oft haben Regierungen oder Religionen versucht, unsere Sexualität zu maßregeln? Die Pille hat die Frauen befreit…"

„…und diese Omni-Muschi befreit nun alle Menschen?", beendete Marie seinen Satz. „Come on, Ethan. Das glaubst du doch selbst nicht. Dann sei wenigstens so ehrlich, zu sagen, dass du hier eine günstige Möglichkeit siehst, um die User-Zahlen zu steigern."

„Natürlich ist das auch eine Möglichkeit, um Omniworld voranzubringen und mehr Kapital für unsere anderen Projekte zu haben. Willst du nun unser gesamtes Geschäftsmodell in Frage stellen, Babe? Natürlich müssen wir ständig neue User gewinnen, damit sich so ein komplexes Unternehmen mit all seinen Standbeinen trägt".

„Nein Ethan, ich will nicht alles in Frage stellen. Aber ich stimme nicht allem zu. Wir müssen nicht die gesamte maslowsche Bedürfnispyramide in Omniworld erfüllen. Nur weil es Bedarf gibt, müssen wir liefern? Da fühle ich mich echt wie ein Drogendealer. Wir sind doch mehr als das."

Marie seufzte resigniert, unzufrieden mit den eigenen Argumenten. Warum war ihr das Thema so unbehaglich? Weil sie wusste, dass eine physische Beziehung, wie die ihre, in Ethans Augen ein Anachronismus war? Ethan rückte auf dem Sofa näher und legte den Arm um sie. Vertraute Nähe. Zu lange waren sie nicht mehr gemeinsam auf dem Sofa gesessen.

„Babe, wir erfüllen doch nur Bedürfnisse, die schon da waren. Wir kreieren keine neuen, um Menschen abhängig zu machen. Und das Wichtigste: Wir schaden niemandem. Ganz im Gegenteil."

Marie schmiegte den Kopf an seine Schulter, aber wandte den Blick ab und sah aus dem Fenster. Sie wollte nicht mehr diskutieren.

Ethan sah seine Chance und ging vollends in die Offensive: „Wir machen Folgendes: Das Programm bekommt einen eigenen Brand-Namen, wir können es nach außen so wirken lassen, als ob es sich um eine 3rd-party-Entwicklung handelt. Ab 18, strikte Altersüberwachung. Und den Gewinn stecken wir zu 100 % in Projekte, die von der „Social & Ethics"-Abteilung vorgeschlagen werden. Wie hört sich das an? Du weißt, dass ich dich an Bord haben will für alle grundlegenden Richtungsentscheidungen."

Marie starrte immer noch aus dem Fenster. Ethan hatte keine Ahnung, was in ihr vorging.

„Ethan, hast du diese Omni-Muschi auch schon ausprobiert?"

Ethan lachte einen Tick zu laut auf. Ihrem Blick konnte er nicht standhalten.

„Nein, Babe. Max hat mir natürlich schon ein paar Simulationen gezeigt. Und er ist auch ganz begeistert von der ‚Omnipussy'. Verdammt, wir brauchen echt bald einen ordentlichen Namen für das Teil. Aber nein, ich habe keinen Bedarf für so etwas. Ich habe doch dich."

„Und wenn in einem Jahr irgendwelche ekligen Typen einen Avatar auf Grundlage eines Fotos von mir erstellen? Wenn Omniworld eine Alternative zum echten Leben ist – ist das nicht echte Vergewaltigung?"

Ethan schwieg, wohlwissend, dass Marie nun wieder die Oberhand hatte. Rhetorisch konnte er nicht gegen sie gewinnen, obwohl seine Entscheidung schon feststand. Kurz flackerte Zorn in ihm auf. Warum musste sie ihn ausbremsen? Verstand sie nicht den Druck, der auf ihm lastete? Wenn sie das Programm nicht umsetzten, riskierten sie, dass in ein, zwei Jahren ein anderer Hersteller die Lücke füllen würde. Schlechter, aber die Gier nach simuliertem Sex würde den Blick der User trüben. Omniworld war jetzt die Nummer eins, aber das Rennen war noch nicht vorbei. Er räusperte sich. „Da hast du einen Punkt. Wir werden sicher ganz genau hinschauen müssen beim Datenschutz. Aber wir können das schaffen. Dafür brauche ich dich."

2033 – 6. Steffen

Steffen hatte sich aus Nostalgiegründen für die Bahn nach Berlin entschieden. Erinnerungen an Sonntagsausflüge, Schaffner in Uniformen und den speziellen Charme eines beschäftigten Bahnhofes. Noch fuhr die Bahn, aber ihr Zustand war erbärmlich, Wagen und Bahnhöfe verwahrlost.

Dem autonomen, individuellen Fahren hatte ein staatlich gelenktes Massentransport-Unternehmen nichts entgegenzusetzen. Der Staat hatte seine Aktien verkaufen wollen, doch es gab lediglich Interessenten für die Verschrottung der Gleise und Züge. Stahl und Kupfer für die Drohnen-Armada von OMNI und Konsorten. Die Privatunternehmen hatten also auch im Bereich Personenverkehr das Rennen gemacht. Nächstes Jahr würde der Betrieb eingestellt werden. Schon jetzt waren die Wagons lediglich mit ein paar Liebhabern und Sturköpfen wie Steffen besetzt. Rentner, die ihren Enkeln eine Welt zeigen wollten, die es nicht mehr gab.

Er bereute seine Wahl. Die Fahrt gab ihm nicht die erwünschte Erinnerung an eine einfachere, analoge Welt. Stattdessen: Verspätung und ein permanenter Gestank nach Pisse. Irgendwo klapperte ein Fensterverschluss und die Räder quietschten in jeder Kurve. An einer Stelle war der Waggon von einer derart heftigen Erschütterung durchgerüttelt worden – wahrscheinlich ein verbogenes Gleisstück oder ein Stein auf den Gleisen – dass Steffen befürchtete, der Zug könnte entgleisen.

Seine Gedanken hafteten wie immer an Noah. Letzte Woche hatte er dem „Call of Honor 6"-Turnier seines Sohnes zugesehen. Ein wilder Shooter, bei dem Steffen kaum verstand, was passierte. Die Avatare rannten durch alte Schlösser oder Lava-Level und versuchten, sich gegenseitig mit Laser-Blastern und Raketenwerfern zu massakrieren. Gleichzeitig musste eine Energie-Kugel vor dem gegnerischen Team beschützt und in die eigene Basis gebracht werden. Viel Blut, viel Action. Steffens Augen hatten aufgrund der schnellen Bewegungen und der grellen Lichteffekte geschmerzt.

Nur dank des Kommentators hatte er halbwegs verstehen können, dass Noahs Team, die „Space Bolsheviks", sich für die Europameisterschaft qualifiziert hatten. Er hatte seinem Sohn eine Text-Nachricht geschickt, gratuliert und gefragt, ob dieser was essen wolle. Noah hatte sich bedankt und abgelehnt, da er noch mit seinem Team trainieren müsse. Steffen war sich dabei unglaublich dämlich vorgekommen, da sie nur fünf Meter Abstand trennte, aber er es nicht gewagt hatte, Noah in seinem Zimmer zu stören. Immerhin hatte er überrascht erfahren, dass die Europameisterschaft mit 500.000 Omnicoins dotiert war – umgerechnet mehr als 800.000 Euro. Also musste er seinem

Sohn wohl oder übel diesen Freiraum lassen, seinen Weg in Omniworld zu gehen. Aber wo sollte Steffen die Grenzen ziehen? Der Tag hatte sie auf jeden Fall nicht näher zusammengebracht.

Nicht, dass Steffen mit solchen Problemen allein war, er kannte dank seiner Arbeit ja die Daten. 70 % der 12- bis 18-Jährigen in Deutschland verbrachten mehr als vier Stunden täglich in Omniworld oder anderen Metaversen. In den USA waren es sogar noch mehr, Asien holte ebenfalls stark auf. Dabei dominierte Omniworld den Markt inzwischen. Durch die Übernahme von Ethernet im letzten Jahr waren bereits über 90 % der Metaverse-Nutzer im Angebot von Omniworld unterwegs. Gegner und Befürworter waren sich zumindest darüber einig, dass Omniworld das Non-Plus-Ultra war, wenn es um die Technologie ging. Die User nutzten Omniworld als soziales Netzwerk, um Spiele zu spielen oder um zu arbeiten. Es gab nichts, was in Omniworld nicht simuliert werden konnte: Vorlesungen, Familienfeiern, Dating.

Die Regierungen hatten diese Entwicklung verschlafen und Omniworld nur als ein weiteres soziales Netzwerk abgetan, während Kinder und Jugendliche massenhaft in den virtuellen Welten versanken. Schon Kleinkinder wurden in Omniworld-Simulationen abgeschoben. Während sie dort Tiere beobachteten oder mit anderen Avataren Verstecken spielten, hatten ihre Eltern Zeit für Meetings oder Unterhaltung – ebenfalls in Omniworld.

Rückzug aus der Realität, Abhängigkeit und soziale Verwahrlosung waren die Folge. Ganz zu schweigen von den neurologischen Auswirkungen, deren Erforschung gerade erst begonnen hatte; der Grund seines Besuches in Berlin.

Eine schiefe Durchsage kündigte die Ankunft im Hauptbahnhof an. Der ICE war dreck-beige und hätte in ein Museum gehört. Auch der Bahnhof, einmal Aushängeschild der Hauptstadt, war heruntergekommen. Die vielen Glasflächen waren verdreckt und schienen das Sonnenlicht, das durch sie brach, ebenfalls zu verschmutzen. Die meisten Geschäfte waren geschlossen, es gab mehr Obdachlose als Passagiere im Gebäude. Der Staat hatte sich hier offensichtlich bereits verabschiedet. Steffen machte der Anblick dieser sterbenden Welt traurig. Den Verfall hinter sich lassend hastete Steffen die Treppe zum selbstfahrenden Pod herunter, den er per App bestellt hatte.

Der Unterschied zur Bahn war offensichtlich. Sauber, leise und schnell surrte das Elektromobil durch die Hauptstadt. Die schnittigen Kanten der Karossiere blitzten in der Sonne. Je mehr selbstfahrende Fahrzeuge unterwegs waren, desto effizienter funktionierte der gesamte Verkehr. Ein Verbot von selbstgesteuerten Fahrzeugen wurde bereits im EU-Parlament diskutiert. Es gab wenig gute Argumente gegen die autonome Fortbewegung, außer dass ein Großteil der Pods ebenfalls zum OMNI-Konzern gehörte. Während Steffen nach Schöneberg kutschiert wurde, fütterte er die unersättliche Datenkrake.

Bis zum „Zentrum zur Erforschung von Metaverse-Sucht" war es nur ein kurzer Weg. Das vor drei Jahren gegründete Institut war einzigartig in Deutschland und führend auf der Welt. Professor Colbourn, eine südafrikanische Koryphäe aus dem Bereich Internetsucht, war der wissenschaftliche Leiter und Ansprechpartner von Steffen Mieler. Sie hatten sich bereits öfter ausgetauscht, doch heute wollte ihm der Professor einige seiner

Patienten zeigen. Steffen erhoffte sich neue Erkenntnisse für seinen nächsten Bericht über Omniworld beim BSI.

„Wie war die Anreise?", erkundigte sich der gut gelaunte Endsechziger, als er Steffen die Hand schüttelte.

„Ich bin mit der Bahn gekommen, ich glaube das sagt alles...", entgegnete Steffen mit einem gequälten Lächeln.

Sein Gegenüber nickte verständnisvoll. Professor Colbourns Team hatte sich besonders auf Jugendliche spezialisiert. Ihre Forschung drehte sich um die Frage, wie sich ein im Wachstum befindliches Gehirn veränderte, das mehr Zeit in einer simulierten Welt verbrachte als in der Realität. Die ersten Befunde waren erschreckend und wiesen auf eine massive Zunahme bei Persönlichkeitsveränderungen bis hin zur Schizophrenie hin. Parallel dazu wurden neue Therapieansätze getestet, um Betroffenen beim Ausstieg zu helfen. Daneben betrieb das Zentrum Aufklärungsarbeit, weshalb Gäste wie Steffen gern gesehen waren.

Zunächst wollte der Professor ihm bei einem Rundgang die Einrichtung und zwei repräsentative Fälle zeigen.

„Dann haben wir die richtige Stimmung für unser Gespräch", bemerkte Colbourn lapidar.

Beim Betreten der Klinik wurde sein Gesicht ernst und fror ein. Sie kamen an einem Labor vorbei. Ein Proband mit Sensoren am Kopf lag in der Mitte des Raumes auf einem Krankenhausbett. Wissenschaftler an Computern, die neurologische Aktivitäten auf großen Bildschirmen auswerteten; verschiedene Gehirnareale waren farblich unterlegt. Dann kamen sie zu einem kleinen Raum, an dessen Längsseite ein großes Fenster angebracht war. Auf der gegenüberliegenden Seite des Fensters befand sich ein zweckmäßig eingerichtetes Zimmer. Etwas gemütlicher als ein Krankenhauszimmer, trotzdem kalt und steril. Keine Ecken und Kanten, kein Außen-Fenster und keine gefährlichen Gegenstände, bemerkte Steffen. Das Licht war gedimmt. In der Ecke kauerte ein blasses Mädchen, etwa 12 oder 13 Jahre alt. „Sie kann Sie nicht sehen", erklärte der Professor, „das ist Emma, 14 Jahre alt. Sie leidet unter Metaverse-Abhängigkeit der Stufe 4. Wir arbeiten gerade an einer allgemeingültigen Skala. Stufe 4 ist die höchste Stufe."

Steffen erkannte, dass das Mädchen zitterte und mit ihrer rechten Hand wischartige Bewegungen machte, pausenlos. Ihre Augen waren verdreht, so dass man nur das Weiß der Augäpfel sehen konnte.

„Sie haben sicher die Handbewegung bemerkt. Damit werden über den Hand-Controller in Omniworld die Bewegungen gesteuert. Emma hat die meiste Zeit ihres wachen Lebens seit dem zehnten Jahr in Omniworld verbracht. Sicher auch ein Versagen der Eltern. Ihr Gehirn hat sich komplett an das Leben in der Simulation angepasst. Als nichts mehr half, und sie sogar Nahrung ablehnte, wurde sie vom Jugendamt unter Zwang hierhergebracht. Man könnte sagen, ihr Gehirn ist in Omniworld hängen geblieben. Hochgradig abhängig. Sie bekommt starke Beruhigungsmittel, aber wir wissen nicht, wie lange ihr Körper wieder braucht, um sich auf die Umgebung der echten Welt einzustellen. Wochen, Monate?" Der Professor strich sich nachdenklich durch den weißen Bart.

Steffen war empört: „Das ist ja furchtbar, warum ist davon nicht mehr in der Presse zu hören? Ich habe zwar schon ein paar erschreckende Befunde gelesen, aber das hier... Das zu sehen. Das arme Kind."

„Nun, auf die Presse brauchen wir nicht zu warten", gab Colbourn zu bedenken, „die meisten Nachrichten werden über Omniworld geteilt oder zumindest verlinkt. Ich möchte nicht behaupten, dass Omniworld kritische Nachrichten filtert, nein. Aber es gibt eine Art von Selbstzensur, niemand möchte es sich mit dem größten Kommunikations-Netzwerk der Welt verscherzen. Glauben Sie mir, ich habe schon etliche Journalisten angeschrieben. Kein Interesse. Kritischer Journalismus ist doch schon tot. Die finanzieren sich auch nur noch über Clicks und Werbung. Unsere Forschungsergebnisse finden Sie nur in wissenschaftlichen Fachzeitschriften. Selbst wenn Sie jemanden finden würden, der einen kritischen Artikel veröffentlicht... Ein Ethan Hubble würde Ihnen nur sagen, dass Emma ein bedauernswerter Einzelfall ist, mit neurologischen Vorbelastungen, Versagen elterlicher Aufsichtspflicht et cetera et cetera.

Ich sage Ihnen aber: Wir bekommen immer mehr von diesen Fällen. Und das ist nur die Spitze des Eisberges. Denn Sie merken erst, dass Sie ein Problem haben, wenn Sie den Entzug versuchen. Doch die meisten begeben sich niemals auf einen Metaverse-Entzug. Ganz im Gegenteil, die Nutzungsdauer nimmt stetig zu, das Angebot wird immer besser. Die Immersion totaler. Omniworld zielt darauf ab, die Sinne zu täuschen, um eine immer effizientere Bedürfnisbefriedigung zu erreichen. Wenn Sie es aber mit der Sinnes-Täuschung übertreiben, weiß Ihr Gehirn irgendwann nicht mehr, welche Reize real sind. Die Realität wird abgestoßen. Wie nach einem langen Aufenthalt in der Dunkelheit werden Sie vom Tageslicht geblendet. Dabei war früher für Sie das Tageslicht ein ganz normaler sensorischer Reiz. Und nun sagt Ihnen Ihr Gehirn: Renn zurück in die Dunkelheit. Zurück nach Omniworld."

Steffen schluckte, in Gedanken bei seinem Sohn. Wie weit war Noah von so einem Zustand entfernt? „Gibt es Schätzungen, wie viele Jugendliche von solchen Symptomen betroffen sind?"

„Wie gesagt, hier ist die Datenlage noch sehr dünn. Wir gehen von etwa 5 % mit einer Stufe-4-Abhängigkeit aus, aber nur basierend auf unseren Patienten. Woanders wird Metaverse-Sucht noch gar nicht gesondert erfasst."

Steffen war ehrlich schockiert: „Das ist ein Skandal!"

„Wem sagen Sie das. Umso wichtiger sind Besuche wie der Ihre für uns, um insbesondere auch die Behörden dafür zu sensibilisieren. Wir sind natürlich auch vom Forschungsetat abhängig, daraus mache ich keinen Hehl, und der BSI hat in dem für uns zuständigen Ausschuss ein Mitspracherecht."

Steffen nickte; verstand, worauf der Professor hinauswollte. Sein Kopf schmerzte. Er konnte kaum glauben, wie wenig über das Thema gesprochen wurde. Wie wenig er selbst über die Folgen gewusst hatte.

„Ich werde mich sofort nach meiner Rückkehr mit meinem Vorgesetzten besprechen. Er müsste auch hierherkommen."

„Ausgezeichnet!", der Professor setzte wieder sein freundlichstes Lächeln auf. Unerhört weiße Zähne blitzten auf.

„Dann folgen Sie mir. Wir haben noch ein paar spannende Fälle hier. Möchten Sie vielleicht erstmal einen Kaffee?"

2035

2035 – 1. Ethan

Eigentlich hätte Ethan Hubble zufrieden sein müssen. Beim heutigen „Hubble's Scope" hatte er wieder nur Erfolge verkündet. Die Nutzerzahlen wuchsen immer noch in schwindelerregenderer Geschwindigkeit. Immer mehr Dienstleistungen und Unterhaltungsangebote fanden in Omniworld statt. „Omni gehen" war ein Begriff des täglichen Lebens geworden; so, wie etwas zu „googeln". Nennenswerte Konkurrenz von anderen Metaverse-Anbietern gab es nicht mehr. Und ja, die neuen Varianten von Omniface und Omnisuit waren wirklich „next generation".

Aber es waren eben noch nur Verbesserungen des alten. Die nächste große Innovation? Seine größte Angst war es, wie Apple zu enden, eine IPhone-Generation nach der anderen, aber alles ein Schatten der ursprünglichen Idee. Omniworld dürfte nicht in Routine verfallen, sich totlaufen.

Er hätte gerne mehr über „Sense-Sation" gesprochen, die Sex-Simulation mit Omni-Equipment, die bereits ihr drittes Update erlebte und unglaublich erfolgreich war. Aber er hatte Marie versprochen, dies nicht auf einer offiziellen Omniworld-Veranstaltung zu tun. Stattdessen stellte er gerade das neueste Lieblingsprojekt von Marie vor: kostenlose Programme zur Psychotherapie und zur Behandlung von Suchterkrankungen. Er musste sich wieder auf seine Rede konzentrieren.

„Omniworld hat sich dem Wohlbefinden der Menschen verschrieben. Ein gesunder Geist, der in einem gesunden Körper wohnt. Wir ermutigen unsere User, in Omniworld Sport zu treiben und Ruhephasen für ihren Geist einzulegen", erklärte Omni-Ethan den Zuschauern.

Bilder von einer jungen Frau beim Zumba-Workout mit Omniface und -gloves wurden gezeigt. Dann: Meditation in einem simulierten Zen-Tempel mit Blick auf die schneebedeckte Kuppe des Fuji-san. Zufriedene Gesichter.

„Doch nicht alle Menschen sind mit einem gesunden Geist gesegnet. Diesen Menschen möchten wir nun mit unserem neuen Programm namens ‚Omnimind' helfen. Dabei werden die Technologien von Omniworld verwendet, um mittels audiovisueller und haptischer Reize mentale Störungen zu behandeln. Begrüßt mit mir Joey Woods."

Ein Mittvierziger, Typ Max Mustermann, erschien neben Omni-Ethan.

„Joey hier hat sich bereit erklärt, seine Geschichte mit uns allen zu teilen. Danke Joey!"

„Gerne, Ethan. Dabei muss ich dir und Omniworld danken. ‚Omnimind' hat mein Leben echt zum Guten gewendet."

„Das hört sich ja interessant an. Erzähl doch mal, wie war dein Leben vor ‚Omnimind'?"

„Also, ich hatte eigentlich ein relativ normales Leben. Ich bin KfZ-Mechaniker aus Oakland, verheiratet, zwei Kinder. Gerade habe ich eine Umschulung zum Pod-Ingenieur gemacht. Eigentlich hätte alles gut sein können. Aber ich hatte Probleme, massive mentale Probleme."

„Und wie hat sich das geäußert?"

„Also, zum einen war ich nie zufrieden. Mit mir selbst und mit meiner Umgebung. Kleinigkeiten konnten mich auf die Palme bringen. Keiner konnte es mir recht machen. Ich bin sehr schnell aggressiv geworden, wenn irgendetwas nicht wie gewünscht lief. Diese permanente Wut habe ich versucht zu unterdrücken, mal mit Tabletten, mal mit Alkohol, schließlich Jinx. Aber immer wieder bin ich explodiert, und dann..." Joey begann zu schluchzen, Omni-Ethan legte tröstend seinen Arm um ihn. „...und dann bin ich gewalttätig geworden. Gegenüber meiner Frau und meinen Kindern. Es tut mir so leid."

„Eine traurige Geschichte, ohne Aussicht auf ein Happy End. Aber dann hast du dich als Test-Kandidat für unser ‚Omnimind'-Programm beworben. Beschreibe doch mal genau, was da gemacht wurde."

„Also, zunächst wurde eine ganz normale Omniworld-Simulation gestartet. Da mussten wir Fragen beantworten und es wurden auch verschiedene Alltags-Situationen durchgespielt. Das hat so zwei Wochen gedauert. Anhand der gewonnenen Daten hat die ‚Omnimind'-KI dann ein psychologisches Profil von mir erstellt, samt eines psychotherapeutischen Behandlungsplans, dem ich jetzt folge."

„Und wie sieht diese Behandlung konkret aus?"

„Also, die Behandlung findet jeden Tag für ungefähr eine Stunde in Omniworld statt. Bei einem Teil beschreibe ich meinen Tagesablauf, im anderen Teil löse ich diverse Aufgaben. Bei mir hat die KI festgestellt, dass ich ungelöste traumatische Erfahrungen aus der Kindheit mit mir rumtrage. Die muss ich jetzt verarbeiten. Das sind zum Beispiel Schuldgefühle, da ich als Kind meine Mutter nicht vor meinem gewalttätigen Vater schützen konnte. Also erstellt die KI eine Simulation anhand meiner Beschreibung: Mum, Dad und ich als Kind sitzen beim

Abendessen. Dad ist wieder betrunken und rastet aus, weil die Beilage nicht schmeckt. Er ohrfeigt Mum so heftig, dass sie vom Stuhl auf den Boden fällt. In diese Schlüsselszene kann ich dank Omniworld nun eingreifen und sie zum Positiven wenden. Ich kann Dad anschreien und ihn dank übermenschlicher Kräfte stoppen. Bin nicht mehr machtlos. Sehr emotional das Ganze. Aber es hilft, sich der Vergangenheit zu stellen und sie aufzuarbeiten. Sich alles von der Seele zu schreien und diesen Teufelskreis zu durchbrechen. Seitdem bin ich viel ruhiger. Ich bin clean. Ich bin wie ein neuer Mensch."

Tränen rannen über das Gesicht von Joey, er schien vor Dankbarkeit zu beben. Auch Ethan wählte für seinen Avatar einen gerührten Gesichtsausdruck.

„Danke für deine Schilderungen, Joey. Es ist nicht leicht, über solche Themen öffentlich zu sprechen. Danke für deinen Mut und alles Gute."

Dann wandte Ethan Hubble sich wieder an sein Publikum: „Es gibt Millionen von Menschen wie Joey da draußen. Und diesen Menschen können wir endlich helfen. Und das Beste daran ist: ‚Omnimind' macht psychotherapeutische Behandlung für alle zugänglich. Von zu Hause und kostenlos. Ihr braucht lediglich einen Omniworld-Zugang und unser Omni-Equipment. Die KI lernt beständig weiter und schon jetzt kann eine große Bandbreite an psychischen Problemen individuell und effizient behandelt werden!"

Hinter Ethan wurden Bilder von Menschen eingeblendet, die selig lächelnd das Omniface abnahmen. Eine glückliche Familie, die durch einen Haufen Herbstlaub tobte. Liebhaber, die sich umarmten, dankbar und in Tränen aufgelöst.

Ethan ließ die Bilder kurz wirken, bevor er weitermachte: „An dieser Stelle möchte ich auch auf die vielfältigen Möglichkeiten unserer Omnisuit hinweisen. Durch das Hinzufügen der Haptik wird die Omniworld-Erfahrung realistischer und wirkt nachhaltiger. Damit kann sie auch bei ‚Omnimind'-Behandlungen zum Einsatz kommen, zum Beispiel als sensorische Integrationstherapie für Autismus-Patienten. Ihr kennt sicher die Delfintherapie, ein tolles Programm, das schon tausenden Patienten eine Verbesserung gebracht hat. Leider ist eine Delfintherapie ein ziemlicher Luxus und meist ein einmaliges Event. Nicht mehr. Dank des ‚Omnimind'-Programms können Autismus-Patienten regelmäßig mit Delfinen schwimmen, wenn nötig jeden Tag! Und dank der Omnigloves und der Omnisuit spüren sie die Delfine auch. Wir geben jedem Menschen die Therapie, die er braucht. Geistige Gesundheit wird in Zukunft ein Allgemeingut werden. Dafür steht Omniworld!"

Ethan hätte seinen Avatar fast weinen lassen, so ergriffen war er von seiner eigenen Philanthropie. Doch er beließ es bei einem einfühlsamen Lächeln. Was für ein Glück die Menschen doch hatten, dass er nur das Beste im Sinn hatte. Und praktischerweise ein gelungener Konter gegen die missgünstigen Stimmen, die behauptet hatten, Omniworld mache abhängig. Was für ein Schwachsinn. Natürlich machte Omniworld abhängig. So wie alle guten Erfahrungen im Leben! Es würde ja auch niemand auf die Idee kommen gute Musik, leckeres Essen oder Sex zu verbieten, weil die Menschen nicht genug davon bekommen.

Seine Gedanken kreisten zurück zu „Sense-Sation". Es nagte an seinem Selbstbewusstsein, nicht darüber referieren zu können. So fühlte sich das Event einfach nicht spektakulär genug an. Die Anwendung war inzwischen für 63 % der Umsätze verantwortlich, acht von zehn neuen Omniworld-Nutzern traten aufgrund von „Sense-Sation" bei. Obwohl Marie ihm große Zugeständnisse beim Datenschutz und mehrere Sicherheitsstufen abgerungen hatte, bevor er ihre Zustimmung hatte. Das in der Entwicklung noch abfällig als „Omni-Pussy" bezeichne Tool hatte sich als wahre Venus-Falle erwiesen und war nun in allen Formen verfügbar, für jede sexuelle Vorliebe. Es war eine gottverdammte sexuelle Revolution und er, Ethan Hubble, CEO des wichtigsten Unternehmens aller Zeiten, durfte nicht darüber sprechen, weil seine kleinkarierte Freundin eine gottverdammte Spießerin war.

Nein, so wollte er nicht über Marie denken. Sie tat ihren Teil für das große Ganze, obwohl ihr manchmal das große Ganze nicht klar zu sein schien. „Algen für die Welt" und „Omnimind" waren objektiv betrachtet fantastische Projekte, die das Bild von OMNI in der Öffentlichkeit prägten. Marie hatte ihn immer unterstützt. Auf eine altmodische Art und Weise liebte er sie.

Als letzten Programmpunkt stellte er noch die Pläne für das erste „Omniville" vor. Ein überwachter Apartment-Komplex mit kleinen, abgedunkelten Zimmern, optimiert auf unbegrenzten Omniworld-Konsum. Die Bewohner wurden dort komplett umsorgt und bekamen immer das neueste Equipment zur Verfügung gestellt. So konnten sie sich auf ihr Leben im beliebtesten Metaverse konzentrieren – ohne Ablenkung. Das erste Omniville wurde kostenlos angeboten, später sollte eine Flatrate die Kosten abdecken. Die Infrastruktur stand bereit, die Zimmer mussten nur noch mit Bewohnern gefüllt werden. Das

Omniville-Projekt hätte das Potential, das nächste große Ding zu sein. Es fehlte nur noch ein weiterer technologischer Schritt bei Omniworld. Sollte das Konzept funktionieren, könnte das Omniville-Projekt sehr schnell hochskaliert werden. Deshalb verlosten sie die ersten 3.500 Plätze. Ja, er wollte die maslowsche Bedürfnispyramide komplett abdecken. Dann erst würden sich die Menschen selbst verwirklichen können. Alles, wirklich alles, musste in Omniworld möglich sein.

2035 – 2. Marie

„Du warst super, Ethan!", meinte Marie bemüht euphorisch, nachdem er sich ausgeloggt hatte. Das wievielte „Hubble's Scope" war das gewesen?

Aus müden Augen sah er sie an. Er wirkte etwas ernüchtert, wie ein Kind am ersten Schultag nach den Sommerferien. Mehr Pflicht als Kür. Die Atmosphäre war seltsam. Eben noch hatte er durch seinen Omni-Avatar zu mehr als einer Milliarde Menschen gesprochen, jetzt befand er sich wieder in der „Objektwelt", wie er die physische Welt nannte, im Apartment mit seiner Freundin. Das Ausloggen fiel ihm sichtlich schwer und Marie ließ ihm ein paar Augenblicke, um sich zu akklimatisieren.

Nachdem er mit einem minimalistischen Lächeln signalisierte, wieder aufnahmebereit zu sein, umarmte sie ihn sanft. Ihm war die heutige Präsentation schwergefallen. Sie wusste, dass er nicht für dieselben Themen brannte wie sie. Die Ergriffenheit – lediglich ein Filter auf dem Gesicht von Omni-Ethan.

„Sollen wir heute vor der Party noch etwas zusammen essen, Schatz?" Was sie eigentlich damit meinte, war: Sollen wir mal wieder etwas Zeit gemeinsam in der richtigen Welt verbringen? Denn die Partys fanden nur noch in Omniworld statt, wie ein Großteil ihres gemeinsamen Lebens. Während Marie immer auf einen Ausgleich geachtet hatte, schien Ethan das Objektleben nur noch als lästige Pflichtübung zu begreifen.

„Ich würde gerne", erwiderte Ethan träge, „aber ich bin verplant. Die materielle Welt lässt mich nicht los. Ich habe doch die Anhörung vor dem Kongress morgen wegen der angeblichen Meinungsbeeinflussung und Monopol-Vorwürfe. Live und in Fleisch und Blut in Washington D.C.. Die alte Welt. Graue Politiker, Zauderer und Jammerlappen. Ich habe sowas von keine Lust darauf, das kannst du mir glauben, Babe. Ich schnappe mir gleich eine Flugdrohne, damit ich noch ein paar Stunden schlafen kann vor dem Termin. Sorry, dass ich die letzte Zeit so eingespannt war. Wir stehen gerade echt an einem Scheidepunkt für die Zukunft von OMNI. Müssen noch ein paar Steine aus dem Weg räumen. Nach dem Termin komme ich wieder nach Hause, versprochen. Dann habe ich wieder Zeit für uns und das andere Thema."

„Ich verstehe", hauchte Marie, umarmte Ethan von hinten und verließ geräuschlos den Raum. Zurzeit musste sie oft Verständnis heucheln. Das andere Thema. Die Dinge waren kompliziert zwischen den beiden. Seit wann? War Ethan denn nicht klar, dass sie ebenfalls ein Teil des so verhassten Objektlebens war?

Marie öffnete die zweite Omnichamber im Schlafzimmer und zog sich die bereitliegenden Omniface, Omnisuit und

Omnigloves an. Es waren Prototypen, das Omniface 5 war angenehm leicht zu tragen und bestand lediglich aus einem Visier und den die Ohrmuscheln abdeckenden Kopfhörern. Kein Vergleich mehr zu den sperrigen VR-Brillen der ersten Generation. Die neue Generation der Omnisuit war ein schwarzer, mit kleinen Sensoren versehener Ganzkörper-Overall. Bequem wie Sportkleidung und kaum auf der Haut zu spüren. Marie schlüpfte hinein und verschloss den Klettverschluss bis zum Hals. Mit einer kurzen Vibration gab die Omnisuit zu erkennen, dass sie einsatzbereit war und passte sich automatisch an die Körperergonomie an. Die Omnigloves waren so einfach anzuziehen wie gewöhnliche Handschuhe. Mit einem kurzen Summen passten auch die Omnigloves sich an die Hände an. Sie dienten, neben der Sprachsteuerung, als wichtigstes Steuerelement in Omniworld.

In zwei Minuten war sie einsatzbereit und glich einer futuristischen Mischung aus Ninja und SWAT-Team. Alles war connected und das Omniface startete nach dem Iris-Scan Maries Omniworld-Account.

Der himmelblaue Omniworld Startbildschirm leuchtete vor Maries Augen auf. Nach wenigen Sekunden, in denen sich die Augen an die projizierten Bilder anpassen konnten, fand sie sich in ihrem Baumhaus wieder, welches sie als Rückzugsort zum Nachdenken und Arbeiten eingerichtet hatte. Aus dem Fenster konnte sie eine malerische Südseekulisse überblicken. Wolkenloser Himmel, Sandstrand, türkisblaues Meer. Die Insel war ihr Safespace, zu dem kein anderer Omni-Mensch ohne Einladung Zugang hatte. Zusammen mit Ethan hatte sie noch ein

Wolkenschloss. Jedoch trafen sie sich meist an immer neuen Orten. Omniworld machte Beschränkungen auf eine bestimme Location unnötig.

Unser Thema.

Mit ein paar schnellen Wischbewegungen der rechten Hand scrollte sie durch ihre Nachrichten: Wichtige Termine zog sie mit zwei Fingern in ihren persönlichen Kalender, der wie eine Zeitlinie auf der linken Seite ihres Sichtfeldes erschien. Heute Abend natürlich die Omniworld-Party, mit einem Woodstock-Motto. Jimmy Hendrix, CCR, The Who live erleben und sich dabei im simulierten Matsch suhlen. Mit ein bisschen Gras müsste es gehen, wobei sie ein echtes Event bevorzugt hätte. Leider machte wieder eine Virus-Mutation die Runde und in Kalifornien waren Menschenansammlungen mit mehr als zehn Personen untersagt. Der perfekte Vorwand für Ethan, die Events komplett nach Omniworld zu verlegen. Sie würde es sich überlegen. Aber zuerst musste sie wieder in die richtige Stimmung kommen.

„Boxen. Muhammad Ali. Level 5." Per Sprachausgabe lud das Omniface eine Box-Arena. Tausende Zuschauer johlten, Blitzlicht durchzuckte den Boxring. Ein junger Muhammad Ali stand Marie gegenüber. Seine Augen blitzten voller Entschlossenheit, als sie ihre Fäuste zur Begrüßung aneinanderstießen. Schon begann die erste Runde. Ali fixierte sie und begann, sie zu umtänzeln. Ein paar seiner langen Jabs tasteten ihre Deckung ab. Obwohl die Jabs so schnell angeflogen kamen wie Pfeile, konnte man die Wucht dahinter erahnen. Nur Geplänkel. Prüfend, ob sich eine Lücke ergab. Sie durfte sich nicht nur auf seine Rechte fokussieren, Ali war Linksausleger.

Plötzlich ließ er die Boxhandschuhe sinken und wechselte mehrmals die Auslage, so schnell wie bei einem Tanz. Obwohl sie es besser wusste, glitt Maries Blick auf seine Füße. Die kurze Ablenkung genügte. Marie reagierte zu spät und hatte bereits einen Leberhaken kassiert. Die Omnisuit gab einen schmerzhaften elektrischen Stoß an der Trefferstelle ab. Level 5 war die höchste Stufe, der Stromschlag ließ Marie kurz in sich zusammensacken. Jetzt war sie richtig wütend; genau, was sie brauchte. In schneller Abfolge feuerte sie ein paar Schläge in Richtung ihres Gegners. Die Omnigloves vibrierten bei jedem Aufprall, ließen die Knöchel schmerzen. Doch Ali wich aus, den Kopf weit nach hinten gelehnt, wie ein junger Pappelbaum im Wind. Es schienen immer ein paar Millimeter zu fehlen.

Unser Thema.

Marie erhöhte den Druck. Ali lehnte sich gegen die Ringseile, dann versuchte er einen Konter, dem Marie mit einer leichten Seitdrehung ausweichen konnte. Ihr nächster Schlag saß. Ali bekam zum ersten Mal einen Schlag auf die Bauchseite. Nimm das.

Die Meldung „Mama ruft an" erschien am oberen Rand des Sichtfeldes. Mist. Sie hatte vergessen den „Do not disturb"-Modus einzuschalten.

Level-5-Ali nutzte die Gunst der kurzen Unaufmerksamkeit und ging in die Offensive. Der erste Treffer landete mit der Wucht einer Haubitze in Maries Deckung. Die Vibration war so groß, dass sie ihre Hände leicht senkte. Eine fatale Schwachstelle, die Lücke, auf die er gewartet hatte. Der nächste Schlag traf sie mitten im Gesicht. Der Stromschlag, den das Omniface simulierte, war so stark, dass Maries Gesicht nach links gerissen wurde und ihr das Omniface fast vom Gesicht fiel. In ihrem rechten Gesichtsfeld tauchte die Umgebung ihrer Omnichamber auf, während das linke Auge sich noch in der Simulation des Omniface befand.

Sofort erschien der himmelblaue Ladebildschirm. Das System musste die Störung erkannt und sie ausgeloggt haben. Sie würde später eine Notiz an das Entwicklungsteam schreiben müssen, dass es bei der Justierung der Stromstöße noch erheblichen Nachbesserungsbedarf gab.

Sie rieb sich die immer noch schmerzende Gesichtsmuskulatur. Blut tropfte aus der Nase auf den Boden in regelmäßigem Rhythmus wie ein kaputter Wasserhahn. Der Schmerz tat gut, sie fühlte sich lebendig. Die roten Tropfen auf dem Boden waren wunderschön. Eine echte Erfahrung, unbezahlbar.

2035 – 3. Ethan

Ethan begann zu schwitzen. Er hasste es, wenn sein Körper ihm seiner Kontrolle entglitt. Aber das enge Hemd, die Krawatte, mit deren Knoten er eine halbe Stunde gekämpft hatte, und die bohrenden Fragen von Adam Riff, dem Leiter des Geheimdienstgremiums, setzten ihm zu.

Eine erste Schweißperle bildete sich auf seiner Stirn, drohte in einer langen Schliere seine Schläfe hinabzufließen. Sollte er sie schnell abwischen? Kameras überall, bereit, jedes noch so kleine Missgeschick aufzuzeichnen. Medien-Geier. Die Objektwelt duldete keine Schwächen.

„Mister Hubble", fuhr Adam Riff die Befragung fort, „Sie haben uns in den letzten 45 Minuten erklärt, wie Omniworld prinzipiell funktioniert. Wir haben verstanden, dass OMNI, das Unternehmen hinter Omniworld – Ihr Unternehmen – sich über Werbung und den Verkauf von elektronischen Geräten finanziert."

Ethan nickte. Die Schweißperle hatte sich zum Glück noch nicht bewegt.

„Nun kommen wir zum eigentlichen Thema, das unseren Ausschuss beschäftigt. OMNI hat aktiv dafür geworben, die Omniworld-Plattform für administrative Dienstleistungen zu nutzen, sowohl auf lokaler als auch auf Bundes-Ebene. Wir haben hier eine Liste von bereits laufenden Aktivitäten. Erläutern Sie bitte Ihren Standpunkt zu dieser Entwicklung."

Ethan Hubble räusperte sich, während sich Schweißperle 1 auf den Weg machte. Dafür waren Schweißperlen 2 und 3 auf der Stirn erschienen.

„Danke, Mister Riff. Nun, im Zentrum aller Überlegungen steht für OMNI, wie wir den technologischen Fortschritt zum Wohle der Menschheit…"

„Diesen Punkt hatten wir bereits. Bleiben Sie bitte beim Thema."

„Gut. Also. Erledigung administrativer Aufgaben in Omniworld. Das Bestreben Dienstleistungen und Behördenaufgaben zu digitalisieren oder auf andere Weise zu vereinfachen ist nicht neu. Erste, gescheiterte Versuche gab es bereits Ende des letzten Jahrtausends. Tatsächlich kann man inzwischen viele Behördengänge online erledigen, eine logische Entwicklung, da die Menschen immer mehr Zeit online verbracht haben. Genauso verbringen die Menschen inzwischen die meiste Zeit in Omniworld, es muss also eine weitere Anpassung stattfinden. Beziehungsweise, die Menschen wünschen ausdrücklich eine derartige Anpassung an ihre Lebensrealität. Wir bieten eine technologische Plattform, die die verschiedenen Behörden, auch mit unserer Unterstützung, nutzen können."

„Geben Sie uns doch ein paar konkrete Beispiele aus dieser Liste hier."

„Gerne. Wir haben in Kalifornien begonnen. Hier gab es schon immer eine starke Nachfrage und somit auch eine starke Unterstützung von einigen visionären Politikern. Unser erstes Projekt war in Daly City. Der Stadtrat hatte uns gebeten, seine Sitzungen über Omniworld austragen zu können. Wir haben ihnen dann bei der Einrichtung geholfen. Durch unseren Iris-Scan und die Überprüfung der Identität war die Authentizität der Teilnehmer gesichert. Es wurde ein Besucher-Forum eingerichtet und viele andere Möglichkeiten zur Partizipation der Bürger. Der erste Entschluss war die Abstimmung für einen Basketballplatz im Hillside Park. Das war vor vier Jahren. Wenn Sie so wollen, war es das erste Mal, dass eine politische Entscheidung in Omniworld getroffen wurde."

„Ein Fall, der dann bis vor den Supreme Court in Kalifornien gegangen ist."

„Und der dann einen Präzedenzfall geschaffen hat für weitere politische Prozesse, unter der Voraussetzung, dass verschiedene Kriterien eingehalten werden. Unter anderem eben die eindeutige Zuordnung von Omni-Avataren zu einer real existierenden Persönlichkeit. Es muss eine Authentifizierung stattfinden."

„Welche Behörden und Institutionen sind dann gefolgt?"

„Bildungseinrichtungen waren sehr schnell dabei. Die große Pandemiewelle von 2030 hat wieder die meisten Vorlesungen online stattfinden lassen. Doch den Studenten fehlte etwas. Das reine Starren auf einen Bildschirm ließ kein Gemeinschaftsgefühl aufkommen. Die University of Michigan war eine der ersten Universitäten, die ihre Veranstaltungen per Omniworld abgehalten hat. Das war die Fakultät für Raumfahrttechnik. Die Studenten konnten direkt die Flugdynamik ihrer Entwürfe in einer Simulation testen oder die Vorlesung fand in einem Mondkrater statt. Ein großer Erfolg."

Ethan Hubble genehmigte sich einen Schluck Wasser. Er hatte wieder ins Gespräch gefunden und Adam Riff ließ ihn erstmal reden. Schweißperle 2 und 3 schienen sich zurückgezogen zu haben.

„Und dann kamen die ersten judikativen Dienstleistungen hinzu. Hier war auch Kalifornien der Vorreiter. Das erste Gerichtsverfahren, das in Omniworld abgehalten wurde, war in San Diego. Eine Verurteilung wegen Fahrens unter Alkoholeinfluss."

„Mister Hubble. Würden Sie mir zustimmen, wenn ich sage: Omniworld versucht sich unersetzbar zu machen?"

„Nein. Wir liefern lediglich die Technologie, die Plattform. Letztendlich findet dort Kommunikation statt. Egal ob per Telefon, Internet oder Omniworld."

„Und Kommunikation bedeutet Daten. Unmengen an Daten, die tagtäglich über Omniworld ausgetauscht werden. Wie garantieren Sie den Bürgern, wie garantieren Sie dem Staat, dass diese nicht zu anderen Zwecken verwendet werden?"

„Weil wir die besten Programmierer der Welt beschäftigen, die sicherstellen, dass unser Code absolut makellos ist. Außerdem speichern wir keine Daten ohne Erlaubnis. Wir haben der National Metaverse Security Agency alle Protokolle vorgelegt. Es finden regelmäßige, unangekündigte Kontrollen seitens der NMSA statt. Wir sind das wahrscheinlich transparenteste Unternehmen aus dem Silicon Valley. Ich glaube außerdem nicht, dass man früher den Telefonnetz-Anbietern pauschal unterstellt hat, ihre Kunden abzuhören."

Adam Riff schien der Seitenhieb nicht zu beeindrucken. War Ethan zu patzig gewesen? Riff flüsterte irgendetwas mit seinem Nebensitzer auf dem Podium, bevor er das Mikrofon wieder einschaltete.

„Mister Hubble. Es gibt hier in Washington eine Gruppe von Politikern beider Parteien, die darauf drängen, Omniworld auch für Bundeseinrichtungen zu nutzen. Was könnte diese Politiker Ihrer Meinung nach antreiben?"

„Fortschritt. Effizienz. Kosteneinsparungen. Die nächste Wahl."

„Interessant, dass Sie die Wahlen erwähnen. Bitte führen Sie das näher aus."

„Nun, Mister Riff. Mit Verlaub. Die Wähler pushen diese Entwicklung doch. Sie wollen nicht das Haus verlassen, um den Führerschein zu verlängern. Sie wollen nicht in die Innenstadt fahren müssen, um an einer Abstimmung über die lokale Bibliothek teilnehmen zu können. Das Gleiche gilt auch für Wahlen. Omniworld bedeutet Teilhabe. Gleichberechtigung. Eine Möglichkeit, gegen die politische Lethargie vorzugehen. Und Politiker, die diese Entwicklung fördern, haben natürlich größere Chancen, wiedergewählt zu werden."

„Was für ein praktischer Umstand für Sie."

Ethan musste sich zusammenreißen. Nicht provozieren lassen.

„Ich weiß nicht, was Sie hier implizieren. Die Menschen bleiben lieber zu Hause. Kein Stau, keine Hitze, keine Viren. Ist das so schwer zu glauben? Gleichzeitig sehen wir jetzt schon die positiven Effekte in Gebieten mit einer hohen Nutzungsrate von Omniworld. Weniger Kriminalität, weniger Emissionen, mehr Zufriedenheit, mehr…"

„Natürlich ist die Kriminalitätsrate geringer, wenn alle Leute nur noch zu Hause sitzen… Sie erwähnen nicht die negativen Auswirkungen auf die körperliche und mentale Gesundheit. Aber das ist heute nicht das Thema. Uns interessiert die Beeinflussung der politischen Meinung durch Omniworld."

„Wie meinen Sie das?"

„Ihr Unternehmen scheint alle Bereiche der Gesellschaft durchringen zu wollen. Ein Großteil der Kommunikation und der Nachrichten wird über Ihre Plattform quasi-monopolistisch abgewickelt. Nach Ihrer Logik sollten wohl auch die Präsidentschaftswahlen bald über Ihre Plattform stattfinden. Unser ganzes demokratisches System könnte durch Omniworld aus dem Gleichgewicht gebracht werden!"

„Welches Gleichgewicht", dachte Ethan zornig. Das System war schon längst verrottet. Omniworld war Demokratie in Reinform. Nicht diese elitäre Lobby-Vertreter-Show in Washington.

„Mister Hubble, wie können wir sicherstellen, dass Omniworld nicht durch gezielte Nachrichtenalgorithmen die öffentliche Meinung in Ihrem Sinn beeinflusst? Sie sind der CEO des wertvollsten Unternehmens der Welt. Geheimdienste aller

Länder würden sich um die Daten reißen, die über Ihre Plattform laufen. Omniworld ist eine Gefahr für unser System!"

Frontalangriff. Ethan überlegte fieberhaft, wie er hier argumentieren sollte. Am liebsten hätte er sich ein Omniface aufgezogen und wäre in Omniworld versunken. Diese Drecks-Objektwelt konnte ihn mal.

Er atmete tief durch: „Bald werden wir füreinander nur noch durchsichtige Geleehaufen sein. Wissen Sie, wer das gesagt hat?"

„Nein, erhellen Sie uns."

„Das war ein britischer Journalist im Jahr 1897, der sich über die Technologie des Telefons beschwerte."

„Und?"

„Jede neue Technologie hat ihre Kritiker. Der Buchdruck, Astronomie, Elektrizität, die Eisenbahn. Sie und Ihresgleichen haben ein Problem mit der nächsten Stufe der technologischen Entwicklung. Statt sich an den neuen Möglichkeiten zu erfreuen, schüren Sie Ängste. Das ist okay, ich verurteile Sie nicht. Sie trauern einer Zeit nach, die nicht wiederkommen wird. Ihre Politik hat die Welt an den Rand des Abgrunds gebracht. Aber egal, was ich hier sage, Sie haben eine vorgefertigte Meinung, denn Sie schützen ein überkommenes System. OMNI und Omniworld sind transparent. Omniworld gibt jedem Amerikaner eine Stimme, unabhängig von kulturellem Hintergrund, Vermögen oder anderen Faktoren. Wir werden von einer eigenen staatlichen Behörde kontrolliert. Wenn Sie weitere Forderungen haben, werden wir auch diese erfüllen. Aber ich werde es nicht zulassen, dass Sie hier einen Scheiterhaufen eröffnen, befeuert durch Ihre Technophobie. Die Menschen lieben Omniworld, sie brauchen keine Anzugträger aus Washington, die immer wieder ihre Freiheiten einschränken wollen. OMNI hat das Leben so vieler Amerikaner verbessert, nicht Sie!"

Ethan musste sich zügeln. Doch im Auditorium hinter ihm brandete Applaus auf. Das Volk stärkte ihm den Rücken.

2035 – 4. Steffen

Steffen glaubte seinen Augen nicht zu trauen, als er den Report namens „Europe goes omni" öffnete. Die wichtigsten Informationen standen in der einleitenden Zusammenfassung: Die Europäische Kommission schlug vor, ein eigenes System innerhalb von Omniworld zu errichten. Verlegung eines großen Teils der Bürokratie in das größte Metaversum. Dieses solle zwar autark und abgesichert sein, jedoch dieselbe zugrunde liegende Infrastruktur nutzen. Ein Omni-System für Behörden und Bildungseinrichtungen ab der Grundschule, mit dem Ziel, die Effizienz zu steigern und Kosten zu senken. Weniger Beamte, weniger Ämter, mehr Output, mehr Omni. Durch Nutzung eines etablierten Anbieters hoffe man auf eine schnelle Einführung und auf breite Akzeptanz in der Bevölkerung, stand dort.

Europa steht am Scheideweg. Globale Herausforderungen wie der Klimawandel verlangen die bestmögliche Nutzung aller zur Verfügung stehenden Technologien.

128 Seiten mit Anhängen. Diagramme, die die CO_2-Einsparungen darstellten. Landkarten mit Dürrezonen. Explodierende Kosten für Energie, landwirtschaftliche Erzeugnisse und physische Infrastruktur. Die kontaktierten Behörden der einzelnen Mitgliedsstaaten, darunter das BSI, für

das Steffen arbeitete, waren gebeten worden, ihre Einschätzung abzugeben. Allein etwas Derartiges in Betracht zu ziehen, machte Steffen fassungslos.

Nun war eine eindeutige Position der beteiligten deutschen Behörden und Ministerien gefragt, um diese Initiative im Keim zu ersticken. OMNI durfte keinen Fuß in die Tür der EU bekommen! Der Vorschlag war aus dem Nichts erschienen und in keinem der Gremien oder Workshops aufgetaucht, die Steffen für das BSI verfolgte. Wie war das möglich? OMNI musste an einer weit oben sitzenden Schraube im Machtapparat gedreht haben. Dass die aktuelle Mehrheitskoalition im Europaparlament nun auf die neugegründete Liberale Zukunftspartei angewiesen war, die sich für Omniworld-Belange stark machte, war nur die Spitze des Eisberges gewesen. Der Unterbau hatte sich schon länger formiert.

„Hassan, hast du den Report der EK schon gesehen?" Er teilte sich mit seinem Kollegen ein kleines Drei-Mann-Büro, wobei der dritte Platz unbesetzt war. Obwohl sie sich mit Hightech-Themen befassten, sah es aus wie ein typisches Beamten-Büro aus längst vergangenen BRD-Zeiten. Lediglich das Tech-Equipment auf der Längsseite des Raumes verriet, womit die BSI-Beamten sich schwerpunktmäßig befassten. Hassan saß ihm an einem Doppelschreibtisch gegenüber.

„Ich überfliege gerade die Zusammenfassung", erwiderte dieser, ohne seinen Blick vom Bildschirm abzuwenden, „sind die jetzt total durchgedreht? Wer hat sich so einen Scheiß ausgedacht?"

In Steffens Outlook poppte eine Termineinladung für eine Abteilungsbesprechung namens „Europe goes omni –

Stellungnahme" auf. Wahrscheinlich wollte ihr Abteilungsleiter Thomas Handke mit ihnen über das Thema sprechen. Steffen war sich nicht sicher, was er von Handke halten sollte. Er war zwar sehr zielstrebig und unterstütze sein Team, wo er konnte. Nach oben fehlte ihm aber der Biss und Steffen hatte das Gefühl, dass ihre Warnungen in Berlin und Brüssel verpufften, seit der Abteilungsleiterposten vor einem halben Jahr neu besetzt worden war. Nicht, dass es davor besser gewesen wäre. Sein Bericht über die Gefahren zur Abhängigkeit durch Omniworld bei Jugendlichen war im bürokratischen Sumpf verschwunden. In den Gremien war er auf taube Ohren gestoßen. Handkes Vorgänger hatte Steffen sogar geraten, bei dem Thema „einen Gang zurückzuschalten". Indirekt hatte er angedeutet, dass Steffens Blick aufgrund seiner familiären Situation getrübt sei. Steffen war froh, dass sein alter Chef weg war. Privates teilte er nun höchstens noch mit Hassan.

Die Bilder aus der Entzugsklinik von Professor Colbourn tauchten vor seinem inneren Auge auf und ließen ihn erschauern.

„Da haben bestimmt ein paar Leute in Brüssel einen goldenen Avatar bekommen", meinte Hassan leise.

„Das sind doch nur Gerüchte. Glaubst du das etwa?", erkundigte sich Steffen.

Berichte über goldene Avatare gab es schon seit einiger Zeit, jedoch wurden sie meist in den Bereich der Verschwörungstheorien verortet; Beweise gab es keine. Ein goldener Avatar sollte durch Omniworld erweiterte Zugriffsrechte haben. Damit sei man angeblich in der Lage, die Simulationen anderer Avatare abzurufen, nicht nur in Echtzeit, sondern auch vergangene. Somit hätte ein goldener Avatar Zugriff auf die verborgensten Geheimnisse und intimsten Erlebnisse von anderen Omniworld-Nutzern. Zugleich wäre dies hochgradig illegal, denn Omniworld hatte sich angeblich äußert strengen Datenschutzrichtlinien unterworfen. Zum anderen stritt das Unternehmen vehement ab, die Simulationen einzelner Nutzer aufzuzeichnen und zu speichern. Gab es geheime Server-Räume, die alle Erlebnisse aufzeichneten? Könnte man die Existenz eines goldenen Avatars nachweisen, wäre dies das Ende von Omniworld und damit OMNI. Zumindest in der EU. Zumindest nach der aktuellen Gesetzeslage.

Hassan starrte weiter auf den Bildschirm, als hätte er die Frage nicht gehört. Dann stand er unvermittelt auf und schloss die Bürotür. „Ja, ich bin mir ziemlich sicher, dass es die gibt. Wir hatten doch vor drei oder vier Monaten das Projekt, bei dem wir gezielt falsche Profile erstellt haben, um den Jugendschutz zu prüfen. Der eine Programmierer von Cyberrider, der Dicke mit dem Tunnel im Ohr, hat mir damals erzählt, dass er im Quellcode einen Ansatzpunkt für solche Benutzerrechte entdeckt hat. Er meinte, für das richtige Kleingeld und mit der nötigen Serverkapazität, könnte er einen Hack starten."

„Und das glaubst du? Der will doch nur Vorkasse."

„Ich glaube nicht, dass er mich anlügen würde. Er wusste ja, wer wir sind. Er hat wohl auf einen fetten Regierungsauftrag gehofft. Aber unser Herr Handke wollte dem nicht nachgehen."

„Wahrscheinlich zu teuer. Die kürzen doch in der sogenannten Objektwelt an allen Ecken und Enden."

„Zu teuer? Damit könnte man Omniworld richtig eine reinwürgen. Und abgesehen von unserem professionellen Interesse. Stell dir mal vor, was du als goldener Avatar alles rausfinden könntest. Also ich würde gerne mal die Simulationen meiner Ex anschauen, was die so getrieben hat, wenn sie omni war. Bestimmt nichts Anständiges."

Hassan lachte, wohl um zu betonen, dass er niemals etwas Illegales tun würde. Steffen aber fand allein den Anfangsverdacht höchst bedenklich. Dass Handke dem ganzen nicht nachging, machte die Sache zu einem richtigen Kopfschmerzthema. Wahrscheinlich waren diverse Geheimdienste an dem Thema dran. In einer Welt, in der Daten das neue Gold waren, war Omniworld das El Dorado. Unbegrenzter Zugriff auf alle Simulationen bedeutete unbegrenzte Macht. Keine Privatsphäre, jeder Nutzer wäre erpressbar.

Es gab so viele Schnittstellen zum Thema Omniworld, dass die Bürokratie der EU völlig überfordert wirkte, ganz zu schweigen vom BSI. Mit ihren langwierigen Entscheidungswegen konnten sie den gesellschaftlichen Entwicklungen, die Omniworld hervorgerufen hatte, nur hinterherlaufen. Die EU-Kommission regierte mehr oder weniger eigenmächtig, um keinen Verdacht eines Kontrollverlustes aufkeimen zu lassen. In den USA waren schon etliche Behörden-Prozesse nach Omniworld verlagert worden. Ein bitterer Vorgeschmack auf die Debatten, die auf sie zukamen.

Dazu noch die nachweisliche Abhängigkeit, in der sich viele Omni-Menschen befanden. Würde man seinen eigenen Sohn fragen, ob man Schulunterricht künftig in Omniworld abhalten sollte, würde er ohne zu zögern zustimmen. Goldene Avatare waren gar nicht nötig, um Politiker zu korrumpieren. Sie waren ja schon Teil von Omniworld, das sich wie ein hartnäckiger Schimmelpilz durch alle Schichten der Gesellschaft fraß. Und

Steffen konnte nur zusehen, wie die Metastasen langsam auch nach ihm griffen. Wer sich dem entgegenstellte wurde abgewählt, Kritik an Omniworld war fortschrittsfeindlich. Jetzt war also die EU dran.

„Ich weiß nicht, wie lange das noch gut geht", meinte Steffen, „hast du nicht manchmal auch die Sorge, dass wir auf der falschen Seite der Geschichte stehen? Wir schöpfen mit Teelöffeln Wasser aus einem Kahn, bei dem der ganze Boden fehlt. Vielleicht muss alles so kommen und was wir hier in unserer altmodischen Behörde für Reports schreiben, ist völlig egal. Die verschwinden im Nirwana."

„Wenn du anfängst so zu denken, hast du schon verloren", entgegnete Hassan, „ich denke immer noch, dass unsere Arbeit wichtig ist. Für uns, für unsere Kinder. Vielleicht geht es ja nicht darum, Omniworld komplett zu stoppen, sondern alles in geordnete Bahnen zu lenken, Kompromisse zu finden? Kontroll-Mechanismen zu etablieren. Ich weiß, dass das Thema für dich schwerer wiegt, wegen Noah. Wenn Yasmin und Ümit einmal in dem Alter sind, habe ich wahrscheinlich auch andere Sorgen. Aber bis dahin werde ich meinen Teil tun, damit sie nicht komplett von Omniworld konsumiert werden. Und... es ist ja nicht alles schlecht. Man muss nur die richtige Balance finden. Das ist wie früher mit dem Fernsehen oder mit den Videospielen. Ich zocke auch regelmäßig in Omniworld. Trotzdem komme ich nicht zu spät zur Arbeit, oder?

Es gibt dieses neue Spiel ,Dragon Quest'. Da kann man kicken, boxen, Energiebälle schießen und bekommt über einen Gürtel Vibrationen, wenn man getroffen wird. Eine halbe Stunde pro Tag ist ein super Workout. Aber ich baue mir da kein zweites Leben auf und diesen ganzen Mist. Ich kann das trennen, das ist nur Unterhaltung. 100 % Unterhaltung. Und es gibt noch geilere Sachen…"

„Zum Beispiel?", fragte Steffen aus reiner Höflichkeit, während er weiter im Report las.

Hassans Stimme wurde wieder leiser und er blickte Steffen herausfordernd an: „Sense-Sation? Die Anwendung für Omni-Sex. Ab 18. Come on, tu nicht so, also ob du das nicht kennst. Ich kann dir ein paar abgefahrene Locations empfehlen. In Kombination mit dem neuen Lotos 2 ist das richtig geil. Ich habe es gestern mit einer Wald-Elfin getrieben, der Hammer!"

Steffen fühlte sich ertappt und wusste nicht, was er sagen sollte. Tatsächlich war er regelmäßiger Nutzer des Programms; eine Gewohnheit, die er aber lieber für sich behalten wollte. Sogar gegenüber Hassan. Er sah dies als Möglichkeit, um Druck abzubauen und gleichzeitig die Technologie des Feindes besser zu verstehen. Steffen schwieg. „Nichts für mich", meinte er dann betont gelangweilt und scrollte besonders eifrig durch den Report.

2035 – 5. Marie + Ethan

Sie standen auf einer Erhebung inmitten der Hügellandschaft der Toskana. Eine von Zypressenreihen gesäumte Straße schlängelte sich bergab, dann wieder bergauf und verschwand hinter dem nächsten Hügel. In der Ferne war ein kleines Städtchen mit einer mittelalterlichen Stadtmauer zu sehen. Ein paar Türme flimmerten in der mediterranen Nachmittagssonne. Marie fragte sich, warum Ethan diesen Ort gewählt hatte.

„Na, wie geht es dir?", wollte Ethan, oder besser gesagt Omni-Ethan, wissen.

Marie, oder besser gesagt Omni-Marie, antwortete genervt: „Ganz ok. Aber ich hätte dich lieber in echt getroffen. Wo steckst du denn?"

„Was heißt in echt? Ich bin doch hier, bei dir." Gemeinsam gingen sie ein paar Schritte auf dem kleinen Weg entlang. „Ich meine in der materiellen Welt. Nicht in Omniworld..." Solche Diskussionen nervten Marie inzwischen gewaltig. Immer flüchtete sich Ethan ins Philosophische – Wahrnehmung ist nicht robust, Realität ist subjektiv. Sie wollte aber über konkrete Dinge sprechen, die ihre Wahrnehmung – die sie – als wichtig erachtete.

Omni-Ethan kam näher und wollte den Arm um sie legen, doch Marie stieß ihn sanft aber deutlich von sich. „Nenn mich altmodisch, aber ich finde immer noch physische Umarmungen schöner als virtuelle, mit Stromstößen simulierte. Egal wie sehr Max das noch optimiert."

„Ich weiß, Babe, es tut mir leid. Ich bin immer noch in Brüssel, die haben meine Anwesenheit verlangt. Ist alles in Ordnung? Du bist doch sonst nicht so versessen auf die materielle Welt, oder bist du jetzt ein ‚material girl'?"

Seine Witze zündeten echt nicht mehr, aber vielleicht lag das auch an Maries schlechter Laune.

„Ich bin nicht versessen auf die materielle Welt, solange ich beides haben kann. Es geht ums Gleichgewicht. Du kennst meine Meinung. Aber weißt du eigentlich, wann wir das letzte Mal beide in unserem echten Apartment geschlafen haben? Wann wir miteinander geschlafen haben? Und erzähl mir nicht, dass

‚Sense-Sation' dich rein professionell interessiert... Männer sind doch echt das Letzte, egal in welchem Universum. Am Schluss geht es nur darum, seinen Schwanz irgendwo reinzustecken."

Marie musste sich bremsen. Eigentlich wollte sie ihm keine Vorwürfe machen. Sie wusste, wie hart er arbeitete. „Ich habe ja nichts dagegen, dass wir uns auch in Omniworld treffen. Die Betonung liegt auf auch! Wie soll das denn sonst mal mit Kindern funktionieren?" Da, sie hatte es gesagt. Unser Thema. Aber sie war es leid, um den heißen Brei zu reden. Sie blieb stehen und sah ihn direkt an.

„Ethan", fuhr sie ruhig fort, „ich möchte jetzt wirklich wissen, ob Kinder für dich eine Option sind. Oder ob du dich 100 % auf deine Arbeit und Omniworld konzentrieren willst. Bitte, das ist wichtig für mich. Ich hätte gerne mit dir in echt darüber gesprochen, aber dann soll es eben hier sein."

Die Aggressivität war aus ihrer Stimme gewichen, jetzt stand nur noch Hoffnung zwischen ihnen. Ein Paar auf einem Hügel in der Toskana, das Zukunftspläne schmiedete.

„Babe, es tut mir leid, dass ich dich so lange hingehalten habe. Aber das hatte gute Gründe, du wirst es verstehen. Komm, ich zeige dir etwas."

Omni-Ethan streckte ihr seine Hand entgegen und Omni-Marie berührte sie. So konnten sie gemeinsam die Simulation wechseln.

Ihr Sichtfeld wurde kurz himmelblau, dann fand sie sich in einem rosa gestrichenen Kinderzimmer wieder. Die Abendsonne brach sich durch die halb geschlossenen Jalousien, und verlieh dem Raum durch orangefarbenes Licht noch mehr Wärme. Man fühlte sich sofort wohl und geborgen hier. Entferntes Vogelzwitschern und Kinderlachen waren zu hören. Eine familienfreundliche Gegend, nahe zur Natur. Ein amerikanisches Vorstadt-Idyll oder ein suburbaner Albtraum, je nach Geschmack.

An der Längsseite des Zimmers stand ein Babybettchen, ebenfalls ganz in rosa, über dem ein Mobile aus Plüschwolken sanft in der Luft schaukelte. Marie beschlich ein ungutes Gefühl, als sie das Bettchen sah. Mit jeder Sekunde steigerte sich das diffuse ungute Gefühl spiralförmig zu einem konkreten Gefühl der Panik. Panik vor dem, was Ethan nun sagen könnte. Sagen würde.

„Was ist das?", fragte Marie, mehr an sich selbst als an Ethan gerichtet.

„Das", erklärte Ethan nicht ohne Stolz in der Stimme „ist unsere Tochter. Das erste Omni-Baby."

Obwohl sie geahnt hatte, was er sagen würde, waren die Worte ausgesprochen wie ein Tritt in die Magengrube. Ein Satz, der ihr Leben in ein davor und danach zerriss. Ein echter, nicht-simulierter, kalter Schauer lief ihr den Rücken hinunter. Sie hoffte, dass ihr Omniface ihren versteinerten Gesichtsausdruck 1:1 wiedergab, in 24K. Doch Ethan sprach offenbar unbeeindruckt weiter, wie ein Immobilienmakler, der seinen hundertsten Kunden davon überzeugen wollte, dass die Bauruine ein Heimwerkertraum sei. Fokus auf einen erfolgreichen Abschluss, alles andere ausgeblendet.

Marie hörte nur halb hin, während sie versuchte ihre Gedanken zu sortieren. Die Ansprache schien gut vorbereitet zu sein, wie eine seiner Produktpräsentationen. Er geizte nicht mit Visionen wie der „Zukunft der Menschheit", „Vereinbarkeit von Familie, Beruf und Privatleben" und anderen gut vermarktbaren Schlagwörtern. Buzzwords für den Omni-Pöbel. Ende der Überbevölkerung. Keine Krankheiten oder genetische Defekte. Kinder haben und trotzdem ein freies Leben führen.

„…und trotzdem ist das Omni-Baby ein perfektes Abbild seiner Eltern. Keine einfache Zufalls-Simulation. Wir haben in unserem Labor unsere beiden genetischen Proben kombiniert und daraus eine komplexe KI generiert. Der Algorithmus ist dabei eine Kombination aus genetischen Informationen und einem Abgleich mit den Omni-Profilen der Eltern. Das heißt, das Omni-Baby entspricht vom Verhalten und Aussehen seinem Äquivalent aus der Objektwelt. Minus der ganzen Sachen, die bei physischen Kindern schiefgehen können. Und etwas Optimierung hier und dort. Zum Beispiel keine Schreibabys. Außer natürlich auf ausdrücklichen Wunsch. Aber am Windelgeruch arbeiten wir noch." Mit einem aufgesetzten Lacher quittierte Ethan seinen eigenen Witz, den er bestimmt fünfmal geprobt hatte.

Marie bebte, bereit zur Explosion. Das also hatte er die letzte Zeit gemacht. Während sie sich ernsthaft Gedanken über ihre gemeinsame Zukunft und Kinderkriegen gemacht hatte, hatte er an dieser moralischen und emotionalen Katastrophe geforscht und das Projekt vor ihr geheim gehalten. Wie damals bei der Omni-Muschi. Weil er insgeheim gewusst hatte, dass sie es ablehnte. Oder war er so dumm? Kannte er sie so schlecht? Hingehalten mit ein paar netten Projekten fürs gute Gewissen hatte er sie. Knochen hingeworfen, während er eine neue Gesellschaft entwarf.

Ein bisschen war sie auch froh, dass sie endlich wieder Klarheit hatte. Klarheit und Wut waren eine gute Mischung. Nicht er war dumm gewesen, sondern sie. Dieser Ethan war nicht der Mann, den sie einmal geliebt hatte.

Ethan fuhr unbeirrt fort: „Das ist das allererste Baby. Wir können es in Echtzeit wachsen lassen, aber wenn du lieber einen Jungen möchtest, kein Problem. Wenn alles gut läuft, können wir in vier bis fünf Monaten Omni-Kinder für alle anbieten. Endlich wieder eine große technische Innovation von Omniworld. Was denkst du?"

Marie schwieg. Sie wägte ihre Optionen ab. In Sekundenbruchteilen musste sie über ihre Karriere und ihr Privatleben entscheiden.

„Komm, schau dir das Baby an. Sie hat noch keinen Namen."

Marie zögerte. Was war, wenn sie tatsächlich Gefühle entwickeln sollte für dieses künstliche Geschöpf? Wenn es genau so aussah, wie sie es sich immer vorgestellt hatte?

Sie trat vorsichtig an das Bettchen heran, wie an einen grenzenlosen Abgrund. Langsam, als könnte sie hinabstürzen. Das Baby war noch winzig, wie frisch geboren. Die Haut war zartrosa, die Augen geöffnet, auch wenn Marie wusste, dass Babys in diesem Alter noch fast nichts sehen konnten. Sie hatte sich ja eingelesen. Tatsächlich sah das Baby, oder zumindest dachte Marie das, ihr und Ethan ähnlich. So hatte sie sich das vorgestellt. Aber sahen Babys nicht alle gleich aus? Das Kindchen-Schema musste ihr einen Streich spielen. Sie musste aufpassen, nicht von der Simulation vereinnahmt zu werden.

Als das Baby ein paar weinerliche Laute von sich gab, streckte Marie instinktiv ihre Hand aus, um den Kopf sanft zu streicheln.

Ihre Omnigloves vibrierten, aber die Simulation war nicht überzeugend. Nur ein paar elektrische Impulse. Kalter, toter Strom. Wie lange würde es noch dauern bis die Omniworld-Ingenieure das Gefühl, den Kopf eines Neugeborenen zu streicheln, perfekt nachahmen konnten?

Marie nahm die Hand zurück und besann sich. Alles fake. Tausendmal würde sie sich für Blut, Schmerz und Gestank entscheiden, solange es nur echt wäre. Die letzten Zweifel fielen von ihr ab wie eine vertrocknete Hülle.

„Bist du völlig wahnsinnig geworden?", brüllte sie in einer Lautstärke, vor der sie selbst erschrak. Das Omni-Baby begann laut zu schreien.

„Nicht so laut", beschwichtigte Ethan, „unser Baby."

„Das ist kein Baby, Ethan! Hast du den Verstand verloren? Wie kommst du dazu, meine DNA zu klauen und ungefragt an diesem abartigen Projekt zu arbeiten. Ich wollte mit dir über ein Kind sprechen, nicht über ein neues Feature für Omniworld."

Marie war jetzt nicht mehr zu bremsen. Wenn sie sich in echt getroffen hätten, würde sie mit Gegenständen nach Ethan schmeißen, ihn packen und schütteln. Hatte er das etwa einkalkuliert? Wer war dieser Mensch, der ihr gegenüberstand?

„Es ist aus, Ethan. Ich will so nicht mehr leben. Mit dieser Scheißaktion hast du mir wenigstens klar gemacht, wo wir zwei stehen. Es ist vorbei. OMNI kann mich auch am Arsch lecken. Am physischen Arsch lecken! Das geht doch in die völlig falsche Richtung, was du hier machst. Psychopath!"

Ethan schien ehrlich überrascht zu sein über ihre Reaktion. Das Omni-Baby schrie immer noch, wobei er es sicher hätte stumm schalten können.

„Lösch alle meine Daten und genetischen Informationen", fuhr Marie fort, nach dem ersten Sturm etwas ruhiger, „und lösch dieses beschissene Omni-Baby. Sonst hörst du von meinen Anwälten."

Omni-Ethan zeigte keine Reaktion. Wahrscheinlich hatte der echte Ethan die Simulation seiner Gesichtszüge durch das Omniface abgestellt. Vielleicht weinte er?

Marie setzte nach: „Du weißt, dass ich gut in Öffentlichkeitsarbeit bin. Ich kann den ganzen Laden zum Einstürzen bringen", drohte sie.

Omni-Ethan wirkte nun zerknirscht. „Ich liebe dich, Marie. Ich wollte dir doch nicht wehtun. Vielleicht habe ich über die Stränge geschlagen, du weißt doch, wie ich bin, wenn ich etwas Neues entwickle. Manchmal bekomme ich einen Tunnelblick. Ich wollte dich niemals verletzen."

„Dann lösch das verfickte Baby und beende dieses hirnrissige Projekt. Auf der Stelle."

Ethan zögerte. Sie hatte ihn in ein Dilemma manövriert. Seine Projekte waren heilig für ihn.

„Das kann ich nicht. Das Omni-Baby ist der erste Schritt zur nächsten Stufe unserer KI-Optimierung. Die Zukunft von Omniworld steht und fällt mit diesem Projekt. Wir müssen innovativ bleiben. Wachsen."

„Lösch. Das. Baby!"

„Im Gegensatz zu dir sehe ich das Leben in Omniworld nicht als minderwertig an. Wenn das für dich nur ein Haufen von Daten ist, dann beseitige es doch selbst. Nimm ein Kissen. Oder schmeiß es aus dem Fenster… unsere Tochter. Sie ist doch nicht echt in deinen Augen? Bitteschön!"

Marie war fassungslos. Sie hätte nicht wieder einlenken dürfen. Ethan war offensichtlich wahnsinnig geworden, wenn er glaubte, dass sie das durchgehen ließ.

„Du hörst von meinen Anwälten."

Dann riss sich Marie das Omniface vom Kopf.

2035 – 6. Steffen

„Ich bin so froh, dass wir uns so kurzfristig treffen konnten, Frau Obermaier."

Steffen Mieler hatte auf der Ledercouch in Obermaiers Büro Platz genommen. Unbequem aber chic. Die Einrichtung passte gar nicht zu dem bayrischen Mitglied der europäischen Grünen, dem er einen Besuch abstattete. Er hätte etwas Bodenständiges, Gemütliches erwartet. Das sterile Design erinnerte ihn an den Showroom eines Einrichtungshauses.

„Oh, die Freude ist ganz meinerseits", entgegnete Obermaier, „in diesen Zeiten muss man ja über jedes Treffen in der echten Welt dankbar sein. Sie sind doch getestet?"

„Natürlich."

„Sehr gut. Ich muss fragen, denn wir haben hier in den Brüsseler Abgeordneten-Büros sehr strenge Regeln für Besucher. Aber als Beamter des BSI kennen Sie das ja."

Obermaier war eine gutmütige Mittfünfzigerin mit breitem mittelbairischem Dialekt. Professor Colbourn hatte den Kontakt hergestellt, denn Obermaier war eine der kritischsten Stimmen gegen Omniworld im EU-Parlament.

„Sind Sie mit der Flugdrohne angereist?"

„Ja, das ging sehr unkompliziert."

„In der Tat."

Obermaier hatte Kaffee eingeschenkt und sich auf den Kunstledersessel neben Steffen gesetzt. „Der Drohnenmarkt wird inzwischen auch von OMNI dominiert, wie Sie sicher wissen. Das Drohnenprogramm und ‚Algen für die Welt' findet auch in meiner Partei große Unterstützung. Viele verschließen deshalb die Augen vor dem Umbau der Gesellschaft, der durch OMNI mittels Omniworld vorangetrieben wird. Haben Sie gehört, dass dem Professor das Forschungsbudget für 2036 zusammengestrichen wurde? Ein Skandal!"

Steffen schüttelte den Kopf und nippte am Kaffee. Vergeblich suchte er in der wässrigen Brühe nach der von ihm geliebten Bitterkeit. In Brüssel war alles ein lauer Kompromiss, selbst der Kaffee.

Obermaier lächelte ihn aufmunternd an. „Wie kann Ihnen denn so ein politisches Urgestein wie ich helfen?"

Steffen räusperte sich. „Nun, um gleich auf den Punkt zu kommen: Ich mache mir Sorgen. Ich bin innerhalb des BSI für die Beobachtung von Omniworld zuständig. Ich verfasse Reporte, wie zum Beispiel über die Gefahr für unsere Jugend, den ich Ihnen auch geschickt habe. Aber nichts passiert. Meinen Vorgesetzten scheint das nicht richtig zu interessieren. Als Experte bin ich Mitglied von verschiedenen Ausschüssen, auch auf EU-Ebene. Ich warne, fordere, ohne Ergebnis. Brüssel scheint zu schlafen."

„Oh, ich kenne Ihr Gefühl nur zu gut, mein Lieber. Der Kampf gegen die Windmühlen, den führe ich hier jeden Tag. Seit die Liberale Zukunftspartei mitregiert, erleben wir den Umbau der

Demokratie, vor aller Augen! Ich bin mir sicher, dass OMNI die Agenda der LZP bestimmt, aber so etwas kann man schwer beweisen. Und das Wahlvolk straft jene, die sich gegen Omniworld stellen. Die Grünen haben im letzten Wahlprogramm eine strikte Überwachung von Omniworld gefordert, inklusive Einblick in deren Datenstruktur. Als Dank haben wir das schlechteste Ergebnis in unserer Parteigeschichte eingefahren. Ohne Liste hätte ich ebenfalls mein Mandat verloren. Stellen Sie sich das vor! Und jetzt bin ich beinahe isoliert, sogar in meiner Partei. Keiner traut sich mehr an das Thema ran. Wir sollen uns wieder auf unsere ökologischen Kern-Themen fokussieren. Aber wissen Sie, was das Schlimme daran ist? Die Menschen denken, dass ein Ethan Hubble mit seinen diversen Programmen mehr für die Umwelt getan hat, als die Grünen jemals dazu in der Lage sein werden. Ich bereite mich schon auf eine außerparlamentarische Opposition vor. Und genau deshalb müssen wir uns vernetzen. Menschen, die klar sehen, dass OMNI eine echte Gefahr darstellt."

Steffen hatte interessiert zugehört, froh darüber, dass er und Obermaier offensichtlich die gleiche Einstellung teilten. Verbündete waren schwer zu finden und umso kostbarer.

„Aber was können wir tun? Wir sitzen doch bereits an wichtigen Schaltstellen, aber können offensichtlich nichts bewegen."

„Wir brauchen die Öffentlichkeit. Und wir brauchen einen attraktiven Gegenentwurf zu Omniworld. Wenn ich mein Mandat verlieren sollte, renoviere ich einen alten Bauernhof, sammle Gleichgesinnte um mich. Grüne Energie, autonom. Anbauen, was wir benötigen. Andere werden meinem Beispiel folgen. Kommune für Kommune, Dorf für Dorf. Glück findet man nicht in irgendeiner Simulation, sondern schafft man mit seinen beiden Händen."

Steffen war sich nicht so sicher. Die Idee schien ihm zu idealistisch. Aussteiger-Fantasien.

„Und was kann ich tun?", warf er ein.

„Arbeiten Sie weiter. Selbst wenn es kein direktes Feedback gibt. Ethan Hubble muss wissen, dass es da draußen Menschen gibt, die ihm auf die Finger schauen. Geben Sie nicht auf. Und wir bleiben im Austausch, bilden einen Widerstand. Was denken Sie?"

„Ich denke, ich habe nicht viel zu verlieren. Ich bin froh über jeden Gleichgesinnten."

Steffen wechselte das Thema auf die Tagespolitik. „Meinen Sie denn, der Vorschlag zur Verlagerung der Bürokratie ins Omniworld-Netzwerk wird eine Mehrheit finden?"

„Das ist die Frage, die uns hier alle umtreibt. Die wahrscheinlich wichtigste Abstimmung des Jahrzehnts. Leider haben sich Umfragen in den letzten Jahren als sehr unzuverlässig erwiesen. Fraktionszwang gibt es kaum noch, die Abgeordneten denken nur an die nächste Wahl. Viele versuchen, sich ganz ungeniert mit OMNI gutzustellen. Auch wir hatten etliche Parteiaustritte, mit anschließendem Wechsel zur LZP. Sie können darauf zählen, dass ich dagegen stimme. Verstehen Sie mich nicht falsch – OMNI und Omniworld als rein technologischer Plattform muss eine Rolle zukommen in unserer Gesellschaft. Dafür ist es wohl schon einfach zu einflussreich. Ich nutze es auch zur Kommunikation und für Meetings. Aber ich bevorzuge echte Treffen."

Sie nippte an ihrem Kaffee. „Und machen Sie ihr Kreuz an der richtigen Stelle!" Sie zwinkerte ihm zu, als wäre er ein kleiner Junge.

Fünf Tage später wurde die Direktive „EU 2035/1721" mit knapper Mehrheit im EU-Parlament angenommen. Die Verschmelzung von Omniworld mit den EU-Institutionen war nun der Umsetzung einen Schritt näher gerückt.

Steffen hatte die Nachricht im Büro erhalten. Er hatte dort spätabends noch versucht, Korrelationen zwischen den Omniworld-Nutzerzahlen, der Nutzungsdauer und den letzten Gesundheitsdaten zu finden. Als er von der Abstimmung erfuhr, ließ er alles stehen und liegen und machte sich frustriert auf den Heimweg.

Die Straßen waren fast menschenleer, was nicht nur an dem nass-kalten Herbstwetter lag. Die meisten Menschen arbeiteten von zu Hause. Wer nicht arbeitete, verbrachte seine Freizeit mit großer Wahrscheinlichkeit in Omniworld. Etwas Müll wehte über die Straße, als er an einer Ampel wartete. Die Gemeinden hatten Probleme, Menschen für einfache Tätigkeiten zu finden. Wer wollte für einen kleinen Lohn Dreck beseitigen, wenn man mit dem bedingungslosen Grundeinkommen gemütlich seinen Tag in virtuellen Welten verbringen konnte? Die Umstellung auf selbstfahrende Müll-Roboter hatte erst begonnen, so dass die Straßen und öffentlichen Plätze zusehends heruntergekommen waren. Während die simulierten Welten immer ansprechender wurden, bröckelte die Objektwelt vor sich hin. Immerhin gab es ja kaum Menschen draußen, die sich daran störten. Gute Politik wurde daran gemessen, ob man einen stabilen Omniworld-Zugang hatte. „Eine win-win-Situation", dachte Steffen grimmig. Er legte einen Stopp beim Supermarkt an der Ecke ein. Der Laden war fast leer, es war nur eine Frage der Zeit, bis auch dieses Geschäft schließen würde. Physisches Einkaufen war auch so eine altmodische Beschäftigung. Steffen legte ein Sixpack Bier in den Einkaufswagen. Automatisch poppte der Preis im Display auf. Wieder teurer geworden. Kurz überlegte er, das Bier zurückzulegen und auf ein Algen-basiertes Bier umzusteigen. Die Getreidepreise waren aufgrund des Hitzesommers explodiert. Nein, so viel Luxus musste sein.

Zu Hause angekommen blieb sein lautes „Hallo" wie meistens unbeantwortet.

Noah war im Frühling 18 geworden. Ein Erwachsener. Ein Mann. Doch das waren Attribute, die keine Bedeutung für ihn hatten. Noah war konstant omni und für die physische Welt nicht verfügbar. Im letzten Jahr war sein Verhalten wieder schlimmer geworden. Er hatte sich selbst in der Schule krankgemeldet, um mehr Zeit für Omniworld zu haben. Auch seine Therapiesitzungen hatte er nicht mehr wahrgenommen. Echte Therapeuten waren ein teurer Luxus geworden, seit die Krankenkassen auf das „Omnimind"-Programm umgestiegen waren. Omniworld-Abhängigkeit in Omniworld zu behandeln war so absurd, dass Steffen die Worte fehlten. Noahs neueste Idee war es, in eines der sogenannten Omnivilles zu ziehen, von denen nun auch das erste in Deutschland eröffnet hatte.

Das neueste Projekt von Ethan Hubble. Ein Apartmentkomplex mit winzigen Wohneinheiten, optimiert für ein Leben in den Simulationen des Omniworld-Metaverse. OMNI übernahm dabei die gesamte Versorgung, während die Bewohner eine Flatrate bezahlten. Das „Basic"-Paket gab es schon zum Preis des bedingungslosen Grundeinkommens. Der Staat zahlte für ein sorgenfreies Leben in Omniworld. Keine meckernden Eltern, keine sozialen Verpflichtungen – kein Grund mehr, sich auszuloggen. Ein Traum für viele User, ein Albtraum für Menschen wie Steffen. Man konnte nur vermuten, was Ethan Hubble sich davon versprach. Kostendeckend schien das Projekt kaum zu sein. Es wurde spekuliert, dass es vorranging um die weitere Ausbreitung von Omniworld ging. Profit durch Werbung und andere Dienstleistungen folgten dann auf dem Fuß. Vielleicht waren dies aber einfach nur Armeen von Omniworld-freundlichen Wählern?

Immerhin hatte Noah seinen Vater nach dessen Meinung gefragt, obwohl er schon volljährig war. Steffen hatte ihm einen langen Vortrag über die Gefahren von Omniworld und die Machenschaften von OMNI gehalten. Diskutiert, gedroht, gebettelt. Aber einen richtigen Hebel fand er nicht mehr. Wahrscheinlich müsste er nun intervenieren, wenn er ihn nicht ganz verlieren wollte. Kalter Entzug. Das wäre, was ein guter Vater machen würde. Aber Steffen hatte keine Kraft mehr. Zumindest nicht heute. Es war alles so sinnlos. Er verspürte wieder diesen Drang, doch diesmal kämpfte er nicht dagegen an, gab sofort nach. Es war doch eh alles egal. Er verschloss seine Schlafzimmer-Türe von innen und legte eine Omnisuit und die Omnigloves an. Als BSI-Mitarbeiter hatte er immer Zugriff auf die neuesten Modelle, alles im Namen der Feldforschung. Hastig setzte er das Omniface auf.

Sein Blickfeld wurde himmelbau. Wie ein konditionierter Hund fiel die Anspannung des Tages von ihm ab, weil sein Geist wusste, was der himmelblaue Omniworld-Ladebildschirm bedeutete: Leben. Vorfreudig wischte er ein paar schnelle Befehle mit der Hand. Dann endlich konnte er seine Frau in den Arm nehmen.

„Louisa, du hast mir gefehlt."

„Ich habe dich auch vermisst, Steffen."

Die Sensoren seiner Omnisuit simulierten mit sanften Impulsen die Umarmung. Er fühlte sich gut, alles war in Ordnung. Der Alltag war weit weg, die Sorgen ertränkt im Himmelblau der Simulation. Sein täglicher Schuss Jinx.

„Wie war dein Tag?", wollte Louisa wissen, als sie ihn an der Hand nahm und mit ihm durch einen frühlingshaften Wald im Sonnenuntergang spazierte. Die Luft war angenehm warm.

„Ach, das willst du gar nicht wissen", erwiderte Steffen mit einem traurigen Lächeln.

Louisa schmiegte ihren Kopf an seine Schulter. Er hatte 13.000 Omnicoins dafür bezahlt, damit ein Programmierer Louisa anhand von Videoaufnahmen simuliert hatte. Eine Verbesserung der bestehenden Avatar-Mods. Louisa mit 33 Jahren, vor der Krebsbehandlung, mit langen, dunkelbraunen Haaren, gesund und mit ein paar Kilos zu viel und diesem Lächeln. Ein Versprechen von Geborgenheit und grenzenlosem Verständnis. Dieser Verrat an seinen Prinzipien war jeden einzelnen Omnicoin wert. Wunderschön, so wie er sich an sie erinnerte. Die Jahre nach der Diagnose hatten in diesem Universum nie stattgefunden. Schmerz und Tod existierten hier nicht. Nur die guten Dinge wurden konserviert. Die Omni-Kopie war nicht perfekt, aber das Aussehen und die Stimme waren nicht vom Original zu unterscheiden.

Nur die KI war noch nicht ganz ausgereift und zerstörte hin und wieder die Illusion, wie ein Riss in einem Spiegel, wenn sie Dinge sagte, die die echte Louisa niemals gesagt hätte. Doch das war Steffen egal, denn die KI verbesserte sich laufend. Louisa alterte sogar mit ihm und ihr konnte er alle Sorgen anvertrauen. Ihm war klar, dass er dieses Geheimnis für immer vor Noah verbergen musste. Doch diese Louisa hatte ihm das Leben gerettet, als es ihm am dreckigsten gegangen war. Sie war der Grund, warum er morgens aufstand und warum Noah noch einen Vater hatte, der für ihn kämpfte. Sein Lebensquell. Falsche Hoffnung war auch Hoffnung.

Nachdem Steffen sich ausgeloggt hatte, fühlte er sich etwas besser. Er hatte sich selbst ein Tageslimit von höchstens einer Stunde in Omniworld mit Louisa gesetzt. Klare Regeln bedeuteten Sicherheit vor Kontrollverlust.

Es war bereits Nacht geworden. Steffen schaltete das Licht im Flur ein, um sich noch ein Bier aus dem Kühlschrank zu holen. Als er an Noahs Zimmertür vorbeikam, erhob er seine rechte Hand, um zu klopfen. Vor dem Schlaf wollte er ihm noch sagen, dass er den Streit bereute. Er senkte die Hand, besann sich anders. Zuerst das Bier.

Die Küche ließ er dunkel, während er ein paar Schlucke nahm und aus dem Fenster blickte. Herber Geschmack umspülte seine Geschmacksnerven. Die Hopfen-Note verweilte in seinem Gaumen. In letzter Zeit zwang er sich, jede noch so kleine Empfindung intensiv zu erleben. Gerüche, Geschmack, Bilder und Musik. Er hoffte, sein Bewusstsein trainieren zu können. Ein Bollwerk echter Erfahrungen gegen die ständige Verlockung der Simulation.

Sein Blick schweifte über die Straße. Kaum zu glauben, dass vor nicht mal zwanzig Jahren noch die Kinder den Gehsteig unsicher gemacht hatten. Jetzt war es auch tagsüber gespenstisch leise im Viertel. Beim Shisha-Laden an der Ecke hatten sich damals die Halbstarken getroffen. Wochenends immer wieder Blaulicht und Sirenen. Früher war ihm hier in Bonn alles zu eng und klein gewesen. Die ganze Stadt miefte nach alter Bundesrepublik. Warum der BSI seine Abteilung hier belassen hatte, war ihm ein Rätsel. Irgendeine Verbindung zur alten Hauptstadt.

Inzwischen sehnte er sich nach diesen einfacheren Zeiten. Wer in der Nachkriegszeit geboren war, kannte nur stetige Verbesserung. Haus und Auto, Urlaub in Italien, alles bezahlt mit einem Facharbeitergehalt. Klare Rollenbilder, klare Feindbilder, wir sind die Guten, echte Männer, ein breiter Mainstream, alles vorgegeben. Die eigenen Kinder hätten in den 70ern und 80ern aufwachsen können, vor dem Internet, vor Tiktok, Memes, vor Metaversen und simulierter Realität. Er wünschte sich nichts mehr, als dass sein Sohn wie er selbst aufwachsen könnte. Die Boomer waren die Glücklichen, auch wenn sie das damals nicht gewusst hatten.

Sinnlose Gedanken.

In jeder Generation sehnte man sich in eine verklärte Vergangenheit zurück, das wusste Steffen. Die alten Griechen sehnten sich in Homers Zeiten zu Odysseus und zu den trojanischen Kriegen. Die Römer wiederum lernten Griechisch als

Sprache der Philosophen; römische Kaiser ließen sich gerne als Alexander der Große darstellen. Das „heilige römische Reich" des Mittelalters bezog sich wiederum auf das römische Reich; Hitler rief das „dritte Reich" aus. Nie war die Gegenwart genug, alles war ein Update. Und war er nicht besser als die Altnazi-Väter, die ihre rebellierenden Kinder nicht verstehen konnten? War er gegen den Lebenswandel seines Sohnes, weil er die gesellschaftlichen Entwicklungen nicht mehr richtig einordnen konnte? Noah musste seinen eigenen Weg finden.

Er stellte das halbvolle Bier auf den Küchentisch und ging wieder zum Zimmer seines Sohnes. Als nach mehrmaligem Klopfen keine Antwort kam, öffnete er die Tür einen Spalt und spähte hinein.

Noah war nicht mehr da.

2035 – 7. Marie

Es war ein Monat vergangen, seit Marie und Ethan sich zerstritten hatten. Ein Monat ohne den Mann, mit dem sie zehn Jahre zusammen gewesen war. Ein Monat ohne das Unternehmen, das sie mit aufgebaut hatte. Doch womit sie am wenigsten gerechnet hatte, war die Heftigkeit des Entzuges von Omniworld, der nun drohte, keinen Platz für Trauer zu lassen. Ein Monat ohne Omniworld.

Der Entzug hatte sich als schlimmster Schmerz erwiesen. Nach ihrem letzten Gespräch mit Ethan hatte Marie ihren Omniworld-Zugang gelöscht und sich für immer von diesem zweiten Leben losgesagt.

Kalter Entzug.

Dank der Wut und Enttäuschung war der erste Tag kein Problem gewesen. Die starken Gefühle hatten die Entzugserscheinungen übertönt. Sie war stundenlang durch die Straßen von Sunnyvale gelaufen, bis ihr die Beine schmerzten. Hatte sich ein Zimmer in einem Motel gesucht. Mit ihrer Mutter telefoniert. Erschreckt festgestellt, dass sie außerhalb von Omniworld keinerlei Kontakte hatte. Wie konnte sie ihre Freunde erreichen? War betrunken eingeschlafen.

Doch am zweiten Morgen war sie mit starken Kopfschmerzen aufgewacht. Ihre Augen hatten getränt und sie hatte den starken Impuls verspürt, ihr Omniface aufzuziehen und mit dem himmelblauen Startbildschirm das Brennen in ihren Augen zu löschen. Sollte gerade sie, die immer großen Wert auf ein Gleichgewicht zwischen beiden Welten gelegt hatte, abhängig sein?

Sie hatte versucht, sich mit altmodischem Fernsehen abzulenken. Wein half nur bedingt. Am dritten Tag war der Impuls noch stärker geworden. Geh omni. Triff deine Freunde. Hol dir die neuesten Nachrichten. Boxe gegen Muhammad Ali. Erlebe Abenteuer in einer Welt unbegrenzter Möglichkeiten. Wie viele Stunden hatte sie zuletzt pro Tag in Omniworld verbracht? Marie hatte sich immer eingeredet, dass die materielle Welt für sie eine wichtige Rolle gespielt hatte. Dass sie eine gesunde Balance gefunden habe. Aber sie musste lange überlegen, was, außer Hygiene und Mahlzeiten, sie zuletzt in der echten Welt erlebt hatte.

Ihr Kopf schmerzte bei dem Versuch, ihre Erinnerungen in echte und Omniworld-Erfahrungen einzuteilen. Sie fühlte sich wie jemand, der drei Tage nicht geschlafen hatte. Der Impuls nachzugeben – nur ein paar Minuten, danach fühlst du dich besser – blockierte ihre Synapsen. Wie ein Tinnitus war der Drang immer da, verhinderte die Formulierung klarer Gedanken. Keine Kontrolle über die eigenen Gedanken zu haben, ließ sie fast wahnsinnig werden.

Mit ihrer altmodischen Smart-Brille richtete sie ein Email-Konto bei einem Open-Source Mail-Provider ein und informierte Freunde und Familie, dass sie nun so zu erreichen sei und nicht mehr über Omniworld. Dann las sie Nachrichten und bestellte sich Lebensmittel, in einem antiquierten und frustrierend umständlichen Prozess über einen der wenigen verbliebenen Online-Märkte außerhalb von Omniworld. Genervt kramte sie nach ihrer alten Kreditkarte. In Omniworld war Bezahlen direkt an den Avatar geknüpft, wenn man sich einmal authentifizieren hatte lassen. Beim Halten der Kreditkarte bemerkte sie zum ersten Mal, dass ihre rechte Hand Wischbewegungen nachahmte. Diese waren zwar schwach und kaum merklich, Marie wusste jedoch, was das bedeutete. Ein Kontrollieren der Bewegung war nicht möglich, so sehr sie sich auch konzentrierte.

Alles, was sie in der materiellen Welt machte, schien unbefriedigend und fehlerhaft. Die Welt war wie mit einem grauen Filter belegt. Ein Tag schien eine Woche zu dauern, ohne Inhalt und zog sich zäh wie Kaugummi. Der Sonnenaufgang war hässlich, der Sonnenuntergang auch. Die Zeit dazwischen war nicht besser. In dieser Welt würde sie ein komplett neues Leben aufbauen müssen.

Am frühen Nachmittag war sie bereits bei der zweiten Flasche Wein, als ihre Mutter anrief. Sie sprachen für knapp zwei Stunden. Zwar fühlte sich Marie danach besser, aber die

Symptome und die existentiellen Fragen kamen kurz darauf zurück.

Am vierten Tag stand Marie eine gefühlte Ewigkeit neben ihrem Omniequipment. Warum hatte sie dies überhaupt aufbewahrt? Ein Junkie auf Entzug muss auch das Fixerbesteck entsorgen. Zwei Maries schienen in ihr zu stecken. Die eine forderte sie auf, kurz in das kühle Blau von Omniworld zu tauchen. Eine Abkühlung von der dampfigen Einöde der Objektwelt. Sauber, klar, effizient. Nur kurz am Puls der Zeit fühlen. Nicht den Anschluss verpassen.

Die andere Marie hielt dagegen, verlor aber Zentimeter für Zentimeter den Boden unter ihren Füßen und näherte sich bedrohlich einem Abgrund aus Himmelbau. Die Wischbewegungen ihrer Hand waren stärker geworden und erinnerten an einen Parkinson-Erkrankten.

Neben Alkohol und physischer Erschöpfung schienen nur Schmerzen die Symptome zu lindern. Mit ihren Nägeln kratzte sich Marie die Haut auf, von der Stirn bis zum Kinn. Ein süßer Schmerz durchzuckte ihr Gesicht, als die Verkrustungen vom Vortag sich lösten und frisches Blut sich mit Wundsaft mischte. Der Impuls, omni zu gehen, klang ab, nun hatte sie wieder eine kurze Atempause, bis der Drang zurückkam; das Spiel sich wiederholte. Sie wusste, dass es falsch war. Aber um durch den Entzug zu kommen, war ihr jedes Mittel recht.

Sie war überrascht, wie heftig die Reaktionen waren. Also war doch etwas dran an den Berichten der NGOs, die Maries Abteilung immer gewitzt und voller Selbstüberzeugung gekontert hatte. Doch dort ging es meistens um Einzelfälle, insbesondere bei Heranwachsenden; sich selbst hätte Marie nie als Teil der

Risikogruppe betrachtet. Sie musste sich anderweitig Ablenkungen verschaffen, um über die ersten, kritischen Tage zu kommen.

An diesem Tag hatte sie online nach einem Rechtsbeistand gesucht. Es hatte eine Weile gedauert, bis sie einen vernünftigen Anwalt fand, der zu ihren Bedürfnissen passte und nicht nur in Omniworld verfügbar war.

Jetzt, einen Monat später, war sie auf dem Weg zu Ryan Dawson, Anwalt für Arbeitsrecht, um den Abfindungsvertrag zu finalisieren. Durch die Scheibe des autonom fahrenden Elektromobils blickte sie auf die immer gleichen Einfamilienhäuser von Sunnyvale. Hier wohnte die Silicon Valley Elite, die das alles möglich gemacht hatte. Begonnen hatte alles in den 1950ern mit der Errichtung des Stanford Industrial Parks und der ersten Halbleiter-Fertigung. Damals, als Mensch und Technologie noch klar voneinander zu trennen waren.

Ein Hindu-Tempel lockerte die architektonische Monotonie auf. Ob er wohl noch von Gläubigen besucht wurde?

Der Elektromotor schnurrte gemächlich, als das Mobil auf den Highway 101 Richtung San Jose auffuhr. Die Fahrt nach Downtown dauerte nur eine knappe Viertelstunde; Staus waren dank autonomen Fahrens kein Thema mehr. Beziehungsweise, Stau war auch dank der wenigen Fahrzeuge auf den Straßen kein Thema mehr.

Marie war jetzt clean. Omniworld aus ihrem System entfernt.

Ryan Dawson begrüßte sie herzlich. Er hatte dank seiner potenziellen Kommission auch allen Grund zur Freude. Nach dieser Woche Arbeit könnte er sich zur Ruhe setzen oder wenigstens ein neues Haus kaufen. Marie war das egal. Ihr war von Anfang an wichtig gewesen, das Thema schnell und außergerichtlich zu beenden. Wenn sie doch noch zur Whistleblowerin werden sollte, dann nicht vor Gericht. Sie brauchte erstmal einen sauberen Cut, Zeit zum Nachdenken und Geld. Viel Geld.

Ryan führte sie in den Konferenzraum, wo Kaffee und Kekse bereitstanden. Dann holte er eine braune Ledermappe hervor und legte das Dokument auf den dunklen Holztisch vor Marie. Mit einem breiten Lächeln überreichte er ihr einen massiven Kugelschreiber, der so aussah, als würde er den Wert eines Kleinwagens haben.

„Hier ist das finale Dokument. Sie haben den Text ja bereits erhalten und ausgiebig studiert. Jetzt fehlt nur noch Ihre Unterschrift an den markierten Stellen. Drei Exemplare. Eines für Sie, eines für OMNI und eines behalte ich. Wollen Sie alles noch einmal lesen oder haben Sie noch Fragen?"

Marie atmete einmal tief durch. Die Verhandlungen zwischen Ryan und den OMNI-Anwälten waren überraschend schnell verlaufen. Marie hatte nicht teilgenommen, da die Gespräche über Omniworld abgewickelt worden waren. Omni-Effizienz. Keine Flüge, keine Hotels, kein Business-Lunch. Tacheles. Der geforderten Summe von 165,3 Millionen USD hatte OMNI anstandslos zugestimmt. Sie setzte sich zusammen aus einer Entschädigung für die Kündigung, ausstehenden Bonuszahlungen, Unternehmensbeteiligungen und Schadensersatz für die unerlaubte Verwendung privater Daten und genetischer Informationen. OMNI willigte ein, alle persönlichen Daten von Marie zu löschen, einschließlich des Omni-Babys. Dieser Vorgang sollte von Ryans Kanzlei überwacht und dokumentiert werden. Bei einem Verstoß ging die Sache automatisch vor Gericht und damit an die Öffentlichkeit. Diskussionen hatte es lediglich um die Verschwiegenheitsvereinbarung gegeben, die OMNI gefordert hatte. Marie hätte sich demnach zu keinem Aspekt ihrer Tätigkeit bei OMNI öffentlich äußern dürfen. Die Vereinbarung wurde schließlich dahingehend abgeändert, dass Marie keine Geschäftsgeheimnisse oder Unwahrheiten verbreiten durfte, mit der böswilligen Absicht, OMNI zu schädigen. Mit dieser breiten Formulierung hielt sich Marie das Whistleblower-Hintertürchen offen. Schließlich saß sie am längeren Hebel und OMNI musste zustimmen.

Sie hatte sich gefragt, wie sehr Ethan wohl bei den Verhandlungen involviert war. Er hatte ein paar Mal versucht, sie anzurufen, aber Marie sah keine Grundlage für ein Gespräch. Diese Brücke musste komplett herunterbrennen.

„Geben Sie mir zehn Minuten."

Marie schenkte sich einen Kaffee ein – für den Preis war er hoffentlich gut – breitete die drei Exemplare nebeneinander auf dem Tisch aus und begann den Abgleich.

Ryan nickte verständnisvoll und verließ geräuschlos den Raum.

In Anbetracht der immensen Abfindung lohnte es sich, die kritischen Stellen nochmal gegenzulesen und sicherzustellen, dass die drei Exemplare identisch waren. Es gab keinen Grund an Ryans Fähigkeiten zu zweifeln. OMNI würde sich hier auch keine Ausreißer erlauben. Aber in einer Welt, in der Simulation und Realität derart miteinander verwoben waren, war ein zweiter

Blick angebracht. Außerdem ging es um HUNDERT FÜNFUNDSECHZIG fucking MILLIONEN US DOLLAR.

Sie war selbst überrascht, als Ryan ihr vorgerechnet hatte, wie viel allein ihre Unternehmensanteile inzwischen wert waren. In ihrem alten Leben hatte Geld keine große Rolle gespielt, sie hatten sich einfach gekauft, was sie wollten. Kein unnötiger Luxus, aber ihren Kontostand hatte Marie schon lange nicht mehr geprüft. Nun hatte sie ausgesorgt und konnte machen, was sie wollte. Und sie wusste, was sie machen wollte.

Sie war clean, der Drang, omni zu gehen, war nach der ersten Woche endlich schwächer geworden. Nur die verkrusteten Wunden in ihrem Gesicht erinnerten an ihre Omni-Vergangenheit. Die echte Welt war zwar immer noch ein Haufen Scheiße. Aber es war echte Scheiße und mit einem Batzen Cash konnte man auch damit was anfangen.

Marie unterschrieb die Dokumente und übergab zwei Exemplare an Ryan. Ein Original nahm sie mit sich, ebenso die Ledermappe, den Kugelschreiber und einen Keks. Ryan lächelte vielsagend und schüttelte ihr überschwänglich die Hand. Hier würden gleich die Sektkorken knallen.

Noch auf dem Rückweg kündigte eine Pushnachricht an, dass das Geld auf ihrem Konto eingegangen war. Effizient war OMNI, das musste man ihnen lassen.

Zeit also für ein neues Projekt.

2035 – 8. Ethan

„Was ist das?", erkundigte sich Ethan neugierig.

Max hatte sehr geheimnisvoll geklungen und darauf bestanden, dass Ethan persönlich im Labor erschien. Hoffentlich ein Durchbruch. Nach dem Stress mit Marie kam Ethan jede gute Nachricht gelegen.

realit

Vor den beiden auf einem weißen Labortisch befand sich ein quadratisches Glasgefäß, ähnlich einem Aquarium, halbvoll gefüllt mit einer silbrig-milchigen Flüssigkeit. Seitlich an dem Gefäß waren kleine, runde Kapseln angebracht, von denen Kabel in ein Steuergerät führten.

„Sal-Gel?" Ethans Neugier wuchs weiter.

Max lächelte voller Vorfreude, das Geheimnis zu lüften. „Am besten du probierst es einmal aus. Steck deine Hand hinein."

Ethan krempelte den Ärmel seines Sweatshirts nach oben und tauchte vorsichtig seine rechte Hand in die Flüssigkeit. Sie war eiskalt. So kalt, dass es schmerzte.

„An der Temperatur arbeiten wir noch", erklärte Max, „die Technologie kommt aus der Unterkühlung. Dabei wird die Temperatur einer Flüssigkeit unter deren Gefrierpunkt abgesenkt, ohne dass diese erstarrt. Das ist eine Salz-Lösung, deshalb Sal-Gel."

Die Flüssigkeit war relativ zäh, nicht wie Wasser.

Max fuhr fort: „Wir haben mit verschiedenen Salzen geforscht. Mit der Lösung hier sind wir in der Lage, den Aggregatszustand durch elektrische Impulse zu ändern. Pass auf."

Max tippte ein paar Befehle auf sein Pad. Die Flüssigkeit schien in Bewegung zu geraten. Der Druck auf Ethans Hand wurde größer, er konnte seine Finger nicht mehr bewegen. Das Sal-Gel war erstarrt, seine Hand wie einbetoniert.

„Unglaublich!" Ethans Gedanken begannen zu tanzen. Das könnte der Durchbruch für die Haptik in Omniworld sein. Das nächste große Ding.

„Es wird noch besser", kündigte Max an, als er den nächsten Befehl eingab.

Das Sal-Gel geriet wieder in Bewegung. Der Druck auf Ethans Hand ließ nach, er konnte sie wieder frei bewegen. Die Flüssigkeit schien leicht zu werden, immer leichter, bis sie... Ethan schaute in das Gefäß. Nein, die Flüssigkeit war noch da. Aber er konnte sie kaum spüren. Seine Hand bewegte sich wie durch einen Nebel, fast ohne Widerstand. Er war sprachlos.

„Jetzt kommen wir zum Höhepunkt." Max tippte wieder in sein Pad. "Greif zu!"

Ethan fühlte im Sal-Gal und erspürte eine Kugel. Ganz eindeutig etwas Rundes. Massiv und schwer. Er nahm sie in die Hand, befühlte sie. Glatt wie eine stählerner Tennis-Ball.

„Mit diesem Sal-Gel können wir die Flüssigkeit durch elektrische Impulse gezielt an einigen Stellen kristallisieren. Stell dir nur mal die Möglichkeiten vor!"

Ethan nahm die Hand wieder aus dem Gefäß.

Max reichte ihm ein Handtuch, um sich abzutrocknen. „Wir experimentieren natürlich noch. Aber ich denke, wir können in den nächsten Monaten auch die Temperatur kontrollieren. Dann gibt es fast nichts, was wir nicht simulieren können. Fehlt noch die Verknüpfung zur optischen Simulation."

Ethan klopfte Max anerkennend auf die Schulter. Er war selten beeindruckt, aber heute war er es. „Max, super Arbeit. Ich will, dass du dich voll und ganz auf dieses Projekt konzentrierst. Sag mir, was du an Budget, Personal oder Ausstattung brauchst. Du bekommst alles. Und wenn ich alles sage, meine ich das auch. Ich habe schon ein paar Ideen, wie wir das in ein Produkt einfließen lassen können. Sal-Gel. Ich liebe es. Damit bringen wir Omniworld auf das nächste Level."

Eine aufgelöste Marie saß im Wohnzimmer ihres Apartments. Sie sprang auf, als Ethan die Wohnung betrat.

„Was machst du hier?", wunderte sich Ethan, „ich dachte, wir sprechen nur noch über die Anwälte. All das Geld. Ich habe versucht, dich anzurufen!"

Maries Make Up war bereits verwischt. Sie musste schon länger hier auf ihn gewartet haben. Gewartet und geweint.

Sie schluchzte: „Ich weiß. Es tut mir alles so leid. Ich wollte das nicht. Den Streit. Die Anwälte. Du fehlst mir."

„Oh?" Ethan war überrascht. Aber er liebte sie noch immer. Er war bereit, ihr zu vergeben.

Marie ergriff seine Hände und kam ihm näher. Blickte ihm direkt in die Augen. Diese Augen. Wie konnte man so einem wundervollen Wesen zornig sein? Solange sie ihren Fehler einsehen könnte. Strebten sie nicht alle nach ständiger Verbesserung?

„Es tut mir so leid. Ich weiß nicht, was mit mir los war. Ich habe total überreagiert. Aber du hattest Recht – die ganze Zeit."

„Schön, dass du wieder zur Besinnung gekommen bist."

„Ja. Es tut mir wirklich leid. Ich wollte dich niemals verletzten."

Sie umarmten sich.

„Ich weiß".

Ein zarter Kuss.

„Und das Baby-Thema?"

„Nach reiflicher Überlegung bin ich zu dem Schluss gekommen, dass das Omni-Baby die beste Option für uns ist, Schatz. Aber wie kann ich denn alles wieder gut machen?"

„Du musst nichts wieder gut machen, Babe. Ich liebe dich doch. Solange du immer bei mir bleibst, ist alles gut. Versprich mir, dass du immer bei mir bleibst."

„Das werde ich, Schatz", hauchte Marie.

„Das glaube ich auch", entgegnete Ethan. Dann verpasste er ihr eine schallende Ohrfeige. Und noch eine.

Marie hielt sich die Wange. Voller Entsetzen blickte sie ihn an.

„Du wirst mich nie wieder verraten", schrie Ethan. Er packte sie an den Haaren, riss, schleuderte sie auf den Boden. „Hast du mich verstanden?"

Marie schluchzte leise.

Mit voller Wucht trat er ihr in den Bauch, so dass sie zusammensackte. „Hast du mich verstanden?"

„Ja", wimmerte sie.

„Lauter!"

„Ja!"

Ethan beruhigte sich wieder. „Gut."

Es hatte sich gut angefühlt, ihr mal zu zeigen, wer hier der Chef war. Dampf ablassen. Tabula Rasa. Ethan genoss noch einige Augenblicke den Anblick der unterwürfig vor ihm liegenden Marie, dann loggte er sich aus.

Die Wohnung war dunkel und leer. Er gab seinen Augen ein paar Minuten, um sich an die Objektwelt zu gewönnen. Die sogenannte Realität. Er musste dringend aufs Klo, hatte Hunger und war müde.

Mehr war die Objektwelt nicht für ihn. Dazu da, die niedrigsten Bedürfnisse zu befriedigen. Noch. Erst recht seit dem Streit mit Marie hielt ihn hier sonst nichts mehr. Objekt-Marie hatte ihn verlassen. Objekt-Marie war eine Verräterin.

Aber Omni-Marie gehörte ihm.

Für immer.

2040

2040 – 1. Ethan

„Wir haben viel erreicht seit der Einführung von Omniworld. Über fünf Milliarden Menschen weltweit haben dort ein besseres Leben gesucht – und gefunden! Mehr als 60 % der aktiven Omni-Menschen gehen einer Beschäftigung in Omniworld nach. Innerhalb weniger als einem Jahrzehnt ist Omniworld zum wichtigsten Medium für den Austausch zwischen Menschen weltweit, zum unverzichtbaren Teil des Lebens, nein – viel mehr zu einer neuen Form des Lebens – geworden. Nach der industriellen, der digitalen Revolution stehen wir nun am Anbeginn eines neuen Zeitalters, wo Mensch und Technologie verschmelzen. Das Omni-Zeitalter. Wir schreiben Geschichte.

Konrad Zuses Z3, der erste Digitalrechner der Welt aus dem Jahre 1941, hatte eine Leistung von zwei Flops. Der Supercomputer Cray-1 brachte es 1976 immerhin auf 160 Megaflops, das sind 160 Millionen Flops. Im Jahr 2022 konnte der Supercomputer Frontier eine Leistung von 1,1 Exaflops erreichen, das sind 1,1 TRILLIONEN Flops! 2038 hat unser eigener Supercomputer Beam 3 die magische Grenze von einem Yottaflop überschritten. Wir haben innerhalb von sechzehn Jahren weitere sechs Nullen angefügt, wir sprechen also von mehr als einer Quadrillion Flops! Zahlen, die zu Zeiten Konrad Zuses kaum ein Mensch je in den Mund genommen hat.

Doch für uns sind sie Alltag. Dies ist die gigantische Rechenleistung, die unser heutiges Leben ermöglicht und fortwährend verbessert. Wir bei OMNI sind diesem Fortschritt verpflichtet. Unser Ansporn ist es, aus den rapide wachsenden Möglichkeiten der Rechenleistung und der künstlichen Intelligenz fantastische Anwendungen für alle Menschen zu kreieren.

Der Fortschritt ist ein unablässiger Prozess und wir wollen mit der Omniworld-Erfahrung die Objektwelt übertreffen. Dazu müssen wir sie zunächst nachahmen. Wie ein Künstler, der die großen Meister kopiert. Ist sein Pinselstrich perfekt, kann er Neues schaffen und das Alte hinter sich lassen. Was bedeutet die perfekte Kopie in technischer Hinsicht für Omniworld? Der Fokus auf audiovisuelle Stimulierung wird oft ins Feld geführt. Daran wurden wir jahrelang gemessen.

Im Bereich Grafik und Audio sind wir kaum mehr von der materiellen Welt zu unterscheiden. Ihr kennt das. Sicher habt ihr auch schon einmal den Moment gehabt, in dem ihr nicht sicher wart: Bin ich gerade in der Objektwelt oder Omniworld? Was habt ihr dann gemacht, um euch zu vergewissern, wo ihr seid? Genau, ihr habt gefühlt. Etwas angefasst. Oder ihr seid ein paar Schritte gelaufen, bis ihr die Wand eurer Omnichamber berühren konntet. Denn bei Haptik und Motorik gibt es noch Raum für Verbesserung. Bei der Haptik und Motorik droht die Immersion zu bröckeln. Wir haben mit unserer beliebten Omnisuit und den Omnigloves schon viel erreicht, mit jeder Version wurde die Erfahrung realistischer. Sense-Sation hat den wundervollen Aspekt der Sexualität erfolgreich nach Omniworld gebracht. Trotzdem konnten wir bis jetzt nicht ein überzeugendes Gefühl von Rennen, Schwimmen, Radfahren anbieten. Der Raum, in dem sich unser Körper in der Objektwelt bewegt, schränkt uns ein. Wer hat sich nicht schon mal während einer Omni-Simulation den Kopf an der Wand angeschlagen, ist über ein Möbelstück gestolpert? Sicher, ein abgesperrter Raum, wie eine Omnichamber, kann Abhilfe schaffen. Doch auch dieser Raum ist in seinen Dimensionen begrenzt. Versuche mit Laufbändern, Liege- oder Hängevorrichtungen konnten jeweils bei einer speziellen Bewegung unterstützen. Aber versucht damit mal einen virtuellen Triathlon zu laufen! Keine Chance! Bis jetzt. Nun kommt der nächste Quantensprung für die Haptik und Motorik. Die perfekte Immersion. Ich präsentiere euch den ‚Youterus'!"

Das Bild zoomte heraus. Neben Omni-Ethan erschien ein rechteckiger Zylinder mit abgerundeten Ecken, in mattglänzendem Schwarz, größer als Ethan und fast genauso breit wie hoch.

„Den Kuss, den ihr dem anderen Omni-Menschen gebt? Der linke Haken, den ihr beim Streetfighter-Spielen abbekommt? Endlich könnt ihr Eure Omni-Erlebnisse nicht nur sehen und hören, sondern spüren! Wirklich spüren. Und zwar am ganzen Körper. Nach den Versuchen mit elektrischen Impulsen über spezielles Equipment wie der Omnisuit ist unser Entwicklungsteam in eine andere Richtung gegangen. Die Sensoren kommen nicht mehr in den Körper, sondern der Körper kommt in den Sensor!"

Noch während der Ansprache kletterten die Live-Stream Besucherzahlen nach oben. Familie, Freunde, Kollegen wurden geaddet. Hier war das nächste große Ding, keine Frage.

Die Kamera flog nun auf den Zylinder zu und zoomte durch die Hülle. Darin konnte man einen Menschen in einer milchigen Flüssigkeit erkennen. Er schien in der Mitte des Zylinders zu schweben, wie ein Taucher. Das Gesicht hinter einem Headset verdeckt, aus dem diverse Schläuche herauskamen und zum Deckel des Zylinders führten.

„Wir haben uns den Kreislauf des Lebens angeschaut. Manchmal ist eine Weiterentwicklung eine Rückentwicklung. Reverse Engineering. Der Youterus bietet einen geschützten Raum, ähnlich wie der menschliche Uterus. Den Zusammenhang werden die meisten jetzt schon begriffen haben. Die Schale aus Hartplastik schützt das Wichtigste, den Menschen. Euch. Der materielle Körper schwimmt in einer besonderen Flüssigkeit, dem sogenannten Sal-Gel.

Das Besondere: An der Innenwand angebrachte Impulsgeber, die an das neue Headset, wir nennen es Eden Gear, gekoppelt sind, sondern elektrische Signale ab, die dank des Sal-Gels punktgenau einen Reiz an jeder Stelle des Körpers auslösen können. Die Impulsgeber sind an die Datenübertragung im Eden Gear gekoppelt und laufen synchron zur audiovisuellen Simulation. Wir können Temperaturen, Bewegungen, Schmerzen, Kitzeln – alle gängigen haptischen Signale darstellen. Das Sal-Gel selbst ist eine magische Flüssigkeit, das Blut von Omniworld. Die Sensoren können den Zustand des Sal-Gels in Millisekunden von hart zu weich ändern. Luft, Wasser, Stein. Es gibt nichts, was wir nicht simulieren können. In Zukunft könnt ihr den Sand unter den Füßen spüren und die warmen Temperaturen genießen, während ihr am Strand einer karibischen Insel in Omniworld liegt. Wobei ihr die Temperatur natürlich jederzeit regulieren könnt und es keine Sonnenbrand-Gefahr gibt.

Doch das ist nicht alles: Der Youterus erlaubt komplette Bewegungsfreiheit in alle Richtungen. Schwimmen, liegen, kriechen, springen, fallen. Dank der Kombination aus Youterus und Sal-Gel konnten wir die letzten Barrieren der vollständigen Immersion beseitigen."

Der Mensch in der Flüssigkeit vollführte ein paar Bewegungen, während Bilder seiner Simulation eingeblendet wurden. Er tauchte durch ein belebtes Korallenriff, während sein Körper im Youterus auf der Stelle zu schwimmen schien. Dann streckte er die Hand aus und hob eine große Meeresschnecke auf. Die Bewegungen des Omni-Avatars und des Objekt-Körpers liefen absolut simultan und identisch ab. Ein Synchronschwimmen der Zukunft.

Ethan Hubble ließ die Bilder wirken, bevor er fortfuhr: „Das neu entwickelte Eden Gear wurde um ein Mundstück erweitert, das ihr hier sehen könnt."

Das Bild zoomte nun auf das elegante Headset. Mit einer Animation wurden die Schläuche grafisch hervorgehoben.

„Dieses Mundstück versorgt Euch mit Sauerstoff und mit einer Nährlösung, die ideal auf die Bedürfnisse des Lebens im Youterus angepasst ist. Keine Sorge, fade Astronautenkost steht bei uns nicht auf dem Speiseplan. Durch gezielte Stimulierung der Geschmacksnerven über das Mundstück, kann die Speise jede gewünschte Konsistenz und Geschmack annehmen.

Wie immer seid IHR der Herr eures eigenen Lebens. Die Kalorienzufuhr wird dabei von unserer KI überwacht und die Zeit im Youterus kann ganz nach Wunsch zum Abnehmen, Zunehmen oder Gewichthalten genutzt werden. Ebenfalls sorgt die KI dafür, dass regelmäßig alle Muskelgruppen stimuliert werden, falls – die Betonung liegt auf falls – ihr den Youterus einmal verlassen möchtet. Aber unsere ersten Versuche haben gezeigt, dass Omni-Menschen im Youterus körperlich sehr aktiv sind. Kein Wunder, bei all diesen Möglichkeiten. Ihr konntet sehen und hören. Aber mit dem Youterus könnt ihr Omniworld spüren! Versucht es, ihr werdet begeistert sein! Mit dem Youterus und dem Eden Gear werden alle anderen Zubehörteile für eine perfekte Omniworld-Erfahrung unnötig! Taucht ein, taucht ab, in der perfekten Simulation."

Bilder von glücklichen Menschen, die den New York Marathon liefen und sich in einem simulierten Szenario mit Laserwaffen beschossen, erschienen hinter Omni-Ethan, während der Youterus langsam rotierte, wie die neueste Luxus-Handtasche in der Auslage eines Geschäfts auf der 5th Avenue.

„Noch ein paar praktische Informationen, denn das gehört auch dazu: Die Flüssigkeit wird regelmäßig ausgetauscht und gefiltert, so dass die Omni-Menschen immer frisch und hygienisch bleiben. Theoretisch kann ein Omni-Mensch jetzt unbegrenzt omni bleiben! Der Youterus kann als Stand-Alone-Unit betrieben werden, mit vorinstalliertem Filter-System, Sal-Gel-Tank und einer Sauerstoff-Pumpe. Ihr braucht lediglich einen Omniworld-Zugang und einen Stromanschluss. ‚Plug & Play' oder wie es bei uns heißt: ‚Plug & Live!'

Wir entwickeln uns immer weiter, aber unsere Mission ist dieselbe geblieben: Das Omnileben soll all die Unannehmlichkeiten und Beschränkungen des Objektlebens überwinden. Langfristig wird die physische Welt nur noch nötig sein, um die Infrastruktur für das Omnileben bereitzustellen. Aber vielleicht können wir diese Fessel eines Tages auch abwerfen? Wer weiß? Unserem Motto ‚Sei, wer du wirklich bist' sind wir mit dem Youterus wieder einen Schritt näher gerückt. Milliarden von

Menschen führen bereits ein erfülltes und friedliches Leben in Omniworld und es werden jeden Tag mehr."

Hinter Ethan erschien nun die Weltkugel, auf der kleine, leuchtende Punkte erschienen, die immer mehr wurden und sich nach und nach mit leuchtenden Linien verbanden. Zum Schluss leuchtete die ganze Erde auf und das OMNI-Logo, die himmelblaue Wolke, erschien.

„Und noch etwas: Wie schon bei unseren Omnichambers habt ihr die Möglichkeit, euren Youterus gleich in einem unserer brandneuen Omnivilles zu beziehen. In diesen gesicherten Kommunen wird die komplette Infrastruktur für ein sorgenfreies Omnileben bereitgestellt. Immer mehr Menschen verkaufen ihre Immobilien, da materielle Häuser und Wohnungen für ein erfülltes Omnileben nicht notwendig sind. Oft ist ein Umzug in ein Omniville günstiger als die Installation eines Youterus in einer Objektwohnung. Also informiert euch."

Omni-Ethan blickte nun direkt die Zuschauer an, die Kamera fokussierte sein Gesicht.

„Verkaufe auch du, bevor die Preise noch weiter fallen. Unsere Omniville-Consultants beraten dich gerne beim Übergang von der materiellen Immobilie in ein Omniville in deiner Nähe. Lass das Objektleben endlich hinter dir. Konzentriere dich auf dein wahres, dein Omni-Ich!

Sei, wer du wirklich bist!"

2040 – 2. Marie

Marie fröstelte, als sie auf die Veranda ihres Hauses trat. Ihr Kaffee dampfte in der kalten Frühlingsluft, wie der Nebel vor den dunklen Wäldern hinter den weiten Feldern. Die Kommune war noch nicht aufgewacht, nur ein paar Hunde kläfften. Hopesglade schlief noch. Die Sonne war eben erst aufgegangen und hatte Marie eine Ausrede gegeben, aufzustehen.

Bis jetzt hatte ihr Projekt nur Geld verschlungen, unzählige Fragen raubten ihr den Schlaf. Sie hatte den Grund gekauft, 500 Hektar, 10 km nordwestlich von Emporia in Virginia, fruchtbares Ackerland, eingerahmt von dichten Kiefernwäldern. Weit weg von der Westküste, von Ethan und OMNI, aber auch von ihrer Mutter. Eine Bauchentscheidung. Abgelegen, jedoch nicht komplett entrückt von der Zivilisation.

Es gab eine Straße, Strom und Wasseranschluss für das alte Farmhaus, Silos und Scheunen, die sie hatte renovieren lassen. Dazu hatte sie weitere Wohnhäuser bauen lassen, Wege, ein kleines Krankenhaus, eine Schule, eine Gemeindehalle mit Vorplatz, einen Gemischtwarenladen, eine Windkraftanlage und eine Photovoltaikanlage mitsamt modernsten Strom-Speichereinheiten. Sie wusste, dass es nur eine Frage der Zeit war, bis Wasser und Strom abgestellt wurden. Nur dank großzügiger Spenden an die Kommunalverwaltung waren sie überhaupt noch am Netz.

Auch bei der Lebensmittelversorgung waren sie noch nicht autark, immer wieder hatte Marie nachfinanzieren müssen. Bei ihren regelmäßigen Trips nach Virginia Beach besorgte sie das Nötigste. Dort war noch eine relativ ordentliche Grundversorgung vorhanden, aber der gesellschaftliche Wandel war spürbar. Produktionslinien, die noch auf menschlicher Arbeit beruht hatten, kollabierten im ganzen Land. Wer den Umstieg auf vollautomatisierte Prozesse verpasst hatte, zahlte jetzt den Preis.

Kaum jemand war noch zu körperlicher Arbeit motivierbar, seit OMNI Stellen in Omniworld vergab, finanziert durch Werbeprogramme und virtuelle Minijobs.

Bei jedem Besuch in der Stadt fiel Marie auf, dass wieder ein Produkt aus dem Sortiment genommen war, wieder ein Geschäft geschlossen. Auch auf der Nachfrageseite gab es durch Omniworld nie gekannte Verwerfungen. Denn die glücklichen Besitzer eines Youterus waren bescheidene Konsumenten physischer Güter. Außer Sauerstoff, Sal-Gel, Strom und Nährstoffen aus Algen waren alle anderen Bedürfnisse virtueller Natur. Der Omnicoin war die stabilste globale Währung während sich die Wirtschaft der Objektwelt in einer nie gekannten Abwärtsspirale befand und niemand sagen konnte, wann der Boden erreicht war. Die Gesellschaft wurde innerhalb weniger Jahre buchstäblich pulverisiert.

Vielleicht würde es noch ein paar Jahre dauern, bis sie komplett auf eigenen Beinen stehen könnten. Mit unterirdischen Gewächshäusern könnten sie auch im Winter Obst und Gemüse ziehen. Rom wurde auch nicht an einem Tag erbaut. Doch das Extremwetter blieb unberechenbar: Der Mais hatte in der letzten Saison kaum Ertrag gebracht. Erst die Dürre, dann der Hagel und immer wieder Stürme. 2038 wiederum hatte es ohne Pause geregnet, die Felder waren die meiste Zeit überflutet, so dass sie Reis hätten anbauen können.

Was also würde dieser Sommer bringen? Sollten sie Deiche bauen oder Bewässerungsanlagen? War die Zeit der traditionellen Landwirtschaft einfach vorüber?

Marie war keine weltfremde Idealistin. Als sie das „Algen für die Welt"-Projekt für OMNI vorangetrieben hatte, hatte sie sich intensiv mit Landwirtschaft und Ernährung beschäftigt. Selbst wenn sie immer wieder nachfinanzieren musste, ihr Kapital würde weit über ihr Lebensende hinaus genügen, um die Kommune am Leben zu halten. Aber das war nicht das Ziel. Sie wollte ein Exempel statuieren, autark sein, Nachahmer inspirieren. Mehr als 1500 Einwohner lebten in Hopesglade, Tendenz steigend. 1500 völlig unterschiedliche Menschen, die sich dem physischen Dasein verschrieben hatten. Aus den unterschiedlichsten Gründen, aus den verschiedensten Winkeln des Landes, nur geeint in der Ablehnung von Omniworld.

Doch die andere Welt ließ sich nicht einfach ausblenden. Immer wieder surrten Drohnen über die kleine Gemeinde. Transportdrohnen, Lieferdrohnen; eine konstante Erinnerung an die Welt hinter den Kiefernwäldern.

Wurden sie beobachtet? Es wäre ein Leichtes für OMNI, sie auszuspähen. Sich an ihrem Scheitern zu erfreuen. Aber diese Genugtuung würde Marie ihnen nicht geben!

Wie eine Insel im stürmischen Meer lag Hopesglade da. Omniworld begann gleich hinter dem Nebel. Omniworld war überall. Die Farmer in der Gegend verkauften reihenweise ihre Felder, um sich einen schönen Lebensabend im Youterus zu schaffen. Das neueste Projekt von Ethan war der Todesstoß für die verbleibende Gesellschaft, die Menschen zogen jetzt in Scharen in die Omnivilles. Die Nahrung für Milliarden von Menschen kam nun aus unterseeischen Algen-Farmen. Algenfarmen, für die sich Marie einmal stark gemacht hatte.

Heute würden sie in der Gemeindehalle über die Fruchtfolge für diese Saison abstimmen. Marie hatte von Anfang an einen basisdemokratischen Kurs verfolgt, auch wenn sich dies in der

Realität als kompliziert entpuppte. Seit letztem Herbst hatte die Neo-Hippie-Fraktion in der Gemeinde starken Zuwachs erhalten. Viele Mitglieder dieser Fraktion waren nur tatkräftig, wenn es um Gruppensex und Drogenkonsum ging. Marie wollte niemandem vorschreiben, wie er oder sie zu leben hatte – aber für den Fortschritt ihrer Gemeinde waren diese Neo-Hippies wie Sand im Getriebe.

Marie war im Herzen libertär. Ohne Anstrengung ging es ihrer Meinung nach nicht, andere durchfüttern widerstrebte ihr. Trotzdem, die Neo-Hippies waren ihr immer noch lieber als die Evangelikalen, die Omniworld aus religiösen Gründen ablehnten. Diese halfen zwar tatkräftig auf dem Feld mit, versuchten aber bei jeder Gemeindesitzung religiöse Themen zu pushen. Sie hoffte auf mehr Zustrom von „Normalos", die einfach nur einen alternativen Lebensstil suchten. Doch dazu müssten die Dinge erstmal laufen.

„Mama?" Katie war wach geworden.

Sie hatten im selben Bett geschlafen, wie jede Nacht. Doch Marie fand das nicht schlimm. Sie genoss die echten Berührungen, ja sogar die Tritte im Schlaf und den Mundgeruch am Morgen. Alles oder nichts. Das hatte Ethan nie verstanden. Wie ein Marathon, bei dem man mit der Drohne ins Ziel fliegt. Machte nicht erst die Anstrengung das Erlebnis zu einer besonderen Erfahrung? Hopesglade würde eines Tages ebenfalls all die Anstrengung wert sein.

Marie umarmte ihre Tochter, die sich die Augen rieb.

„Ist Omi schon da?", erkundigte sich Katie.

Marie checkte ihre Smart Watch. „Omi kommt nach dem Mittagessen. Sie muss doch einmal durchs ganze Land fliegen."

„Och Menno."

„Dafür bleibt sie ja auch ein paar Tage. Freust du dich schon?"

„Jaaaa!"

Katie war jetzt hellwach und sauste in ihr Kinderzimmer im ersten Stock. Auf dem Weg rief sie: „Ich muss noch ein Bild für Omi malen!" Schon war sie die Treppe hinaufgerannt. Marie lächelte. Auch sie freute sich darauf, ihre Mutter zu sehen. Nichts wünschte sie sich mehr, als dass sie zu ihnen nach Hopesglade ziehen würde. Vielleicht würde sie diesmal zusagen.

Ben Johnson hatte Emily, Maries Mutter, mit seinem SUV vom vereinbarten Treffpunkt abgeholt. Marie und Katie warteten auf der Veranda ihres Haues. Als der blaue Wagen in die Straße einfuhr, begann Katie aufgeregt zu hüpfen und dem Wagen zuzuwinken. Zu lange hatte sie ihre Großmutter nicht mehr gesehen.

Als der Wagen vor ihrem Haus anhielt, stürmte Katie sofort zur Beifahrertür. Doch Marie erschrak, als sie ihre Mutter sah. Die alte Dame, der Ben Johnson aus dem Beifahrersitz half, war stark gealtert. Sie sah erschöpft aus, bestimmt 10 kg schwerer und stützte sich auf einen Stock. Emily lachte vor Freude laut auf, als ihre Enkelin sich an sie warf und sie drückte. Aber sie hob Katie nicht hoch, wie beim letzten Mal.

Marie bedankte sich bei Ben, der Emilys Koffer auf die Veranda stellte und sich verabschiedete. Dann umarmte auch Marie ihre Mutter. Beinahe ein Jahr war es her, dass sie sich das letzte Mal gesehen hatten.

Nachdem Katie am Abend, viel zu spät, eingeschlafen war, hatten die beiden endlich Zeit für ein ungestörtes Gespräch.

Marie stellte Tee auf den kleinen Wohnzimmer-Tisch und setzte sich dann neben ihre Mutter auf die Couch. Emily legte ihre Hand um sie und Marie schmiegte ihren Kopf an die Schulter ihrer Mutter. So saßen sie ein paar Minuten schweigend, den Augenblick genießend.

„Du hast uns gefehlt, Mum", begann Marie das Gespräch. Klang das vorwurfsvoll?

„Ihr habt mir auch so gefehlt. Du und meine süße Katie. Sie ist schon so groß geworden. Ich würde euch auch gerne öfter sehen."

Marie unterdrückte den Drang nachzubohren, sie wollte die Idylle nicht zerstören.

Emily fuhr von sich aus fort: „Meine Hüfte macht mir zu schaffen. Ich nehme Medikamente. So einen Drohnenflug an die Ostküste stecke ich nicht einfach weg."

Marie setzte sich auf. „Mum. Warum hast du mir nicht früher davon erzählt? Das mit der Hüfte kann man richten lassen. Du weißt, dass Geld keine Rolle spielt. Es gibt inzwischen absolut schmerzfreie Eingriffe und super Prothesen."

„Das weiß ich doch alles. Es ist ja nicht nur die Hüfte. Ich werde einfach alt. Langsamer. Gemütlicher."

Marie blickte ihre Mutter an. Zum ersten Mal wirkte sie zerbrechlich. Diese starke Frau, die Marie immer den Rücken gestärkt hatte. Die Säule in ihrem Leben.

„Wenn du nach Hopesglade ziehen würdest, könnten wir alles für dich einrichten. Wir könnten unter einem Dach leben, drei Generationen, wir…".

Emilys Augen wurden feucht. „Marie, es tut mir so leid. Ich weiß, du wünschst dir, dass ich hierherziehe. Und ich liebe euch doch so sehr. Ich bewundere, was du hier geschaffen hast. Meine Marie. Nur du konntest so eine Kommune aus dem Boden stampfen."

Emily umfasste Maries Hand und streichelte zärtlich darüber. "Ich bin so stolz auf dich. Aber Hopesglade, das ist nichts für mich. Ich möchte noch ein paar ruhige Jahre verbringen. Eine Landwirtschaftskommune hatte ich nicht als Rentenplan vorgesehen."

Marie lächelte tapfer und versuchte ihre Tränen zurückzuhalten.

Emily wischte sich die Augen, sammelte sich kurz und fuhr dann fort: „Ich habe doch meine Freunde in Oregon. Und viele von denen sind jetzt in das Omniville in Albany eingezogen. Da gibt es ein eigenes Programm für Rentner."

Maries Nackenhaare stellten sich auf.

„Marie, ich weiß, dass du Omniworld ablehnst, nach allem, was passiert ist. Aber ich würde so gerne meine Freunde wiedersehen."

2040 – 3. Steffen

Hassan räumte fröhlich seine wenigen Bilder und persönlichen Gegenstände in einen kleinen Umzugskarton. Im Gegensatz zu Steffen war die Auflösung des BSI für ihn eine willkommene Gelegenheit, in Frührente zu gehen – mit Mitte vierzig. Er hatte sich und seiner Familie Plätze in Omniville Köln-2 gesichert.

Steffen gruselte es bei der Vorstellung, dass sein Freund und Kollege samt Familie bald für immer in den neuartigen Youterus verschwinden würden. Doch Hassan hatte über die Jahre seinen Widerstand gegen Omniworld aufgegeben. Mit jeder neuen Technologie, jedem neuen Equipment waren Löcher in seinen Damm geschlagen worden, bis der Druck alles zum Bersten gebracht hatte. Oft hatten sie gestritten. Hassan wollte seiner Familie ein ruhiges und sicheres Leben ermöglichen. Seinen Kindern nicht die unendlichen Möglichkeiten von Omniworld vorenthalten. War persönliches Glück nicht das ultimative Ziel aller menschlichen Bestrebungen? Daher kam die Nachricht, das BSI würde aufgelöst, wie gerufen. Lange hätte Hassan sowieso nicht mehr mitgemacht.

Die Möglichkeit, sich bei der neuen European Union Agency for Meta Security, kurz EUAMS, zu bewerben, nahmen nur einige, wenige Kollegen wahr. Aus dem Standort Bonn war Steffen der einzige. Auch die EUAMS war ein Kompromiss, ein Zugeständnis. Ein speziell geschaffenes Überwachungsorgan auf EU-Ebene. Ohne Lisa Obermaier, die es wie durch ein Wunder geschafft hatte, im EU-Parlament zu bleiben, wäre die EUAMS sicher auch nicht zustande gekommen. Dafür aber waren sensiblere Bereiche aus Administration, Bildung und Politik nach Omniworld verlagert worden. Auch die Parlamentssitzungen. Die Abgeordneten-Büros in Brüssel waren verwaist.

Eine Welt im Umbruch, territoriale Grenzen bedeuteten immer weniger, Politik wurde in Omniworld gemacht. Wahlen wurden per Häkchen während des Frühstücks in Omniworld abgewickelt. Bildung und Informationen bezog man dort natürlich auch. Alle tranken aus derselben Quelle.

Wahrscheinlich war die EUAMS nur ein Feigenblatt, um der ganzen Transformation einen Anstrich von demokratisch legitimierter Kontrolle zu geben. Doch die EUAMS-Beamten verfügten über umfangreiche Sonderbefugnisse – das war es, was Steffen interessierte. Ansonsten hätte er sich wahrscheinlich auch bald in irgendwelchen Simulationen verloren. Verloren – wie seinen Sohn.

Noah, der jetzt 23 war, ein junger Mann. Irgendwo da draußen, wahrscheinlich in einem der tausenden Omnivilles, die überall aus dem Boden gestampft wurden. Ohne Nachricht, ohne Adresse. Nach dem letzten Streit war er verschwunden, das war vor fünf Jahren. Nicht mal Steffens alte Kontakte in der Hackerszene hatten eine Spur finden können. Omniworld hatte ihn verschluckt wie ein schwarzes Loch. Rechtlich gesehen war Steffen machtlos. Es gab keine Verpflichtung für einen Sohn, Kontakt zu seinem Vater zu halten.

Steffen war sich nicht sicher, in welche Richtung Omniworld sich bewegte, keiner wusste das. Zu Beginn seiner Zeit beim BSI und auch durch seine persönlichen Erfahrungen hatte er dieses Metaverse als besseres Videospiel betrachtet, dessen Hauptrisiko darin bestand, Kinder und Jugendliche abhängig zu machen. Ethan Hubble war in seinen Augen nur ein genialer Nerd, der die Bedürfnisse des Marktes erfüllte und so seine Taschen befüllte. Die großen Reden über Fortschritt und Visionen für die Menschheit hatte er diesem selbsternannten Tech-Gott nie abgenommen. In Steffens Welt gab es keinen echten Altruismus, er glaubte an den Homo Oeconomicus. Und auch Ethan Hubble war nur auf seinen Nutzen bedacht. Aber was war seine Motivation? Grenzenlose Macht, um der Macht willen?

Grenzenloser Reichtum? Was nützte Geld in einer Welt, die nur noch simuliert war? Beide Ziele schienen für Ethan Hubble bereits zum Greifen nahe. Im Frühling hatte zum ersten Mal die Wahl für das EU-Parlament per Omniworld stattgefunden. Schnell, effizient und sicher. Die EUAMS hatte die Wahl überwacht, keine besonderen Vorkommnisse. Und natürlich hatte die Europäische Omni Partei (EOP), die aus der Liberalen Zukunftspartei hervorgegangen war, auf Anhieb die absolute Mehrheit erreicht. Sie mussten sich nicht mal mehr hinter einem uneindeutigen Namen verstecken.

In vollem Tageslicht breitete OMNI seine Agenda in der Politik aus, absolut transparent und vor aller Augen. So wie von Lisa Obermaier prophezeit. Seitdem durfte Steffen fast täglich über Gesetzesnovellen abstimmen: Soll das bedingungslose Grundeikommen inflationsbedingt um 3,4 % erhöht werden? 89 % Zustimmung. Soll das EU-Finanzministerium ermächtigt werden, das Grundeinkommen im Namen der Omniville-Bewohner direkt an OMNI zu überweisen? 85 % Zustimmung.

Das war so, als ließe man Kinder über den Zugang zum Süßigkeiten-Schrank abstimmen. 100 % demokratisch, 100 % sinnlos. Manche Neuerungen ließen Steffen aufmerken: Behandlungen psychischer Krankheiten ausschließlich durch Omniworld-Therapien. Umleitung von Geldern aus dem Straßenbau zum Ausbau von Omniville-Infrastrukturen. Zuschüsse für „Algen für die Welt". Die EU war dabei, zum nächsten Sudan-Projekt zu werden.

Traurig gab er Hassan die Hand zum Abschied. Wie lange hatten die beiden sich nicht mehr im Büro gesehen? Drei Monate, vier Monate? Die Arbeit geschah fast ausschließlich von zu Hause aus, in einer angeblich sicheren Software-Infrastruktur innerhalb von Omniworld. Hassan war einer seiner letzten richtigen Kontakte in der realen Welt. Professor Colbourn war nach Südafrika zurückgekehrt, nachdem sein Zentrum geschlossen worden war. Er wolle sich dort auf einem Weingut zu Tode saufen, hatte er Steffen halb-ernst, halb-ironisch bei ihrem letzten Treffen mitgeteilt. Seitdem hatte Steffen nichts mehr von ihm gehört. Blieb nur noch Lisa Obermaier.

Er versuchte, sich Hassans Handdruck einzuprägen, als könnten die Nerven seiner Finger die Berührung für schlechte Zeiten speichern und in einer Gefühls-Bibliothek ablegen.

„Wir sehen uns ja in Omniworld", gab der verständnisvoll lächelnde Hassan zu bedenken. Dann verließ er, ohne sich umzudrehen, das Büro.

Steffen blieb noch eine Weile. Hatte nicht einmal jemand behauptet, Menschen seien im Kern soziale Wesen?

An der Wand hing noch die alte analoge Uhr, die Steffens Einsamkeit mit ihrem Ticken rhythmisch unterlegte. Anachronistisch und nutzlos. Doch sie lief weiter. Wahrscheinlich, seit Bonn Hauptstadt gewesen war. Einfachere Zeiten. Er packte den letzten Karton unter seinen Arm und ließ noch einmal den Blick durch das Büro schweifen. Dann schaltete er das Licht aus.

Auf dem Flur kam ihm ein kleiner Reinigungsroboter entgegen. Als der Sensor seine Füße erfasste, blinkte ein kleines Licht auf und er änderte seine Route. In der Kaffeeküche holte er noch seine Tasse ab. Ein unglaublich hässliches Stück, bedruckt mit einem Bild von Noah, Louisa und ihm. Er hatte es zu seinem 30. Geburtstag bekommen, Noah war darauf noch ein kleines Kind.

Er hatte sie fast nie benutzt, zu groß die Sorge, das Bild zu verwaschen, wie seine Erinnerungen. Nun kam sie mit nach Hause, er würde sie hüten wie einen Schatz.

Im Großraumbüro war nur noch eine Kollegin am Packen, die Steffen nur vom Sehen kannte. Deshalb nickte er ihr aus der Ferne zu, auch wenn er sich nach einer Unterhaltung sehnte. Wenigstens musste er nicht das Licht ausmachen. War er der einzige Mensch, den dieser Umbruch sentimental machte?

Bevor er seine Wohnung betrat, hielt er inne. Er fürchtete sich vor der Leere. Es waren noch drei Wochen, bis das Training bei EUAMS begann. Wie sollte er die Zeit ohne Arbeit überbrücken? Nach dem dritten Algen-Bier loggte er sich in Omniworld ein. Trost von Louisa.

„Mir fehlt Noah", gestand er.

Es fühlte sich erbärmlich an, dass er sich nur der Omniworld-Simulation seiner Frau anvertrauen konnte. Sie umarmte ihn, während er in ihre Schulter weinte.

„Mir auch", erwiderte Louisa leise. „Vielleicht können wir ihn zu uns holen?"

Steffen schreckte auf. Was meinte sie? Er hätte nicht gedacht, dass die Parameter der KI von Omni-Louisa es zuließen, so einen Vorschlag zu machen. Das war das erste Mal, dass die KI etwas Derartiges andeutete. Sie hatte eine Grenze überschritten. Er hatte auch kurz mit dem Gedanken gespielt, Noah als Omni-Avatar zu kreieren. Ihre Familie in Omniworld zu vereinen. Aber Noah war noch am Leben. Louisa war tot. Das war ein himmelweiter Unterschied. Welches perverse Spiel trieb die Omniworld-KI mit ihm? Oder hatte er in früheren Gesprächen irgendeinen Anlass für solch einen dreisten Vorschlag gegeben? Er bezweifelte es, fühlte sich hintergangen.

Traurig betrachtete er Louisa, die ihn fragend ansah. War dies der Abschied? Ohne ihr eine Antwort zu geben, loggte er sich aus und öffnete ein weiteres Algen-Bier.

Lieber drei Wochen saufen als Omniworld.

2040 – 4. Lisa

Lisa Obermaier war rastlos und gleichzeitig voller Energie. Mit fast sechzig hätte sie sich ihrem wohlverdienten Ruhestand widmen können. Die Parlamentarier-Pension bedeutete finanzielle Sicherheit. Doch die letzten Jahre waren die aktivsten ihrer politischen Karriere gewesen, eine Achterbahnfahrt in jeder Hinsicht.

OMNI hatte viel gewonnen, doch Lisa fühlte sich nicht als Verliererin. Ganz im Gegenteil: Der übermächtige Gegner hatte ihr eine Bestimmung gegeben: Lisa Obermaier, Kämpferin gegen die Ausbreitung von Omniworld, gegen die Allmacht von OMNI.

Sie gegen das System.

Diesem Kampf widmete sie jede freie Stunde, gönnte sich kaum Pause. Der Bauernhof im Allgäu wurde von Raphaël, ihrem Lebensgefährten, verwaltet. Ihr Ankerplatz. Der Ruhestand musste warten.

Nur morgens fühlte sie das Alter. Die geröteten und geschwollenen Gelenke in den Fingern und Zehen machten das Aufstehen zur Tortur. Bis die Schmerzen nachließen konnte es an schlechten Tagen über eine Stunde dauern. Dann konnte sie sich nicht mal Socken anziehen. Heute musste sie die Zähne zusammenbeißen und den brennenden Schmerz ausblenden. Die Parlamentssitzung fing bald an, zu lange hatte sie schon auf dem Bett gesessen. Sie stöhnte laut auf, als ihre geschwollenen Füße den Boden berührten. Ein Lauf über ein Lavafeld begann. Hoffentlich hatte Raphaël sie nicht gehört. Sie hasste es, schwach zu sein, auch gegenüber ihm. Das Frühstück würde sie ausfallen lassen, die Morgen-Toilette auch. In Zukunft würde sie vor wichtigen Sitzungen noch früher aufstehen müssen.

Noch drei Schritte, dann war sie ihm Nebenraum, wo ihr Omni-Equipment bereit lag. Lisa setzte sich auf den brauen Kunstledersessel und rieb sich die Zehen und Knöchel. Die Schwellung ging langsam zurück. Vorsichtig zog sie sich das Omniface und die Omnigloves an und startete ihren Omni-Gang.

Mit ein paar Handbewegungen, die immer noch schmerzten, loggte sie sich in die Sitzung ein. Wenigstens musste sie ihre Beine nicht bewegen. Die meisten Parlamentarier waren schon anwesend, Lisa saß mit ihren sieben Mitstreitern der „Bewegung für physisches Leben" am äußersten Rand des simulierten Plenar-Saals. Seit der großen Reform fand das politische Tagesgeschäft in Omniworld statt. Herzlich begrüßte sie die anderen und prüfte noch Nachrichten bevor die erste Rede begann. Wie immer eine wilde Mischung aus Unterstützung und Hass-Mails. Nichts Wichtiges.

Der Abgeordnete der Europäischen Omni Partei schaltete die anderen Abgeordneten-Sprachkanäle auf lautlos, als er am Rednerpult erschien. Applaus brandete auf, nicht seitens der „Bewegung für physisches Leben".

Die Rede begann: „Verehrtes Parlament, verehrte Zuschauer. Es ist mir eine Ehre die heutige Sitzung zu eröffnen. In diesen Zeiten ungeahnter politischer Transparenz und Partizipation ist es uns gelungen, die europäische Integration voranzutreiben." Hinter ihm wurden die Zuschauerzahlen aus dem Live-Stream sowie die beliebtesten Kommentare eingeblendet.

„Der Prozess, den wir vor fünf Jahren begonnen haben, trägt nun Früchte. Wir hoffen mit unserer neuesten Initiative den nächsten Meilenstein...".

Lisa gab das Zeichen.

Die Mitglieder der „Bewegung für physisches Leben" öffneten die Datei. Im Nu wurde ein großes Bild im Plenarsaal eingeblendet, ein verwackeltes Video zeigte, wie ein schreiender Mensch aus einem Youterus befreit wurde, nackt und bleich. Kinder mit offensichtlichen Entzugserscheinungen. Verstörende Bilder, schnell geschnitten. Gleichzeit wurden große Textfelder über Lisas Gruppe angezeigt, mit denen protestiert wurde: „Youterus = Sarg der Menschheit! Stoppt Omniworld! Stoppt OMNI!"

Die Aktion dauerte nur wenige Sekunden. Dann erschien Lisas himmelblauer Ladebildschirm.

Das System hatte sie und ihre Mitstreiter zwangsweise ausgeloggt. Sie hatten 125.000 Omnicoins an eine Hacker-Gruppe überwiesen, die für sie die Datei programmiert hatte. Viel Geld, doch das war es wert gewesen. Lisa war jetzt hellwach, die Schmerzen vergessen. Die Aktion würde sicher große Wellen schlagen. Aufmerksamkeit bei den Abgeordneten, bei den

Zuschauern und in der Presse. Ein Nadelstich nur, aber ein schmerzhafter. Und nicht der letzte. Ethan Hubble würde kochen.

Nach dem Brunch fühlte sie sich noch besser. Eier von den eigenen Hühnern und selbstgebackene Brötchen. Der Duft von grünem Tee. Untermalt vom Lachen Raphaëls, als sie vom Erfolg ihrer Aktion erzählte. Sie wollte noch nach Thüringen fliegen. Eine weitere autarke Kommune besuchen, die nach dem von ihrer Partei propagierten Modell geschaffen worden war. Das war der Start einer Revolution. Bald würden die Menschen merken, wie verblendet sie gewesen waren.

„Guten Flug", wünschte Raphaël ihr, als die Drohne im Hof landete. „Wann bist du wieder zurück? Ich möchte nochmal die vegetarische Lasagne von Cora versuchen. Lisa drückte ihren Lebensgefährten und überschlug kurz den Zeitplan. „Allerspätestens gegen 19:00 Uhr. Ich schreibe dir, bevor ich losfliege."

Als die Drohne Flughöhe erreicht hatte, fühlte sich Lisa frei wie ein Vogel. Ihre Parteifreunde hatten sich gemeldet, außer einem Bußgeld würde man ihnen nichts anhaben können. Ein Publicity Stunt fast zum Nulltarif. Glückwünsche trafen per Mail ein, die sie auf ihrer Smart Brille las. Auf „Findrrr", der letzten großen unabhängigen Suchmaschine, trendete der Vorfall unter dem Buzzword „EU Parliament Omni Protest", Videos wurden zehntausendfach geteilt. Morgen würde sie sich bei Steffen Mieler melden. Fragen, wie es bei der EUAMS läuft. Er könnte sie zukünftig mit wichtigen Informationen versorgen. Ihr Netzwerk wuchs weiter.

Unter ihr tauchten die bewaldeten Hügel des Thüringer Walds auf. Das Grün war durchbrochen von beige-braunen Schneisen, toter Wald, Folgen der letzten Dürreperiode. Der Klimawandel – niemals hätte sie sich träumen lassen, dass dieses Thema einmal nur das zweitdrängendste der Menschheit werden könnte.

Ein lauter Knall durchbrach die Stille und ihre Gedanken, gefolgt von einem zweiten, einem dritten. Die Flugdrohne riss abrupt zur Seite, wie in einem Luftloch. Lisa hielt sich fest und schaute instinktiv an sich herunter. War sie beschossen worden? Sie war nicht verletzt. Die Drohne schien ihren Flug unbeeindruckt fortzusetzen, doch Lisa bemerkte, dass das Display nicht mehr funktionierte; die Verbindung zu ihrer Smart Brille war ebenfalls abgerissen. Dann ging die Drohne in den Sinkflug, erst fast unmerklich, dann in immer steilerem Winkel.

Panisch versuchte Lisa sich zu retten, aber es gab keine Knöpfe, keine Hebel, nur das schwarze Display. Per Smart-Brille versuchte sie einen Hilferuf abzusetzen. An wen?

Ich sitze in einer abstürzenden Drohne, dachte Lisa. Nichts, was ich tun kann, verhindert den Aufprall. Ich bin der Technik ausgeliefert.

Das Grün des Thüringer Walds kam immer näher, schon konnte sie einzelne Baumwipfel voneinander unterscheiden. Vergeblich versuchte die Drohne, die Flughöhe auszugleichen, an Höhe zu gewinnen. Der erste Baumwipfel streifte den Boden der Flugdrohne, rüttelte sie durch und besiegelte ihr Schicksal.

Zweige, Äste, Grün schlugen gegen das Fenster, das kurz darauf zerbarst.

Dann wurde Lisas Welt schwarz.

2040 – 5. Ethan

Das Logo von „World Daily" wurde eingeblendet, das Talkshow-Format der größten, unabhängigen Nachrichten-Plattform. Wobei „groß" relativ zu verstehen war. Neben Omniworld als dominierender Kommunikationsplattform war alles klein, unbedeutend. Aber nicht unbedeutend genug. Denn Ethan Hubble hatte sich für ein Interview bereit erklärt, eher herabgelassen, wie er dachte. Immer noch befanden sich 12 % der Menschen außerhalb von Omniworld. Nach ihnen galt es zu fischen. Einige von ihnen waren lästig, stellten Fragen über Dinge, von denen sie nichts verstanden. Mutmaßungen, Unterstellungen, Lügen. Fliegen, die den Löwen piesackten.

Deshalb also ein PR-Coup, um die letzten Hardcore-Skeptiker auf seine Seite zu ziehen. Wer einmal Omniworld ausprobierte, blieb dabei. Das belegten die Auswertungen von OMNI. Der Youterus sorgte dafür, dass die Omni-Menschen die Simulation nicht mehr verließen.

Moderatorin Diane Moore: Guten Abend, verehrte Zuschauer. Wir haben heute einen besonderen Gast, der keiner weiteren Vorstellung bedarf. Ich freue mich, live zugeschaltet, OMNI-CEO, Omniworld-Gründer und Tech-Guru, Ethan Hubble!

Ethan Hubble: Sehr freundlich, Diane. Es freut mich hier zu sein.

Diane: Die Freude ist ganz unsererseits! Wir wissen, dass Sie ein unglaublich beschäftigter Mensch sind. Danke, dass Sie sich Zeit nehmen.

Ethan: Danke Ihnen. Ich hoffe, wir können heute mit ein paar Gerüchten aufräumen.

Diane: Dazu haben wir sicher noch Gelegenheit, Ethan. Doch fangen wir bei Ihnen an. Umfragen zufolge sind Sie einer der bekanntesten Menschen Ihrer Generation. Was macht das mit einem?

Ethan: Bekanntheit ist eine Dimension, die für mich keine Bedeutung hat. Wenn ich meine Bekanntheit nutzen kann, so wie jetzt und hier, um unser Menschheitsprojekt voranzubringen, dann ist meine Bekanntheit ein nützliches Werkzeug, mehr nicht.

Diane: Verstehe. Interessant, dass Sie von einem Menschheitsprojekt sprechen. Denn viele Menschen sehen OMNI und Omniworld, wie Sie wissen, kritisch. Wie würden Sie Omniworld einem Menschen beschreiben, der noch nie davon gehört hat?

Ethan: Nun, Diane, erstens hoffe ich, dass es keinen Menschen mehr gibt, der Omniworld nicht kennt. Zweitens: Definieren Sie „viele". Ja, es gibt auch kritische Stimmen, wie bei allen anderen Themen. Aber wir sprechen hier von einer verschwindend kleinen, fortschrittsfeindlichen Minderheit. Wenn ich Omniworld kurz beschreiben müsste, dann lautet mein Elevator Pitch wie folgt: Omniworld ist eine technologiebasierte, alternative Realität, in der Menschen leben können, wie sie möchten. Omniworld ist die Zukunft der Menschheit und der Kern aller Projekte von

OMNI. Je mehr Menschen Teil von Omniworld werden, desto besser und schlagkräftiger werden wir. Omniworld erlaubt nicht nur grenzenlose, individuelle Erfahrungen, sondern trägt somit zur Rettung der Menschheit bei.

Diane: Wie genau „rettet" Omniworld denn die Menschheit?

Ethan: Zum einen erlaubt unser KI-basiertes Lernen beständigen Fortschritt. Omniworld sind nicht nur 7,6 Milliarden Menschen, die Spaß in simulierten Welten haben. Omniworld sind vielmehr 7,6 Milliarden vernetzte Gehirne, die direkt oder indirekt miteinander kommunizieren. Ein kollektives Bewusstsein. Die größte Wissensbibliothek aller Zeiten. Deshalb gelingt es uns als OMNI-Konzern, in den letzten Jahren unglaubliche technologische Fortschritte zu machen. Gespeist durch das Wissen und das Kapital aus Omniworld. Alles ist miteinander verbunden. Unsere prominenten Projekte jenseits von Omniworld kennen Sie sicher: Die Marsmission; die erste Kolonie befindet sich im Bau. Wir möchten ab 2044 mit der Besiedelung beginnen. Unsere Algenfarmen; wir ernähren den Großteil der Menschheit mit nachhaltiger, pflanzlicher Kost. Gleichzeitig sorgen wir dafür, dass die Menschen immer genügsamer leben. Ein Platz im Youterus in einem kleinen Raum im Omniville, versorgt durch grüne Energie. Physisch spartanisch, psychisch grenzenloser Luxus. Denken Sie im Vergleich daran, wie verschwenderisch der Durchschnittsamerikaner noch Anfang der 2020er gelebt hat: SUV, Riesenhaus mit Pool, Flugreisen, Plastikmüll, gigantischer Stromverbrauch – wir haben dieses zerstörerische Lebenskonzept durchbrochen.

Diane: Erzählen Sie von Ihrem „Global Cooling"-Projekt, das sicher auch in diese Reihe gehört.

Ethan: Gerne. Wie schon beschrieben, nutzen wir unser Know-How aus Omniworld und das Kapital von OMNI, um die großen Menschheitsprobleme anzugehen. Der Klimawandel mit seinen Extremwetterphänomenen ist sicher eines der drängendsten. Deshalb werden wir im nächsten Jahr unsere „Angel Wings"-Sonde ins All schießen. Diese wird bis zum Lagrange-Punkt zwischen Sonne und Erde fliegen und sich dort entfalten. Im Endeffekt ist es ein gigantisches Sonnensegel, das Sonnenstrahlung blockt. Mit fünf „Angel Wings" können wir das Sonnenlicht um voraussichtlich 2,5 % reduzieren, mit all den positiven Effekten für den Kampf gegen die globale Erwärmung.

Diane: Also reiner Altruismus?

Ethan: Altruismus und Selbsterhaltungstrieb. Ohne die Erde gibt es keine Menschheit, gibt es kein Omniworld, kein OMNI – ganz einfach. Menschen und ihre Träume sind unser Treibstoff. Ich schütze, was mich nährt. Und wir haben gesehen, dass nationale Regierungen nicht in der Lage waren, die globalen Probleme zu lösen. Denn die Nationen standen im Wettbewerb miteinander, deshalb gab es nie diesen Fokus auf die gesamte Menschheit, wie wir ihn haben.

Diane: Also ist für Sie das Sudan-Projekt die logische Alternative zu den Nationalstaaten?

Ethan: Wie Sie sicher wissen, hat der Sudan hat eine aufgewühlte Geschichte. Kolonisierung, Bürgerkrieg, Dürre und Hungersnöte haben diesem wundervollen Land schwer zugesetzt. 2033 haben Regierungsvertreter sich an uns gewandt, mit der Bitte um Unterstützung. Wir haben dann zunächst in einer Beratungsfunktion evaluiert, wie OMNI konkret helfen kann. Wir haben vor allem eine effiziente Infrastruktur aufgebaut, mit einer hohen Omniville-Dichte und einer kostenlosen Grundversorgung. Unter anderem mit modernsten Meerwasserentsalzungsanlagen und natürlich Nahrung aus unseren Algenfarmen haben wir Hunger und Durst besiegt. Im nächsten Schritt bekamen die Sudanesen Nahrung für den Kopf durch kostenlose Bildungsangebote in Omniworld. Dort konnten sie auch Arbeit finden oder sich einfach nur ablenken. Das Konfliktpotential sank sofort merklich. Der Erfolg hat uns auch überrascht. Der Sudan konnte sich beim menschlichen Entwicklungsindex innerhalb von drei Jahren von Platz 170 auf Platz 122 vorschieben. In einer Volksabstimmung 2037, der landesweite Kundgebungen und Proteste vorausgegangen waren, wurden dann die Regierungsgeschäfte offiziell an OMNI übergeben. Auch für uns ein absolutes Novum, wir haben nicht darum gebeten. Doch wir haben uns der Herausforderung gestellt und weiter in den Sudan investiert.

Diane: Effektiv haben Sie damit einen Präzedenzfall geschaffen, für einen von einem Privatunternehmen geführten Staat.

Ethan: Wenn Sie so wollen. Doch ich möchte etwas ergänzen: Zum einen ist OMNI kein gewöhnliches Unternehmen, wir sind nicht profitorientiert. Alle Erlöse werden direkt in neue Projekte reinvestiert. Ich selbst lebe in einem Omniville, habe keine nennenswerten physischen Besitztümer. Wir orientieren uns am Menschheitswohl. Zum anderen wurde OMNI demokratisch legitimiert und verwaltet den Sudan treuhändisch. Wir prüfen turnusmäßig unsere Zustimmungswerte und können natürlich wieder abgewählt werden. Am Ende des Tages sind die Sudanesen heute wohlhabender, gesünder und vor allem zufriedener als noch vor wenigen Jahren. Daran sollte sich doch jede Form von guter Führung messen lassen. Good Governance misst sich am Wohl der Menschen, nicht an der Struktur oder den Prozessen des politischen Systems. Im Übrigen glaube ich in der Tat, dass Nationalstaaten ein Konzept aus der Vergangenheit sind.

Diane: Weshalb es Sie freuen dürfte, dass bereits 13 weitere Staaten dem Vorbild des Sudans gefolgt sind.

Ethan: Sehen Sie, Diane, Sie denken wie ein Machtmensch aus dem 20. Jahrhundert. Was für eine Bedeutung hat es, ob OMNI Nationalstaaten verwaltet? Für unsere übergeordneten Ziele ist es letztlich egal. Hauptsache die Menschen treten Omniworld bei und können so ihr Leben verbessern. Und die Menschen nutzen Omniworld ohnehin, egal, ob wir ihr Land verwalten oder nicht.

Diane: Aber Sie verstehen, dass so viel Macht in den Händen eines Unternehmens, einer Person, die Menschen nervös macht? Wer stellt sicher, dass Sie nicht Ihre Macht missbrauchen?

Ethan: Die Menschen. Indem sie meine Produkte und Dienstleistungen kaufen, sprechen sie mir ihr Vertrauen aus, sie treffen eine Wahl. Eine freie und gut informierte Wahl. Das Kapital aus diesem Vertrauen ist meine Legitimation und die Basis für meine Projekte. Also Demokratie im ursprünglichen Sinn. Macht bedeutet mir nichts. Sie ist nur das Mittel zum Umsetzen meiner Projekte.

Diane: Und wer kontrolliert das, was Sie da sagen? Angeblich sind die Nachrichten und Informationen, die man in Omniworld sehen kann, stark gefiltert – zu Ihren Gunsten.

Ethan: Die Betonung liegt auf „angeblich". Es herrscht absolute Presse- und Meinungsfreiheit in Omniworld. Außerdem gibt es verschiedene staatliche Akteure, die uns kontrollieren. Zu erwähnen ist das EUAMS in der EU oder NIMA in Indien.

Diane: Wie erklären Sie sich dann diese Kritik?

Ethan: Omniworld hat alte Gewissheiten in Frage gestellt und eine soziale Revolution ungeahnten Ausmaßes ausgelöst. Der Omnicoin ist die wichtigste Währung der Welt, zum Frust der ehemaligen globalen Finanzelite. Wahlen sind transparent geworden und noch nie waren die Menschen gleicher als jetzt, dank Omniworld. Um es kurz zu machen: Natürlich gibt es einige Profiteure des alten Systems, die Stimmung gegen OMNI und meine Person machen.

Diane: Kritiker würden nun sagen, die neue Elite sind Sie, Ethan Hubble.

Ethan: Das ist lächerlich.

Diane: Und was, wenn Sie eines Tages Ihre Macht missbrauchen? Wenn Sie nicht mehr für, sondern gegen die Menschheit arbeiten?

Ethan: Wir haben verschiedene Sicherheitsmechanismen auf der Management-Ebene in den diversen Unternehmen, die dies unmöglich machen. Außerdem werde ich permanent von einer künstlichen Intelligenz überwacht. Sollten irrationale Entscheidungen von mir getroffen werden, würde der

Algorithmus meine Zugriffsrechte sperren. Aber Sie können mir glauben, meine grundlegenden Motive sind altruistischer Natur.

Diane: Dennoch sind viele Menschen beunruhigt. Noch nie hat sich so viel Macht in den Händen einer Person gebündelt.

Ethan: Denken Sie von mir nicht als eine Einzel-Person. Omniworld, das sind 7,6 Millarden Existenzen, die alle Anteil am Gelingen tragen. Ich bin lediglich der Schöpfer und das Sprachrohr.

Diane: Und nun der sogenannte Youterus. Ein lebenserhaltendes System optimiert für die Omniworld-Erfahrung. Ethan, wird das Leben der Zukunft denn gar nicht mehr in der echten Welt stattfinden?

Ethan: Meiner Meinung nach nicht. Die Objektwelt war ein nötiger Evolutions-Schritt auf dem Weg zum Omni-Menschen. Sie gab uns biologisches Leben und die nötigen Ressourcen für den Fortschritt. Dafür sollten wir dankbar sein und die Erde im Gegenzug schützen. Doch Nostalgie ist fehl am Platze. Der Youterus ist der nächste Meilenstein, das sehen wir schon an der Nachfrage und der hohen Akzeptanz. Er wird aber nicht der letzte Schritt bleiben.

Diane: Und die Menschen, die nicht Teil dieses Systems werden wollen? Wo bleiben die in dieser „schönen neuen Welt"? Die Real-Wirtschaft außerhalb von Omniworld ist kaum noch vorhanden. Immobilen haben an Bedeutung verloren, die Infrastruktur zerfällt, es gibt keine öffentlichen Plätze, an denen man sich treffen kann. Hunderttausende Menschen versuchen, ein alternatives Leben zu führen, fernab von dem sogenannten zivilisatorischen Fortschritt, den Omniworld verkörpert.

Ethan: Ich glaube an absolute Entscheidungsfreiheit und friedliche Koexistenz. Omniworld ist ein Angebot, kein Zwang. Jeder Mensch hat das Recht auf Glück. Genauso hat jeder Mensch das Recht auf selbstgewähltes Unglück. Und was die Infrastruktur angeht: OMNIs Drohnen-Abteilung sichert den Bestand und Erhalt einer grundlegenden Transportinfrastruktur, schon aus Eigeninteresse. Auch Sicherheitsbehörden werden von uns auf regionaler Ebene unterstützt. Tatsächlich haben sich eben viele Services, aus den von mir genannten Gründen, nach Omniworld verlagert. Physische Straßen und Gebäude haben an Bedeutung verloren – aber ist das schlimm? Das ist einfach der Lauf der Zeit. Jammern wir nicht über den verstopften Dorfbrunnen, wenn wir bereits eine Trinkwasserleitung im eigenen Haus haben.

Das ist die neue Realität, Diane.

Damit müssen Sie sich abfinden. Und ich bewundere alle Menschen, die sich in Gemeinden zusammenschließen, um irgendwo eine alternative Lebensweise zu führen, glauben Sie mir. Man sollte aber stets daran denken, dass die Welt nicht mehr dieselbe ist wie vor hundert Jahren. Der Klimawandel hat viele Orte unwirtlich gemacht. Traditionelle Landwirtschaft kann die Menschen nicht mehr ernähren. Medizinische Versorgung, Sicherheit und Bildung kann in solchen Gemeinden nur sehr rudimentär stattfinden. Unsere Omnivilles stehen deshalb immer offen für all jene, die es sich anders überlegen.

Diane: Und wo soll das alles hinführen? Was, wenn tatsächlich eines Tages alle Menschen „omni" sind, wie Sie es nennen?

Ethan: Dann sind wir am Ziel, welches sich ebenfalls ständig weiterentwickelt, je mehr Wissen wir ansammeln.

Diane: Das Ziel ist also nicht fix. Können Sie das etwas ausführen?

Ethan: Nur so viel: Omniworld entwickelt sich stetig weiter. Haben Sie keine Angst, probieren Sie es aus. Wir arbeiten gerade am nächsten Menschheitstraum.

Diane: Der da wäre?

Ethan: Die Bedürfnisse können wir befriedigen. Das Überleben können wir garantieren. Der nächste Schritt sollte klar sein, mehr kann ich momentan noch nicht verraten.

2040 – 6. Marie

Die Stimmung in der Gemeindehalle war aggressiv. Martin Eggerton, ein evangelikaler Waffenliebhaber, hatte das Wort. Marie war froh, Katie bei ihrer Nachbarin Angela gelassen zu haben. Sie blickte zu ihrer Mutter, die ganz außen saß. Diese hatte die Augen geschlossen. Entweder sie lauschte konzentriert der Rede oder sie war eingeschlafen. Eigentlich hatte Marie ihr zeigen wollen, wie die Basisdemokratie in Hopesglade funktionierte.

„Sollen wir hier sitzen und warten, bis die unsere Kinder holen?" Martin hatte sich in Rage geredet, Schweiß perlte auf seiner Glatze, der Kopf glühte rot auf seinem bulligen Hals.

„Die brauchen nur irgendeinen Vorwand und dann stecken sie dich in eine von ihren seelenlosen Maschinen. Dort kommst du nie wieder raus! Und wenn sie dich nicht mehr brauchen, machen sie Algenpulver aus dir. Mein Schwager hat das in Philadelphia gesehen. Und die Polizei ist korrumpiert."

Er gestikulierte während seiner Ansprache wild mit den Händen. Schlug mit der Faust auf das Pult. „Da sind sowieso nur noch Drohnen an der Arbeit. Und was glaubt ihr, wer das alles steuert?"

Ein Raunen ging durch den Saal, vereinzelte Zwischenrufe reichten von „Recht hat er" bis „Du bist doch verrückt".

Martin kam zu seinem Schluss-Plädoyer: „Deshalb stelle ich den Antrag, mindestens 20 % unseres Jahres-Budgets in die Verteidigung von Hopesglade zu stecken. Umzäunung, Kameras, Patrouillen. Wenn wir uns nicht bewaffnen, sind wir spätestens nächstes Jahr in einem dieser fürchterlichen Youterus-Geräte eingesperrt! Eure Stimme für Vorschlag 3! Denkt an die Kinder!"

Marie bekam Kopfschmerzen. Nun durfte sie erklären, dass es völlig sinnlos sei, sich mit Gewehren und Zäunen gegen einen Gegner wie OMNI zu stellen. Klar, sie kannte die Geschichten nur zu gut. Alle möglichen Gerüchte über die Machenschaften von OMNI machten die Runde. Hörensagen, Verschwörungstheorien. Aber Omniworld war kein physisches Phänomen. Niemand würde ins Dorf einmarschieren und die Bewohner versklaven. Das wusste sie.

Ethan war vielleicht skrupellos, aber er war kein Mensch für die direkte Konfrontation, für physische Gewalt. Ihm ging es um den Verstand. Hopesglades Jahres-Budget, besser gesagt ihr Privatvermögen, wollte sie nicht für Waffen opfern. Es gab genug andere Löcher zu stopfen.

Mit einem schweren Seufzer erhob sie sich und begab sich neben Martin hinter das Rednerpult.

„Danke, Martin. Du kannst dich erstmal setzen."

Sie wartete bis der höfliche Applaus verklungen war und Martin schnaubend auf der vorderen Bank Platz nahm. Sein Kumpel Mike klopfte ihm anerkennend auf die Schulter.

Als wieder etwas Ruhe eingekehrt war, begann sie ihren Vortrag: „Liebe Mitbürger. Ich will ehrlich sein. Wir hatten ein schwieriges Jahr. Aber jedes Jahr werden wir besser, aus jeder Herausforderung lernen wir. Wir wissen nun, dass wir uns breiter aufstellen müssen. Dürre und Überschwemmung, in einer Saison ist alles möglich. Und doch haben wir genug zu essen."

Eine Notlüge, natürlich wären sie ohne die Zukäufe in der Stadt nicht satt geworden. Umso dankbarer war sie für den Applaus, der ihr Unterstützung signalisierte.

„Wir haben uns weiterentwickelt. Die Schule hat eine neue Klasse hinzubekommen, das Krankenaus ein eigenes Operationszimmer. Wir werden beständig unabhängiger, während ein Großteil des Landes immer abhängiger wird von Omniworld. Und diesen Weg müssen wir weitergehen. Wir müssen in unsere Landwirtschaft investieren, unterirdische Gewächshäuser bauen, neue Anbaumethoden versuchen. Einen neuen Spielplatz bauen, vielleicht einen eigenen Schwimmbereich am See anlegen. Ich kann nicht mit Sicherheit sagen, was wir alles brauchen. Aber ich kann mit Sicherheit sagen, was wir nicht brauchen: Waffen. Unser Gegner kämpft nicht mit Gewehren, er holt uns dort, wo wir am schwächsten sind – bei unseren Bedürfnissen.

Die Menschen gehen ins nächste Omniville, wenn sie Hunger haben, wenn sie krank sind, wenn ihnen kalt ist. Ja, auch wenn ihnen langweilig ist. Deshalb müssen wir ein Gegenmodell entwickeln, bei dem wir alles haben, was wir brauchen. Nahrung, ein Dach über dem Kopf, Gemeinschaft, Freunde und vor allem: Zuversicht. Dann können unsere Kinder zu gefestigten Personen heranwachsen und können den Verlockungen von Omniworld widerstehen. Dann kann die frohe Botschaft von der autonomen Gemeinde Hopesglade neue Bewohner aus dem ganzen Land anziehen.

Wir benötigen keine Mauern um unser Land, sondern Schutzwälle in unseren Herzen. Gewehre schaffen keine Zuversicht, sie schaffen Angst. Ich bitte euch, bei der Budgetplanung am ursprünglichen Haushalt festzuhalten und keine Mittel für Waffen zu verschwenden. Gebt Eure Stimme Vorschlag 1."

Ein Raunen ging durch die Menge, gefolgt von Applaus, eindeutig stärker als bei Martin. Diskussionen brachen aus. Jemand von der Hinterbank rief irgendetwas über den zweiten Zusatzartikel der Verfassung der Vereinigten Staaten. So war es immer. Manchmal dachte Marie, sie hatte in ihrer Kommune alle extremen Ränder der Gesellschaft abgegriffen. Die Mitte war bereits in Omniworld verschwunden. Auf dieser Basis einen Kompromiss zu finden, wurde immer schwieriger.

Marie klopfte mit dem Hammer auf das Rednerpult. „Bitte stimmt jetzt ab."

Nach der Versammlung betrat Marie den Dorfplatz, um die Bewohner zu verabschieden und auf ihre Mutter zu warten. Diese war noch in ein Gespräch mit ihrer Sitznachbarin vertieft. Es war ungewöhnlich kühl für eine April-Nacht. Aber die Worte „gewöhnlich" und „Wetter" gehörten schon lange nicht mehr in einen Satz. Ein paar Menschentrauben unterhielten sich noch auf dem Vorplatz vor der Gemeindehalle mit dem kleinen Glockenturm.

Plötzlich trat Martin Eggerton in ihr seitliches Blickfeld und kam derart rasch auf sie zu, dass sie, auf das Schlimmste gefasst, die Fäuste ballte und einen Schritt zurück in eine Boxstellung machte.

„Marie, das ist ein großer Fehler!", begann er, ohne irgendeine Rücksicht auf ihre Befindlichkeiten oder eine angemessene Distanz. Er atmete schwer, roch nach Bier, aber er schien nicht auf einen körperlichen Angriff aus. Außerdem waren noch ein paar Leute in Sichtweite, wie sie sich mit einem schnellen Blick versicherte. Marie sammelte sich.

Martin wetterte weiter: „Du nutzt deine Macht hier aus. Ohne deine Rede hätte mein Vorschlag eine Mehrheit bekommen! Ich weiß, dass du besser reden kannst als ich. Die Leute schauen zu dir auf. Aber in der Sache habe ich recht! Wir sind gottesfürchtige Amerikaner und wollen nur unsere Kinder schützen. Das ist nicht okay!"

Marie war jetzt ruhiger: „Martin, du kennst die Regeln. Jeder darf sprechen, jeder kann Vorschläge einbringen. Das gilt auch für mich. Und ich bin der Meinung, dass wir keine Waffen brauchen. Und, wie es aussieht, die Mehrheit der Bewohner von Hopesglade auch."

„Aber die Leute hören auf dich ohne nachzudenken. Du hast Einfluss, du hast Geld. Und du verschwindest immer wieder zu deinen seltsamen Ausflügen in die Stadt. Das macht die Leute misstrauisch."

Marie war sich nicht sicher, was er mit dieser Anspielung bezwecken wollte. Aber er ging zu weit. Sie würde ihn im Auge behalten müssen.

Martin fummelte an seiner Trucker-Mütze herum, deren Haupt-Funktion das Abfangen von Schweiß zu sein schien. Wie konnte er bei den niedrigen Temperaturen nur schwitzen?

Sie musste die sinnlose Diskussion beenden. „Wenn irgendjemand ein Problem mit mir hat, soll er seinen Mund aufmachen. Ansonsten gelten für mich dieselben Rechte und Pflichten wie für alle anderen. Wenn du eine Mehrheit hast, wird dein Vorschlag akzeptiert, ganz einfach. Mehr gibt es dazu nicht zu sagen."

„Marie, du merkst doch, dass da was im Busch ist. Die Drohnenüberflüge haben stark zugenommen. Wie viele Leute sind dieses Jahr weggelaufen und nicht wiedergekommen? Ich sage dir, Gemeinden wie unsere sind OMNI ein Dorn im Auge. Wir müssen uns vorbereiten. Und dieses verrückte Wetter? Das hat Ethan Hubble mit seinen Algorithmen zu verantworten. Die haben Wettermaschinen, die Silbernitrat in die Luft streuen. Und Ethan Hubble, diese Ausgeburt des Bösen, sitzt auf dem Mars und erfreut sich am Untergang der Menschheit. Die wollen uns mürbe machen. Verstehst du denn nicht? Wir sollten ein paar von den Drohnen abschießen und aufschrauben. Deren Chips auslesen."

Marie war zu erschöpft, um weiter auf Martin einzugehen. Glücklicherweise kam gerade ihre Mutter aus der

Gemeindehalle. Marie nickte Martin kurz zum Abschied zu und half dann ihrer Mutter die Stufen hinab.

Martin verschwand, leise fluchend, in Richtung einer der Menschentrauben.

„Keine Vorstellung, die dich umstimmen könnte?", erkundigte sich Marie ironisch bei ihrer Mutter.

„Nicht wirklich", entgegnete Emily sanft lächelnd, „dieser Martin ist ja ein unangenehmer Zeitgenosse. Habt ihr hier keine Aufnahmebedingungen?"

Marie wusste, dass die Frage als Scherz gemeint war, aber sie schwieg, während sie sich bei ihrer Mutter einhängte. Deren Schritte waren schwerfällig. Marie konnte sie schwer atmen hören. Wann war sie so alt geworden? Innerlich hatte sie sich damit abgefunden, dass ihre Mutter nicht zu ihnen nach Hopesglade ziehen würde. Auch wenn es wehtat, noch mehr für Katie als für sie selbst. Doch mit dem Gedanken, ihre Mutter könnte in ein Omniville ziehen, konnte sie sich nicht anfreunden. Sie wollte sie nicht verlieren. Nicht so.

„Ich bin stolz auf dich, Marie. Das weißt du doch, oder?"

„Ich weiß."

„Und Dad wäre auch stolz auf dich. Er würde das hier lieben. Die Gabe für Landwirtschaft hast du sicher von ihm."

Warme Worte. Trotzdem war Marie traurig. Der Abschied morgen – für wie lange?

2040 – 7. Lisa

Lisa Obermaier hatte keine Ahnung, wo sie sich befand. Ob sie wachte oder träumte. Sie öffnete ihre Augen ein weiteres Mal, alles war verschwommen. Ihr Kopf schmerzte, die Augen mussten sich an das Licht gewöhnen. Sie blinzelte und kniff die Augen zusammen, um irgendetwas zu erkennen.

Das war nicht ihr Bett, alles war fremd. Also war sie nicht auf ihrem Hof. Kahle Wände, ein kleiner Raum. Ein Bett, ein Fenster. Langsam lichtete sich der Schleier um ihre Augen und sie erkannte mehr Details. Ein Krankenhaus. Aber wo? Was war passiert?

Sie war hellwach, versuchte aufzustehen. Aber ihre Beine machten keinerlei Anstalten, sich zu bewegen. Sie spürte nichts, gar nichts. Und ihre Hände? Keine Reaktion, lediglich ihren Kopf konnte sie langsam drehen und zur Seite blicken.

Bitte nicht, dachte sie. Alles nur das nicht.

Ihr Mund versuchte Worte zu formen, die Lippen waren trocken, die Zunge schwer. Etwas steckte in ihrem Mund, in ihrer Kehle. Zuerst ein Flüstern. Ein Röcheln. Hilfe. Hilfe. Hilfe. Hunderte Male, mit jedem Mal ein bisschen deutlicher, ein bisschen lauter. „Hilfe."

Endlich Geräusche, die Tür öffnete sich. Eine viel zu junge Ärztin, begleitet von einem glatzköpfigen, rundlichen Pfleger, trat an ihr Bett. Die Ärztin hatte ein Tablet in der Hand.

„Guten Tag, Frau Obermaier. Schön, dass Sie wach sind. Mein Name ist Dr. Yildiz, das ist Herr Sanders, Ihr Krankenpfleger."

„Wo bin ich?"

Der Krankenpfleger prüfte ein paar medizinische Apparaturen, während Dr. Yildiz Handbewegungen auf ihrem Tablet vollführte.

„Sie sind im Zentralklinikum Erfurt, Frau Obermaier. Können Sie mich hören, uns sehen?"

Lisa war völlig überfordert von all den Sinnesempfindungen, die auf sie einströmten. Ihr Gehirn war Watte. Alles war gedämpft. Jemand leuchtete ihr ins Auge. Die Worte der Ärztin erreichten ihren Gehörgang, dumpf und verzögert. Doch das Gehirn weigerte sich, eine Antwort zu formulieren. Tränen rannen ihr übers Gesicht, sie begann unvermittelt zu husten. Dadurch spürte sie den Schlauch in ihrem Hals; Brechreiz stieg auf. War das die Hölle?

Die nächsten Stunden kämpfte Lisa. Ihr Bewusstsein flackerte wie eine Kerze im Sturm, mal heller, mal fast erloschen, nie ruhig. Im Dämmerzustand zwischen Schlaf und Wachzustand, wo die Grenzen der Realität verschwammen. Eine bekannte Stimme durchbrach den Raum zwischen den Welten.

„Lisa. Lisa. Kannst du mich hören? Ich bin es. Raphaël."

Einzelne Erinnerungen strömten zurück und formten schließlich einen Strang: Raphaël. Der Bauernhof. Allgäu. Hühner. Parlament. Omniworld. Drohne. Thüringen. Ein Knall. Sie schreckte auf, öffnete ihre Augen.

Wieder dauerte es mehrere Minuten, bis sie sich an das Licht gewöhnt hatte und ein klares Bild sah. Zum ersten Mal fühlte sie sich richtig wach, auch wenn die Benommenheit noch da war. Raphaël saß neben ihrem Bett auf einem Hocker und hielt ihre Hand. Ein bekanntes Gesicht lächelte sie an, doch irgendwie fremd. Die wilden Locken, die Tränensäcke, die Lachfalten. War er älter geworden? Runder? Trotzdem tat es gut, ihn zu sehen. Ihr erster Anker in der Realität.

Sie versuchte zu sprechen, aber nur ein Röcheln gelang ihr.

Raphaël lächelte sie an. „Du musst dich schonen, Lisa. Wenn du mich verstehen kannst, nicke einfach."

Lisa gelang eine kleine Kopfbewegung, indem sie all ihre Kräfte aufbrachte.

Raphaëls Augen funkelten vor Freude auf. „Super! Ich bin den ganzen Tag hier. Wir können es ganz langsam angehen lassen. Und wenn du bereit bist, erzähle ich dir alles, was du wissen möchtest."

Lisa drehte unruhig ihren Kopf. Sie wollte wissen, was los ist. Nicht warten. Ihr Röcheln wurde wieder zu Worten: „Wo... bin... ich? Was... ist... passiert..."

Raphaël nickte verständnisvoll. „Also gut. Aber überanstrenge dich nicht. Versprochen?"

Lisa nickte.

„Du hattest einen Unfall. Einen schweren Unfall. Du bist mit einer Drohne abgestürzt auf dem Weg vom Hof nach Thüringen."

Lisa erschrak.

„OMNI!", rief sie aus so laut es möglich war.

„Den Verdacht hatten wir zu Beginn auch. Das Timing war zu offensichtlich. Am selben Tag wie eure Störaktion. Man hätte Rache vermuten können. Aber sie haben die Ursache schnell ermittelt. Die Drohne ist beschossen worden, von einem extremistischen Omniworld-Gegner, der im Thüringer Wald in einer Jagdhütte gehaust hat. Die Drohne hat noch versucht, den Aufprall zu verhindern. Die Flugdaten sind vollständig erhalten."

Welche Ironie. Lisa glaubte kein Wort.

„Deine Drohne hat es komplett zerfetzt. Als man dich geborgen hat, sah es schlimm aus um dich. Und...", Raphaël schien verlegen, „Omniworld hat dein Leben gerettet."

Ungläubig starrte Lisa an die Decke. Versuchte zu verstehen, was er da sagte. Eins nach dem anderen.

„Wann?", wollte sie wissen.

„Der Unfall? Das war vor acht Monaten. Du lagst acht Monate im Koma."

Raphaël kämpfte jetzt mit den Tränen. Acht Monate. OMNI hatte sie acht Monate außer Gefecht gesetzt. Sie spürte die Wut in sich aufsteigen. Eine kalte, klare Wut, die ihren Körper aus der Lethargie zu lösen schien. Lisa wollte sich aufsetzen, doch ihr Körper versagte noch den Dienst.

Raphaël streichelte sanft über ihre Wange. „Deine Beine haben sich acht Monate nicht mehr aktiv bewegt. Das müssen wir wieder lernen. Wir schaffen das. Zusammen. Aber wir müssen es langsam angehen."

2040 – 8. Ethan

Gouverneur McNamara hatte einen festen Handdruck, passend zu seinem Outfit, Stil texanischer Rinder-Baron. Sein öffentliches Image und seine Politik-Inhalte verkörperten alles, was die konservative Wählerschaft von ihm erwartete. Mit seinem Auftreten und den platten Parolen über Waffenbesitz, Abtreibungsgegnerschaft und law and order war er die perfekte Karikatur eines republikanischen Südstaatenpolitikers. Saturday Night Live hätte Mühe, ihn zu persiflieren.

„Wäre die Karikatur einer Karikatur ein normaler Mensch?", fragte sich Ethan Hubble. Ihm waren die Eckpunkte von McNamaras Politik egal. In vielen Punkten widersprachen sie seinem eigenen Menschenbild. Für ihn war er nur eine nützliche Marionette.

Sein Algorithmus hatte berechnet, dass er über McNamara, der den rechten Flügel seiner Partei kontrollierte, endlich genügend Einfluss bei den Republikanern ausüben konnte, um die Wahlreform durchzuboxen. Er musste endlich wieder in den Staaten vorankommen, in der EU und in Asien war es in letzter Zeit besser gelaufen. Aber eine Änderung der US-amerikanischen Verfassung war ein anderes Kaliber: Zweidrittelmehrheit im Kongress und eine Ratifizierung durch Dreiviertel der Parlamente der Bundesstaaten. Dafür brauchte Ethan Hubble einflussreiche Verbündete. Dafür hatte er sich auf die staubige Ranch nahe der mexikanischen Grenze begeben, obwohl er Kontakte in der Objektwelt so gut wie möglich vermied. Doch für McNamara machte er eine Ausnahme.

Natürlich gab es Bourbon und natürlich trug der Gouverneur einen weißen Western-Anzug, Stiefel und einen Cowboyhut. Das Kaminfeuer prasselte trotz der schwülen Abendhitze im Salon voller Jagdtrophäen, wahrscheinlich wegen des Ambientes. Ethan musste sich ob der vielen Klischees mehrmals vergewissern, nicht in einer Omniworld-Simulation zu sein. Hätte ein Praktikant von Omniworld ein derartig einfallsloses Szenario erstellt, wäre er schon längst gefeuert worden. Andererseits wusste Ethan, dass das hier tatsächlich eine Art von Simulation war. McNamara simulierte das, was die Wähler von einem Texas-Haudegen erwarteten. Beziehungsweise was er dachte, dass sie erwarteten. Alles Show.

Dank seiner Administratoren-Rechte in Omniworld wusste Ethan jedoch, was für ein Typ McNamara tatsächlich war. Er hatte vor seinem Besuch ein bisschen im Omnileben des Gouverneurs geschnüffelt. Grob zusammenfasst konnte man sagen, McNamara war ein kranker Scheißkerl. Im Detail konnte man sagen, er stand auf Knaben, Folter und Kreuzzugsfantasien. Weiter ins Detail konnte er je nach Gesprächsverlauf gehen.

„Ich bin ja ein großer Befürworter von Omniworld, wie Sie wissen, lieber Ethan", begann der Gouverneur mit extrabreitem Südstaatenslang das Gespräch. „Wir haben enorme Kosteneinsparungen in der Verwaltung und bei der Schulbildung. Texas ist hier Vorreiter. Aber das wissen Sie sicher."

Ethan nickte und nippte vorsichtig am Glas. Er hasste Bourbon. Er hasste den Gouverneur. Hoffentlich sah man ihm die Abscheu nicht an. In der Objektwelt gab es keine Filter – nur Schauspielerei.

„Wir haben auch Ihre Initiative zur Datenspeicherung und -verwertung unterstützt", fuhr McNamara fort. „Unternehmen sollten hier frei agieren dürfen. Auf meiner Ranch habe ich das Sagen. Und Omniworld ist Ihre Ranch. Trotzdem wollte ich Sie im Objektleben, wie Sie so schön sagen, kennenlernen. Ich glaube, nur so kann man in die Seele eines Mannes blicken. Wichtige Angelegenheiten sollte man von Angesicht zu Angesicht besprechen, bei einem guten Glas Bourbon."

Er schenkte sich ein weiteres Glas ein, schwenkte die bernsteinfarbene Flüssigkeit, bevor er genießerisch daran roch.

„Das ist ein Elijah Creek Reserve. 20 Jahre alt. Den konntet ihr noch nicht 1:1 simulieren!" McNamara lachte schallend über seinen Witz.

Ethan Hubble nickte artig wie ein Schuljunge und rang sich ein Lächeln ab. Das ganze Texas-Yeeha-Cowboy-Getue ging im jetzt schon tierisch auf den Keks. Cool bleiben. Der Weg ist das fucking Ziel. Mein Verstand ist ein Kristall.

„Ich bin im Bilde, Gouverneur McNamara..." „Oh, nennen Sie mich Eugene."

„Gerne, Eugene. Sie haben uns als OMNI sehr unterstützt, dafür bin ich Ihnen dankbar. Ohne Texas wären wir sicher nicht dort, wo wir heute sind. Umso mehr freut es mich, dass wir uns persönlich sprechen können. Denn wir beide haben dieselben Ziele: so viel Freiheit wie möglich, so wenig Staat wie nötig. Und an den Stellen, an denen noch der Staat gebraucht wird, müssen wir ihn so effizient wie möglich gestalten."

Der Gouverneur nickte zustimmend, Ethan konnte nun einen Gang hochschalten: „Aber wenn jemand das Gesetz bricht, dann brauchen wir einen Staat, der schnell straft und abschreckt. Doch....", Ethan machte eine Kunstpause und betrachtete den Kopf eines antilopenähnlichen Tieres an der Wand, „sind unsere Strafen noch zeitgemäß?"

McNamara blickte ihn interessiert an.

„Eugene. Ein Amokläufer erschießt elf Kindergartenkinder und zwei Erzieherinnen. Er wird von der Polizei überwältigt und erhält lediglich den elektrischen Stuhl. Ist das genug? Auge um Auge? Ein islamistischer Terrorist will sich in einer Mall in die Luft sprengen – dank einer Fehlzündung kann er überwältigt werden, niemand wird verletzt. Dreißig Jahre Gefängnis – angemessen? Es geht natürlich auch eine Nummer kleiner: Eine junge Frau treibt illegal ab, im vierten Monat, weil ihr Freund mit ihr Schluss gemacht hat. Sie bekam nach dem derzeitigen Recht in Texas zwei Jahre auf Bewährung – was würde Jesus dazu sagen?"

McNamara unterbrach ihn irritiert: „Ich kenne diese Fälle natürlich. Aber die texanischen Gesetze sind mit die härtesten im ganzen Land. Worauf wollen Sie hinaus?"

Ethan nippte lächelnd am Bourbon und versuchte den leichten Brechreiz zu unterdrücken.

Alles Show.

„Auge um Auge, Zahn um Zahn. Die Bibel hat es meiner Meinung nach recht verbindlich und unmissverständlich ausgedrückt. Und womit hantieren wir? Geldstrafen, Bewährungsauflagen, Gefängnis – mit Verpflegung und Unterhaltung auf Staatskosten – und im Einzelfall die Todesstrafe. Aber selbst die Todesstrafe ist für einen Amokläufer keine Abschreckung, viele sehnen sich doch nach dem Tod. Wie können wir also gerecht strafen? Effizient strafen? Ich sage es Ihnen: indem wir simulieren! Nehmen Sie mein Beispiel: Der Kindergartenamokläufer. Anstatt der Todesstrafe, die für ihn ja eine Erlösung ist, schreiben wir ihm eine spezielle Omniworld-Simulation auf den Leib. Dabei durchläuft er ein ganzes Leben, heiratet, bekommt Kinder, die er abgöttisch liebt. Eines Tages, als er bei der Arbeit ist, bekommt er einen Anruf. Es ist etwas Schreckliches passiert im Kindergarten. Voller Sorge fährt er dorthin, nur damit sich seine schlimmsten Befürchtungen bewahrheiten. Blaulicht, Polizeiabsperrung, dann die furchtbare Gewissheit. Seine Welt bricht zusammen, sein Kind, sein Ein und Alles, niedergestreckt von einem Psychopathen. Und dann beginnt die Simulation von vorne, immer und immer wieder. Wissen Sie, was wir ihm als Strafe gegeben haben?"

„Zahn um Zahn..."

„Die Hölle."

McNamara war nun sichtlich aufgeregt.

„Und denken Sie nur an das Abschreckungspotenzial. Natürlich kann man für jeden Fall eine passende Simulation erstellen. Dank des Youterus sind die Möglichkeiten der Bestrafung unglaublich fortschrittlich. Die Immersion ist perfekt. Noch nie hat sich eine Strafe so echt angefühlt. Nehmen wir meine anderen Beispiele: Der terroristische Attentäter in seiner Straf-Simulation: Immer wieder vergeigt er sein Attentat, die Türen des Paradieses schließen sich vor seinen Augen. Die Abtreiberin wird mit dem erwachsenen Ich des ungeborenen Kindes konfrontiert, das sie fragt: ‚Warum hast du mich getötet, Mutter?'"

McNamara hielt es nicht mehr im Sessel. Sein Kopfkino produzierte Blockbuster. „Fantastisch!"

„Die Möglichkeiten zur Bestrafung sind unbegrenzt. Und da es sich ausschließlich um Simulationen handelt, ist alles absolut menschenrechtsfreundlich. Eugene, ich kann Ihnen garantieren, wenn Omniworld im texanischen Strafvollzug angewendet wird, müssen Sie bald das Wort Kriminalität aus Ihrem Wortschatz streichen. Gerechte Strafen, Genugtuung für Opfer und Gesellschaft und Sicherheit für alle. Wie hört sich das an?"

Der Gouverneur schien kurz davor, tatsächlich vor Begeisterung Yeeha zu schreien.

„Lassen Sie mir Ihren Vorschlag gleich morgen schriftlich zukommen und mein Team wird das prüfen."

„Natürlich, Eugene. Und das Beste kommt noch. Wir haben KI-basierte Experimente betrieben, die sehr vielversprechend sind.

Omniworld ist nicht nur die Zukunft im Strafvollzug sondern auch in der Verbrechensbekämpfung."

„Sie meinen durch Abschreckung?"

„Nicht nur. Stellen Sie sich vor, die Polizei hat einen Kindesentführer geschnappt. Er streitet aber alles ab und der Aufenthaltsort des Kindes ist unbekannt. Die Zeit tickt, Sie wissen nicht, ob das Kind noch lebt."

„Ich würde es aus dem Scheißkerl rausprügeln..."

„Das würden wir alle gerne, jedoch legt uns das Gesetz hier leider Ketten an. Aber dank Omniworld können wir diesem Dilemma Abhilfe schaffen. Unsere KI braucht zehn Minuten, um mittels audiovisueller und haptischer Reizüberflutung den Probanden zum Reden zu bringen."

„Sie meinen Folter?"

„Nein, Eugene. Ich bitte Sie. Es gibt keinerlei physische Schmerzen. Lediglich eine Aneinanderreihung von Bildern, Tönen, Fragen, Impulsen, aber individuell abgestimmt auf die psychische Verfassung des Probanden. Natürlich kann man die Intensität nach Bedarf anpassen. Ungelöste Verbrechen? Nicht in Texas."

„Wow."

McNamaras Kopfkino schien vollends explodiert zu sein. Law and Order. Sühne. Wiederwahl. Präsidentschaft. Yeeha!

„Eugene, was ich Ihnen hier zeigen möchte ist, dass Omniworld lediglich eine Plattform ist, die von den einzelnen Regierungen ganz unterschiedlich genutzt werden kann. Omniworld in Texas kann ganz anders genutzt werden als Omniworld in Vermont. Gleichzeitig gibt es noch etliche Optimierungsmöglichkeiten. Manche Dinge sind einfach nicht mehr zeitgemäß."

McNamara leerte seinen Bourbon in einem Zug. Er war Profi genug, zu wissen, dass Ethan auch etwas von ihm wollte. „Sie sprechen von der Wahlrechtsreform?"

Als Ethan nicht widersprach, verfinsterte sich die Miene des Gouverneurs. „Nicht mit mir. Eine Verfassungsänderung ist für meine Anhänger ein absolutes No-Go! Wahlen per Omniworld? Das geht eindeutig zu weit..."

Ethan wägte seine Optionen ab. Alles oder nichts. „Warum nicht? Für Wähler ohne Omniworld-Zugang gibt es doch die Möglichkeit, bequem an einer Wahlstation abzustimmen. Wir haben tolle Erfahrungen in Europa gemacht. Die Wahlbeteiligung hat im Vergleich zur letzten Wahl um fast 30 % zugenommen."

„Meine Wähler sind misstrauisch, was alternative Wahlmöglichkeiten angeht. Sie fürchten Betrug. Selbst die Briefwahl ist hier ein heikles Thema."

„Und das tun sie zu Recht. Aber das jetzige System mit zugeschnittenen Wahlkreisen, nicht funktionierenden Wahlautomaten und dem ewigen Streit-Thema Briefwahl? Wahlen per Omniworld sind sofort auswertbar. Klare Zahlen verhindern umstrittene Ergebnisse, die das Volk spalten."

McNamara blickte jetzt ins Kaminfeuer. „Die Verfassung der Vereinigten Staaten ist heilig für mich!"

„Da bin ich ganz bei Ihnen. Ein Dokument, das seinesgleichen sucht und für über 250 Jahre für Freiheit und Stabilität in unserem wundervollen Land gesorgt hat. Aber wie können wir sicherstellen, dass der Geist der Verfassung in der heutigen Welt weiterlebt? Ich mache mir Sorgen, dass die Politik den Anschluss an die gesellschaftliche Entwicklung verliert. Eugene, Sie werden eines Tages Präsident sein."

McNamara blickte ihn fragend an. „Da wissen Sie mehr als ich."

„Vertrauen Sie mir. Nutzen Sie die Technologien für sich, seien Sie Teil der Wahlreform und richten ihren Wahlkampf bereits jetzt auf die neuen Strukturen aus. Omniworld kann Sie dabei unterstützen, auch auf dem Weg zur Präsidentschaft."

Ethan ließ die Worte kurz sacken, überlegte, wie viel er noch draufpacken musste. Ob er nicht schon eine Linie überschritten hatte. „Vielleicht verlieren Sie ein paar fundamentalistische Wähler hier und da. Für jeden verlorenen gewinnen sie hundert neue. Unsere Analysen haben ergeben, dass durch die Bank jene Politiker an Zustimmung gewinnen, die beim Thema Omniworld progressiv denken. Neun von zehn Texanern leben und arbeiten in Omniworld. Warum sollten Wahlen davon ausgeschlossen sein? Denken Sie pragmatisch und werden Sie zum Vorreiter der Bewegung."

Zwei Stunden später saß Ethan in seiner Flugdrohne auf dem Weg zurück an die Westküste. Der Bourbon-Geschmack saß immer noch hartnäckig in seinem Mund fest. Ansonsten war der Abend ein voller Erfolg, er hatte nicht mal peinliche Details auspacken müssen. Die Wahlreform würde es dank McNamara schaffen und die Omniworld-KI würde neues Futter bekommen.

2040 – 9. Steffen

Der erste Monat bei EUAMS war relativ ernüchternd gewesen. Tägliche Kurse über Coding, Datenschutz und die Rechte und Pflichten von EUAMS-Mitarbeitern.

Immerhin fanden die meisten Schulungen in der Zentrale in Brüssel statt, eine willkommene Abwechslung. Es tat gut, unter Menschen zu sein, zumal es Gleichgesinnte waren. Die Rekruten waren Sicherheitsbeamte und IT-Experten der ehemaligen nationalen Behörden der erweiterten EU. Portugiesen, Schweden, Marokkaner. Außer ihm waren noch vier Deutsche anwesend, zwei vom BSI. Der Ausbilder sprach auf Französisch, während ihre Smart-Brillen simultan übersetzten.

Die Brille war zentraler Teil ihres Equipments, das auch für die spätere Feldarbeit wichtig war. Dank eingebautem Prozessor und Augmented Reality würde die Smart-Brille ihnen Datenbanken anzeigen, Karten in den Raum projizieren und übersetzen.

Insgesamt wurden in ihrem Jahrgang 97 sogenannter EUAMS-Sentinels ausgebildet, die später im Feld mit der Überwachung von Omniworld in der EU beauftragt waren. Die Zahl schien nicht sonderlich groß für das gesamte Territorium der EU mit ihren ehemals 37 Mitgliedstaaten und über 800 Millionen Einwohnern. Aber es würden ja weitere Jahrgänge folgen, hieß es. Sie waren nur der Anfang.

Nach dem Ende der Ausbildung in zwei Wochen würde Steffen offiziell ein Sentinel sein, ein Agent mit Sonderrechten, befugt mit dem unangekündigten Besuch von Omniville-Einrichtungen, in denen EU-Bürger lebten, zwecks Feststellung von Personalien und Überprüfung des gesetzeskonformen Betriebes. Steffen war selbst überrascht, als sie über die weitreichenden Möglichkeiten unterrichtet worden waren. Er durfte selbst seine Ziele auswählen, solange er einen offiziellen Bericht verfasste. Keine Vorankündigung, kein Widerspruchsrecht seitens OMNI.

Zum ersten Mal seit dem Verschwinden von Noah spürte er wieder etwas Hoffnung. Die Behörde war ein Zugeständnis an die hartnäckige und lautstarke Opposition im Parlament gewesen, die von Lisa Obermaier angeführt worden war. Bis zu ihrem tragischen Unfall. Ein mächtiger Nachlass.

Heute war Youterus-Training. Pflicht-Teil. Verstehe das System, das du überwachen sollst. Steffen hatte Omniworld zwar immer wieder für seine Arbeit und auch für Privates benutzt, doch einen Youterus wollte er sich nicht anschaffen. Er war bei der letzten Generation von Omniface und Omnisuit geblieben. Nach allem, was er wusste, wurde durch den Youterus die Simulation derart immersiv, dass ein kompletter Realitätsverlust nur eine Frage der Zeit war.

Jeder Sentinel-Anwärter bekam einen Raum zugewiesen, in dem ein Youterus bereitstand. Steffen war aufgeregt. Angst, dass es ihm gefallen könnte. Ein Youterus war auch ein Blick in sich selbst, hatte jemand mal gesagt.

Was machst du, wenn alles möglich ist? War das eine Warnung oder nur Werbung von OMNI?

In Steffens Raum wartete bereits der Ausbilder.

„Sie haben angegeben, dass Sie noch nie einen Youterus benutzt haben?", fragte er Steffen mit ungespielter Überraschung.

„Das ist richtig."

„Okay, kein Problem. Ich nehme aber an, Sie wissen theoretisch, wie so ein Teil funktioniert?"

„Ja, ich habe mir auch die Tutorials angesehen. Mit Omniworld habe ich ausreichend Erfahrung."

„Sehr gut. Der Umstieg ist nicht schwierig, die Menüführung und Steuerung sind im Endeffekt dieselben, wie wenn Sie Omniworld nur mit Omniface und Omnigloves benutzen. Sie sollten also keine Probleme haben. Lediglich das Gefühl wird anders sein. Wie im Briefing erklärt, wird die Simulation in 72 Stunden automatisch beendet. Danach gibt es eine medizinische Überprüfung. Sie können die Simulation jederzeit abbrechen, indem Sie sich per Sprachbefehl ausloggen, außerdem werden ihre Vitalwerte permanent überwacht. Bei abnormalen Werten ziehen wir Sie raus. Was Sie in der Simulation machen, bleibt Ihnen selbst überlassen, solange Sie die fünf Lern-Module abschließen. Es geht nur darum, sicherzustellen, dass Sie ein grundlegendes Verständnis davon haben, was die Youterus-Benutzer erleben. Okay, dann helfe ich Ihnen mal mit dem Equipment."

Steffen nickte und begann sich auszuziehen. In den Youterus musste man komplett nackt einsteigen. Nur so konnten alle Körperstellen durch die elektrischen Impulse und das Sal-Gel stimuliert werden; das wusste er aus dem Tutorial. Als nächstes legte der Ausbilder ihm ein Eden Gear an, das Ohren, Augen, Mund und Nase abschloss. Er spürte den leichten Zug der Sauerstoffzufuhr. Das Equipment war aus einer äußert leichten Kunststoff-Legierung und passte sich nach dem Aufsetzen automatisch an Steffens Kopfform an. Im Vergleich dazu erschien das Omniface, welches er zu Hause benutzte, schwer und klobig. Ein unscheinbarer, flexibler Schlauch führte von der Oberseite des Eden Gear in den bereits geöffneten Youterus.

Er schritt durch die kleine Tür in den Youterus hinein, schloss die Klappe von ihnen. Es sah aus wie in einer sehr geräumigen Duschkabine. LED-Lichter erhellten das Innere. Im Eden Gear erschien das Startmenü. Per Sprachbefehl startete Steffen den Youterus. Pumpen begannen zu arbeiten, von unten lief die milchige Brühe in den Zylinder. In Sekundenschnelle hatte das Sal-Gel seine Knöchel erreicht, seine Knie, seine Hüfte. Aus dem Sumpf, zurück in den Sumpf. Die Vollendung der menschlichen Evolution.

Das Sal-Gel war angenehm warm und dickflüssig, eine Konsistenz wie Flüssig-Seife oder Honig. Trotzdem musste er kurz ein Panikgefühl unterdrücken, als die Flüssigkeit seinen Kopf erreichte. Er konnte noch atmen. Gut. Er wusste, dass es auf der Innenseite des Youterus-Deckels einen Griff und einen Panik-Knopf gab, damit die User im Notfall die Klappe selbstständig öffnen und schließen konnten. Er wählte den Simulations-Start per Sprachbefehl, der himmelblaue Ladebildschirm erschien auf seinem Eden Gear. Das Sal-Gel schien sich zu bewegen, drückte ihn nach oben. Schwebte er?

Steffen blickte sich um. Er war über einen eigens angelegten Account eingeloggt und befand sich in einem komplett leeren, weißen Raum. Die Wände des Youterus waren verschwunden. Eine Nachricht erschien. „Bitte heben Sie ihre linke Hand." Steffen tat, wie ihm geheißen.

„Bitte heben Sie ihre rechte Hand." „Bitte gehen Sie ein paar Schritte".

Er folgte den Anweisungen ohne Probleme. Die elektrischen Impulsgeber mussten sich auf seinen Körper einstellen. Er wurde vermessen. Doch schon jetzt war Steffen verblüfft. Hatte er einen Schritt gemacht? Hatte sich der Boden unter ihm bewegt? Oder war das tatsächlich nur die Täuschung seines Gehirns? Er konnte die Muskeln bei jeder Bewegung spüren. Die Bewegung war echt.

Er ging in die Hocke, nach kurzer Zeit begannen seine Oberschenkel zu brennen. Er schlug mit der Faust gegen die weiße Wand. Schmerzen an den Knöcheln. Das Sal-Gel musste sich an dieser Stelle kristallisiert haben, um die Wand zu simulieren. Er rannte von einer Seite des Raumes bis zur anderen. Er stieß sich aber nicht an der Innenseite des Youterus. Das Sal-Gel unter seinen Füßen musste ähnlich wie ein Fließband funktionieren.

So verbrachte er die erste Stunde im Youterus. Staunend. Fassungslos. Eingetaucht in der Simulation. Als hätte er eben erst gelernt zu laufen. Er hätte nicht gedacht, dass Haptik, taktile Wahrnehmung und Motorik die Immersion auf eine ganz neue Ebene heben konnten. Die Eingewöhnung war kinderleicht, alle Bewegungen funktionierten ganz natürlich.

Nachdem er sich an die neuen Möglichkeiten gewöhnt hatte, sah er sich die verschiedenen Optionen an. EUAMS hatte ein paar Module vorbereitet, die dabei helfen sollten, besser zu verstehen, wie die User Omniworld nutzen. Zu jedem Modul waren ein paar Grafiken und Informationen eingeblendet.

Er wählte das Modul Arbeit.

Eine Stimme erklärte: „Laut OMNI gehen 60 % der User einer bezahlten Beschäftigung in Omniworld nach. Jedoch handelt es sich hier oft um Gelegenheitsjobs, wie zum Beispiel das Erstellen und Verkaufen von Skins, Gebäuden oder Gegenständen in Omniworld."

Vor Steffen öffnete sich ein Programm, mit dem demonstriert wurde, wie ein besonders imposanter Avatar und ein Haus in einem abgelegenen Wald erstellt wurden. Anschließend landete beides auf einem Marktplatz und wurde gegen Omnicoins versteigert.

Das Tutorial lief weiter: „Lediglich 7 % der Nutzer gehen einer Beschäftigung nach, die sich auf die Objektwelt erstreckt. Dies sind oft Kontroll- und Überwachsungsaufgaben."

Das Bild wechselte und zeigte einen Omni-Menschen, der eine Produktionsstätte für Drohnen überwachte. Er konnte auf diverse Bildschirme zugreifen und eine Kameradrohne steuern. Die Stimme aus dem Off erklärte, dass es in der gezeigten Fabrik keinerlei Menschen vor Ort gebe und die wenigen menschlichen Akteure lediglich die KI überwachten und hin und wieder Richtungsentscheidungen trafen. Die meisten Menschen finanzierten ihr Dasein jedoch über ein bedingungsloses Grundeinkommen oder andere Formen staatlicher Hilfe. In jeder Region fand OMNI Möglichkeiten, den Menschen ein Leben in Omniworld zu ermöglichen. Notfalls auf eigene Kosten.

Als nächstes folgte eine Gerichtsverhandlung: Ein Avatar wurde von einem Gerichts-Avatar zu drei Wochen Haft verurteilt. Bei der Haft wurde die Simulation auf einen Raum beschränkt und der Youterus vom System verschlossen. Das Tutorial erklärte, dass die Auswertung der Fälle ebenfalls von einer KI übernommen wurde. Der menschliche Richter musste lediglich das vorgeschlagene Urteil bestätigen. Straftaten, Verurteilung, Strafe – alles fand in der Simulation statt.

Steffen hatte erstmal genug gesehen. So unglaublich Omniworld aus technologischer Sicht erschien, so ernüchternd war es, was die Menschen damit machten. Alles Lästige und Anstrengende wurde abgegeben, um noch mehr Zeit für Unterhaltung zu haben. Wo sollte hier das geballte Wissen der Menschheit zu einem großen Ganzen verschmelzen? Das Ganze kam ihm eher wie eine nimmer endende Kreuzfahrt vor. Er schaute sich das zweite Modul an: Soziales. Hier wurden die letzten Nutzer-Zahlen aufgeführt. Menschen, die sich einmal in den Youterus begeben hatten, verließen diesen in 95 % der Fälle nicht mehr. Omni-Menschen behielten zwar auch in Omniworld ihre sozialen Beziehungen aufrecht, insbesondere zu Familienmitgliedern. Neue Liebesbeziehungen fanden aber in der Regel mit künstlichen Avataren statt. Für biologische Kinder gab es kaum Bedarf in Omniworld. Die Geburtenraten sanken rapide. Menschen in Omniworld, insbesondere seit der Einführung des Youterus, setzten voll und ganz auf simulierte Omni-Babys. Was auf erschreckende Art und Weise auch logisch erschien. Die Menschheit schaffte sich ab, ganz auf eigenen Wunsch hin.

Das Tutorial zeigte ein paar Beispiele: Menschen, die mit anderen Omni-Menschen feierten, Sport machten. Doch im Laufe der Zeit wurden die anderen Omni-Menschen durch KI-gesteuerte Avatare ersetzt. Denn die KI passte sich perfekt an die individuellen Vorlieben des Omni-Menschen an. Sie war immer etwas humorvoller, zuvorkommender und intelligenter als echte Menschen. Sie nervte nicht, hatte immer Zeit und lästerte nicht.

Von wegen totale Vernetzung, dachte Steffen. Mittelfristig würden alle Menschen komplett isoliert voneinander sein. Jeder in seinem Youterus. Jeder Youterus ein eigenes Universum.

Das Tutorial zeigte noch ein paar positive Beispiele: Die trauernde Mutter, die mit ihrem verstorbenen, nun simulierten Kind wiedervereint wurde. Viele Jahre später; die verlorenen Jahre durfte sie nacherleben. Der Alzheimer-Patient, glücklich und geborgen in der Simulation seiner schönsten Kindheitserinnerungen. Die querschnittsgelähmte Frau, in Omniworld begeisterte Läuferin und Kickboxerin.

Steffen hätte die Lobhudelei gerne abgebrochen und war froh, als das Modul zu Ende war. Er checkte die Zeit. Er hatte bereits drei Stunden in Omniworld verbracht und war überrascht, wie normal sich die Umgebung anfühlte. Hätte man ihn betäubt und erst in der Simulation aufgeweckt – er würde kaum merken, dass er sich in einem Youterus befand. Ein furchtbarer Gedanke. Er nahm sich vor, sich an jedes noch so kleine Detail des Objektlebens zu klammern.

Schließlich kam er zum Modul Unterhaltung. Laut Beschreibung war dies das Rückgrat der Beliebtheit von Omniworld. Hiermit verbrachten die Omni-Menschen 88 % ihrer Zeit. Jagen, Bergsteigen, Orgien, Zeitreisen, Raumschiffschlachten, Briefmarken-Sammeln oder Enten-Füttern. Das Spektrum umfasste alle aus der Objektwelt bekannten Aktivitäten und noch mehr. Dabei konnte man auf vorgefertigte Simulationen zugreifen, die von Omniworld oder anderen Usern erstellt worden waren, oder sich selbst eine Erfahrung erstellen. Mit ein paar Befehlen bastelte die KI eine individualisierte Simulation. Das Tutorial erklärte sich für beendet und forderte Steffen auf, es nun selbst zu versuchen.

Er überlegte kurz, dachte an seinen Geschichts-Podcast und sagte dann: „Forum Romanum zum Ende der Regentschaft von Kaiser Augustus."

Der Ladebildschirm blinkte fast unmerklich auf und schon befand sich Steffen an einem anderen Ort zu einer anderen Zeit. Die Abendsonne blendete ihn. Ein beißender Geruch nach Weihrauch benebelte kurzzeitig seine Sinne. War das das Eden Gear oder das Sal-Gel? Dann drehte sich der Wind und er vernahm andere Gerüche und den Gestank einer antiken Großstadt. Es war laut, aber die Geräusche waren entfernt; ein paar Straßen weiter. Intensiv ließ er alle Eindrücke auf sich wirken.

Er blickte sich um. Hinter ihm ragte der mächtige Concordia-Tempel auf. Glänzend weiße Marmorsäulen und eine dreieckige Dachkonstruktion. Er überlegte kurz, die Stufen hinaufzusteigen, entschied sich dann aber für die andere Richtung. Ließ den Blick über den riesigen, offenen Platz schweifen, staunte über die vielen Details, schlenderte weiter. Richtung Caesartempel, vorbei an der Rostra Augusti, der zentralen Rednerbühne. Verziert mit den Rammspornen gegnerischer Schiffe wirkte die rechteckige Bühne wie ein Verteidigungswall. Ein Zeugnis der Macht des römischen Reiches; Militär und Reden. Er strich vorsichtig über den glatten Marmor und berührte die Spitze eines Rammsporns.

Auf dem Platz selbst herrschte reges Treiben. Einige adlige Römer in Toga diskutierten lautstark. Sklaven in einfacheren Tuniken warteten abseits auf ihre Herren. Andere transportierten

Waren auf ihrem Rücken. Eine Sänfte kreuzte den Platz auf der Längsseite. Wachen patrouillierten. Vorbei an den vier Ehrensäulen für Augustus. Nicht, dass Steffen ein derart großer Geschichts-Experte gewesen wäre, er ließ sich die Informationen einfach einblenden. Ein gigantisches Freilichtmuseum. Wie lange hatte er hier verweilt und die Architektur und das Treiben bewundert? Voller Ehrfurcht, respektvoll, als wäre er tatsächlich im alten Rom. Aber was war er für ein Spießer? Er musste sich daran erinnern, dass dies nur eine Simulation war. Respekt vor virtuellen Datenhaufen war nicht nötig.

Schnellen Schrittes begab er sich auf die Rednertribüne, neben das Reiterstandbild von Augustus. Dann rief er so laut er konnte über den Platz: „Salve!" Er hätte auch ein Übersetzungsprogramm nehmen können, aber für seine Zwecke reichte das aus. Auf jeden Fall hatte er jetzt die Aufmerksamkeit einiger Menschengrüppchen erhalten, zwei Wachen kamen langsam auf ihn zu, wie er im Blickwinkel erkennen konnte. Ein scharfes Wort der Warnung, das er nicht verstand, wurde ihm zugerufen. Er rief ein zweites Mal, dann zog er seine Toga nach oben. Erst jetzt stellte er fest, dass er wohl ein freier römischer Bürger war. Umso besser. Leider ließ sich das sechs Meter lange Stofftuch nicht so einfach ablegen. Mühsam nestelte er sein bestes Stück hervor und pisste lauthals lachend gegen die Reiterstatue von Augustus. Entsetzte Rufe und schnelle Schritte.

Die Wachen fingen an zu rennen, irgendwo ertönte ein Horn. Schon hatten sie ihn gestellt. Sie riefen wieder etwas auf Latein. Steffen schaltete nun per Sprachbefehl Untertitel ein. Er solle mitkommen, sonst würden sie Gewalt anwenden. Er dachte nicht daran, bestellte ein Gladius, ein römisches Kurzschwert, das sofort in seiner rechten Hand erschien. Mit erhobenem Schwert stürzte er sich auf die ihm am nächsten stehende Wache. Er erwischte lediglich den Schild. Lautes Scheppern. Die Erschütterung ging über das Handgelenk bis in seine Schulter. Sofort setzte die Wache nach und versetze ihm einen Stoß mit dem Schild. Beinahe hätte er das Gleichgewicht verloren. Die anderen Wachen versuchten, hinter ihn zu gelangen, ihn zu umstellen, Schilde erhoben.

Das Adrenalin floss in Strömen. Er atmete viel zu schnell, der Realismus hatte seinen Selbsterhaltungstrieb in einen Ausnahmezustand versetzt. Steffen musste sich daran erinnern, dass dies eine Simulation war. Kein Kampf auf Leben und Tod. Ein paar wilde Schwinger mit dem Schwert in die Luft, um die Wachen auf Abstand zu halten. Plötzlich versagte ihm die rechte Hand ihren Dienst, das Schwert fiel auf den gepflasterten Boden. Ein stechender Schmerz breitete sich aus, beginnend von seiner Schulter. Erst warm, dann heiß, pulsierend. Steffen ging in die Knie, atmete tief, um nicht ohnmächtig zu werden. Ein Pillum hatte ihn von hinten durchbohrt, die Eisenspitze trat unterhalb der Schulter wieder aus. Der Schmerz fühlte sich so realistisch an, dass er glaubte, sich im Youterus aufgeschnitten zu haben.

Er drohte, das Bewusstsein zu verlieren.

Per Sprachbefehl heilte er seine Wunde und ließ seinen Avatar unverwundbar werden. Der Schmerz war wie weggeblasen. Steffen stand wieder auf, zum Erstaunen der Stadtwachen, die nun einen Schritt zurücktraten und sich hinter ihren Schilden verbargen.

„Gib mir Superkräfte", verlangte Steffen von der Simulation. Bevor die Soldaten ihren nächsten Vorstoß wagten, stieß er sie mit einem weißgelben Energiestoß um, der aus seinen Handflächen schoss. Die anwesenden Zivilisten riefen erstaunt, andere schimpften, manche rannten panisch davon.

Eine Wache hatte sich hinter dem Reiterstandbild angeschlichen und hieb mit seinem Pillum nach Steffen. Die Zeit schien sich zu verlangsamen, Steffen konnte dank seiner übermenschlichen Reflexe erkennen, wie die Spitze des Pillums in Slow Motion auf seinen Kopf zukam. Mühelos konnte er ausweichen, packte den Wurfspieß und schleuderte ihn mitsamt der Wache, die sich noch daran festhielt, ein paar Meter durch die Luft. Dann entschied er, Augustus persönlich einen Besuch abzustatten.

„Ich will fliegen können", forderte er. Er machte sich aus dem Staub und flog Richtung Kaiserpalast. Unter ihm ein Forum Romanum in Aufruhr. Steffen lachte. Die KI markierte ihm den Weg zum neuen Ziel.

Die drei Tage in Omniworld könnten kurzweilig werden.

2040 – 10. Marie

Endlich wieder normale Leute! Marie hatte sich größte Mühe gegeben, Familie Costello einen guten ersten Eindruck von Hopesglade zu geben. Die große Tour, ihr schönstes Lächeln. Das Wetter spielte mit. Es war Anfang Oktober, die Sonne strahlte und die Bewohner waren mit der Maisernte beschäftigt. Alles war golden.

Sie hatten sich eigens einen alten Maishäcksler vom Schrottplatz in Charlottesville geholt und mit einem Elektromotor ausgerüstet, um vom Diesel unabhängig zu sein. Dafür liebte sie ihre Kommune, viele verborgene Talente, die man nur bündeln musste. Wenn sie an einem Strang zogen, war alles möglich. Ein Großteil des Maises sollte in der Trockenmüllerei zu Maismehl verarbeitet werden. Der Rest war Futter für die Rinder im Milchbetrieb.

Die Fehlschläge beim Weizen, der brutale Hagelsturm, der den Obstbestand dezimiert hatte, das alles schien unter der gütigen Herbstsonne vergessen. Sie würden lernen, mit Maismehl zu backen, Tortillas, Polenta, Maisbrot. Verarbeiten, was ihnen der Boden gab. Sich nicht von einem Nahrungsmittel abhängig machen. Beständig anpassen – survival of the fittest.

Hopesglade zeigte sich von seiner besten Seite. Wie eine Immobilienmaklerin hatte sie mit den Vorzügen des Lebens in der Kommune geworben, als sie ihnen die weitläufigen Felder gezeigt hatte. Obwohl die Costellos sich eigentlich schon entschieden hatten. Schließlich hatten sie ihr ganzes Hab und Gut dabei, unter einer Plane, auf der Ladefläche ihres Pickups. Aber Marie wollte auf Nummer sicher gehen.

Die Costellos waren keine Ultrareligiösen, keine Waffennarren, keine Neo-Hippies, keine esoterischen Spinner. Am liebsten würde Marie die ganze Kommune mit Leuten wie den Costellos auffüllen. Jerry war mittlerer Finanzbeamter gewesen, bis seine Stelle wegrationalisiert worden war. Kaum noch jemand in der Objektwelt zahlte Steuern, um den Rest kümmerte sich irgendein kluges Finanzprogramm. Er sah nicht wie ein Buchhalter aus, eher wie ein Sheriff. Groß, mit breiten Schultern, markantes Kinn und ein durchringender Blick. Ein Analytiker. Seine Frau Winny hatte halbtags als Sekretärin gearbeitet. Marie beneidete ihr makelloses Make-Up und die perfekt sitzende Frisur. Beides würde sie für ein Leben in Hopesglade opfern müssen.

Die Costellos hatten sich bewusst für ein alternatives Leben entschieden, nachdem ihr ganzer Freundes- und Familienkreis nach und nach in Omniworld verschwunden war. Deshalb waren sie fast 600 km aus dem Großraum Philadelphia ins Hinterland von Virginia gefahren, nachdem sie von Hopesglade gehört hatten; die Ladefläche vollbeladen für ein neues Leben.

Es gab hunderte, vielleicht tausende Kommunen wie ihre in den Staaten, niemand wusste das genau. Aber darunter gab es einen Wildwuchs an Ausprägungen: religiöse Sekten, Prepper, Junkies. Ganze Dörfer, die sich nur der Produktion und dem Konsum von Jinx verschrieben hatten. Auch eine Art der Realitätsflucht. Es gab Nazi-Kommunen, die den Ausstieg aus der Gesellschaft genutzt hatten, um Arierdörfer zu gründen. Die Versuche, sich mit anderen Kommunen zu vernetzten, endeten schnell in Enttäuschung aufgrund der unterschiedlichen Ausrichtung. Der Ausstieg aus der Mainstream-Gesellschaft bedeutete in vielen Fällen nicht nur einen technologischen Rückschritt, sondern auch einen kulturellen.

„Das ist unser Gemeindehaus", erklärte Marie zum Schluss der Tour und nicht ohne Stolz.

Das Gemeindehaus war neben den Silos und den Windkrafträdern auf den östlichen Hügeln das beeindruckendste Gebäude von Hopesglade. Der Dealmaker der Tour. Marie hatte bei der Errichtung keine Kosten und Mühen gescheut. Sie wusste, dass alle Zivilisationsformen einen zentralen Ort brauchten, zur Versammlung und zur Identifikation.

„Hier gibt es regelmäßig kulturelle Veranstaltungen und Feste und hier beschließen wir gemeinschaftlich über alle wichtigen Belange unserer kleinen Gemeinde."

Winny strahlte Jerry hoffnungsvoll an, fixierte dann aber ihren Blick abrupt auf etwas hinter ihm. „Ist das da eine Kirche?"

Sie zeigte auf das Gebäude auf der anderen Seite des Platzes. Ein kleiner Holzturm und ein geschnitztes Kreuz auf der Tür verrieten den Zweck des Hauses.

Marie war die kleine Kirche eher peinlich. Ein Zugeständnis an die Evangelikalen.

„Stimmt, das ist eine Kirche", erklärte sie, „es gibt aber auch einen kleinen Gebetsraum für Muslime. Wir haben außerdem Juden, Buddhisten, Katholiken und einen ganzen Haufen Atheisten hier. Hopesglade ist natürlich auch beim Thema Religion von Toleranz geprägt."

Die beiden Kinder der Costellos tobten bereits über den Platz. Der Junge, Dale, war acht Jahre alt und das Mädchen, June, sechs. Ein Jahr älter als Katie. Marie sah sich vor ihrem inneren Auge schon gemeinsam mit Winny Mais-Muffins backen und selbst gekelterten Rotwein trinken, während die Kinder gemeinsam im Wohnzimmer spielten. Zwar hatten sie Freunde in Hopesglade und Katie hatte Spielgefährten. Trotzdem fehlte etwas.

„Sind Sie dann auch so etwas wie die Bürgermeisterin?", wollte Winny wissen.

Marie lächelte verständnisvoll, die Frage kam jedes Mal.

„Nein. Und bitte, ich bin Marie. Wir duzen uns hier. Ich bin eher eine Verwalterin und die Gründerin. Deshalb mache ich oft die

Touren für Interessierte. Aber wir haben alle die gleichen Rechte hier."

„Und darf man fragen, wie Sie – du – zur Gründerin geworden bist? Das hat doch sicher einiges gekostet, das alles aufzubauen", bohrte Winny weiter.

Ihr Mann verurteilte ihre Neugier mit einem mahnenden Blick.

„Ich war einmal bei einem großen Software-Unternehmen in führender Position. ERP-Lösungen, Tabellen und Menüs. Als man sowas noch brauchte. Aber das ist lange her. Außerdem habe ich nur Startkapital gegeben. Langfristig soll sich die Kommune selbst finanzieren."

Ihre Verbindung zu OMNI war ihr Geheimnis, niemand sollte davon wissen.

Winny sah so aus, als hätte sie noch viele Fragen. Ein Themenwechsel musste her.

„Gehen wir erstmal einen Kaffee trinken", schlug Marie vor. „Unser Gemischtwarenladen serviert den einzigen und besten Cappuccino von ganz Hopesglade!"

Kaffee war natürlich ein absolutes Luxus-Produkt. Eine der Waren, die sie auch langfristig nicht selbst anbauen können würden. Marie kaufte solche Artikel bei ihren regelmäßigen Besuchen in der Stadt. Dafür aber hatten sie echte Kuhmilch – woanders kaum aufzutreiben. Sie dachte daran, wie kostspielig und mühevoll es gewesen war, die Methan-Abfanganlage einzubauen – sonst hätten sie keine Mehrheit beim Gemeindebeschluss bekommen. Die Costellos wollte sie aber nicht mit den Tücken einer Subsistenz-Agrargesellschaft langweilen.

Red Jack und zwei seiner Neo-Hippies kreuzten ihren Weg. Er trug eine seltsame Kombination aus Bowler-Hut auf riesigen rot-blonden Dreadlocks, eine schwarze Kunstlederweste und Trampolinhosen. Grinsend warf er Marie und den Costellos ein Peace-Zeichen zu, in der anderen Hand einen dicken Joint. Der Cannabis-Geruch stieg ihnen sofort in die Nasenlöcher.

Mit ihm verstand sich Marie gut; Red Jack war kein fauler Sack wie so viele aus der Neo-Hippie-Fraktion. Er hatte früher einmal wilde Apparaturen und Maschinen für das Burning Man Festival gebaut. Sein mechanisches Geschick und seine kreative Herangehensweise hatten Hopesglade schon öfter einen wertvollen Dienst erwiesen.

Marie nickte den dreien zu. Sie versuchte, aus den Gesichtern von Jerry und Winny zu lesen, ob sie in irgendeiner Form Anstoß an den Neo-Hippies nahmen. Oder am Gras.

Jerry kam ihr zuvor: „Kann es nicht erwarten, mit denen mal einen durchzuziehen!"

Marie lachte erleichtert. Egal ob er es ernst meinte oder nicht, die Costellos schienen echt in Ordnung zu sein.

Nach dem Kaffee zeigte ihnen Marie das bezugsfertige Haus am westlichen Ortsrand. Wie die anderen auch, war es ein freistehendes Gebäude mit Holzverkleidung und Giebeldach, einer Terrasse und einem kleinen Garten. Marie war schon zu Beginn des Projekts klargewesen, dass große Gärten in einer Agrargesellschaft unnötig waren. Nicht nur, dass sie Platz und Wasser verschwendeten – wer tagsüber landwirtschaftlich tätig war, benötigte keine Gartenarbeit, um zu entspannen.

„Das ist erst vor zehn Tagen freigeworden. Sicherlich muss man hier und da noch etwas ausbessern", erklärte Marie als sie durch das Erdgeschoss liefen. „Wir haben grünen Strom aus Solar- und Windkraft. Wasser aus eigener Versorgung. Grundversorgung und Wohnung sind in Hopesglade kostenlos. Dafür bringt sich jeder ein, so gut er kann. Internetanschluss per Mobilfunk ist Privatsache. Omniworld-Anwendungen und - Equipment sind hier aber nicht gestattet. Drohnen dürfen hier nicht landen. Das sind einige der wenigen Verbote in Hopesglade."

Jerry strahlte. „Das ist absolut in unserem Interesse. Es ist wirklich perfekt. Was meinst du, Schatz?"

Winny öffnete ein paar Küchenschränke und untersuchte den Ofen, als könnte man so über einen neuen Lebensabschnitt entscheiden.

Ausweichhandlungen. Marie konnte es nachvollziehen. Ein drastischer Schritt.

Die Kinder nahmen den ersten Stock unter die Lupe und stritten sich bereits darum, wer welches Zimmer bekommen sollte.

„Ein wirklich besonderer Ort. Noch schöner, als wir ihn uns vorgestellt haben. Ich frage mich...", Winny sah so aus, als ob sie noch etwas auf dem Herzen hatte.

Marie erschrak. Kam jetzt der Grund, warum die Costellos nicht hierherziehen wollten? Hatte die singende Gruppe Neo-Hippies auf dem Gemeindeplatz sie verschreckt?

„Winny, du kannst mich alles fragen. Stimmt irgendetwas nicht?"

Winny blickte sich um, und erkundigte sich dann mit gesenkter Stimme: „Ich wollte nur wissen, was mit den ehemaligen Bewohnern passiert ist."

Marie war erleichtert. „Natürlich, das ist kein Geheimnis. Hier haben die Smithons gelebt, drei Jahre lang. Eine Familie mit drei Kindern. Leider haben sie sich vor Kurzem für ein Leben in Omniworld entschieden und haben uns dann verlassen. Das kommt immer wieder mal vor."

„Aber wieso denn? Hier gibt es doch alles."

„Meistens ist es die Angst etwas zu verpassen. Von der anderen Seite aus betrachtet könnte man sagen, wir sind rückständige Hinterwäldler."

„Dann werden wir gerne Hinterwäldler!".

+4. Marie freute sich, heute war ein guter Tag.

„Willkommen in Hopesglade!"

2040 – 11. Lisa

Jeder Tag war ein Kampf, doch Lisa war eine Kämpferin. Sobald sie wieder einige Kontrolle über ihren Körper ausüben konnte, hatte sie sich nach Hause verlegen lassen. Auf den Hof. Zu ihrem Raphaël.

Für ihr Reha-Programm hatte sie sich für eine kostspielige Hausbesuchs-Variante entschieden. Ein echter Mensch aus Fleisch und Blut, schwer zu finden und teuer. Ohne ihre üppige Parlamentarier-Diät hätte sie das finanziell nicht stemmen können. Doch eine Behandlung per Youterus, was die Krankenkasse übernommen hätte, kam nicht in Frage. Niemand würde sie in so ein Techno-Aquarium bekommen! Ebenso wenig kamen für Lisa regelmäßige Reisen zu einem Rehazentrum in Frage. Eine Drohne, egal ob fliegend oder fahrend, würde Lisa so schnell nicht mehr betreten. Die Erlebnisse waren zu einschneidend und das Misstrauen hatte sich tief in ihre Seele gebrannt.

Darum durfte sie nun montags bis freitags mit ihrem Physiotherapeuten Breda jeweils zwei Stunden verbringen. Dehnübungen, Massagen, Muskelaufbauübungen und kleine Spaziergänge. Und Gespräche. Die beiden waren sich durch den regelmäßigen Kontakt nähergekommen und verstanden sich gut. Er war humorvoll und intelligent. Mit einer engelsgleichen Geduld stand er ihr zur Seite, lobte jeden noch so kleinen Fortschritt und gab ihr Mut. Breda war Ende zwanzig und einer der wenigen Menschen, denen eine Balance zwischen Omniworld und der Objektwelt zu gelingen schien. Er erledigte jeden Tag 2–3 Hausbesuche, verbrachte seine Freizeit aber in Omniworld. Er brauche beides, hatte er Lisa erklärt, sonst würde er verrückt werden.

Beim Gehen war Lisa immer noch auf ein Exoskelett angewiesen, das ihre eigene Beinmuskulatur unterstützte. Wie eine Mensch-Maschine lief sie durch den Hof, aber sie lief. Laut letztem Arztbericht würde sie Anfang nächsten Jahres wieder komplett auf eigenen Beinen gehen können. Ihr Aktionsradius war durch den Verzicht auf Drohnen auf den Hof beschränkt, Kontakte zu anderen Menschen fanden, sehr zu Lisas Leidwesen, fast ausschließlich über Omniworld statt. Das Mobilfunknetz wurde immer schlechter, Besuche bekam sie selten. Hin und wieder schauten ihre Parteifreunde vorbei, aber deren Tagesgeschäft spielte sich ebenfalls in Omniworld ab.

Es war Sonntag, Reha-freier Tag. Brunch. Eier von den eigenen Hühnern und selbstgebackene Brötchen. Der Duft von grünem Tee. Untermalt vom Lachen Raphaëls, als sie von ihren Fortschritten erzählte. Er war ihre Stütze, ihr Fels in der Brandung. Ihr Gedächtnis war immer noch bruchstückhaft. An den Tag des Unfalls war keinerlei Erinnerung vorhanden. Sie konnte sich an das meiste aus ihrem Leben vor dem Unfall erinnern, auch wenn sie bei entscheidenden Details daneben lag. Außerdem wurde sie ständig von Déjà-vus und Traumbildung geplagt. Eine Nebenwirkung des Schädeltraumas oder der Medikamente, die sie immer noch nehmen musste.

„Wie hieß nochmal das Huhn mit dem abgebrochenen Schnabel, das letztes Jahr vom Fuchs gerissen wurde? Es hatte einen lustigen Namen… Mir fällt er aber gerade nicht ein." Sie wusste selbst nicht, wieso ihr gerade dieses Huhn eingefallen war. Aber so sprunghaft arbeitete ihr Hirn nun. Warf ihr Erinnerungsfetzen hin, ohne Kontext, ohne Chronologie.

„Das Huhn mit abgebrochenem Schnabel?" Raphaël, der gerade ein Brötchen mit Quitten-Marmelade bestrichen hatte, blickte fragend auf. „Daran kann ich mich gar nicht mehr erinnern."

Er tat ihr leid. Sie wusste, dass sie ihn mit solchen Fragen nervte. Vieles in ihrer Erinnerung war verschoben. Aber sie musste fragen, um die immer wieder aufblitzenden Erinnerungsstränge zu verifizieren. Déjà-vus, Erinnerung und Träume schienen sich zu vermischen.

Sie brauchte einen klaren Verstand, sie wollte zurück in die Politik. Ihre Mitstreiter der „Bewegung für physisches Leben" waren immer noch aktiv, auch wenn sie ohne Lisa antriebslos wirkten. Sie musste zurück in den Sattel. An den Sitzungen konnte sie per Omniworld teilnehmen, für die parteiinterne Kommunikation könnte sie ebenfalls auf Omniworld zugreifen, sensible Gespräche könnten sie über einen der verbliebenen unabhängigen Messenger-Dienste führen. Carla hatte ihr etwas empfohlen, irgendetwas mit einer Brieftaube. Verbissen versuchte Lisa, sich an den Namen des Programms zu erinnern, der ihr zu entgleiten schien wie ein glitschiger Aal.

Senile alte Frau, haderte sie mit sich selbst. Sie verschüttete etwas Tee und verbrannte sich das Kinn. Zu heiß. So bereitet man keinen grünen Tee zu. Doch sie unterließ es, Raphaël darauf anzusprechen.

Nach dem Brunch ging sie spazieren; Raphaël war in der Küche und machte den Abwasch. Während sie im Koma gelegen hatte, hatte er einiges auf ihrem Hof verändert, neue Beete angelegt und das Dach des Schuppens ausgebessert. Der Hühnerstall war jetzt fuchssicher. Mehr als zwei Meter hoch, nach außen abknickend, damit ein Fuchs nicht über den Zaun klettern konnte.

Davor hatten sie immer wieder Ärger mit Füchsen gehabt, das brachte die Abgeschiedenheit des Hofes mit sich. Einmal hatte der Fuchs alle Hühner auf einen Schlag getötet. Ein Massaker aus Blut, Federn und kopflosen Hühnern. 25 Stück. Angeblich trieb der Jagdtrieb den Fuchs dazu, so zu wüten und die panischen Hühner eins nach dem anderen zu reißen. Bittere Tränen hatte sie geweint. Sie hasste die Füchse, obwohl ihr das ökologische Gleichgewicht klar war. Aber Hass ist subjektiv. Das waren ihre Hühner. Sie war verantwortlich für deren Schutz, für ihre Nahrung. Als Dank gab es Eier und ein Gefühl von gegenseitigem Gebrauchtwerden. Eine kleine Welt für sich. Manchmal hatten auch nur einzelne gefehlt, so wie das Huhn mit dem abgebrochenen Schnabel.

Miss Picky.

So hatte sie das Huhn genannt. Oder war es Raphaël gewesen? Sie wusste nicht wohin mit dieser Erinnerung. Sie war froh, dass der Name zurück war.

Über ihr zog eine Flugdrohne ihre Bahn, in einer geraden Linie Richtung Süden auf die Alpen zu. Sehnsuchtsvoll blickte Lisa der Drohne hinterher.

Nichts wünschte sie sich mehr als einen Ortswechsel. Sie liebte ihren Hof, aber er drohte zu einem Gefängnis zu werden, wenn sie noch länger hierblieb. Später würde sie mit Raphaël sprechen, ob sie nicht doch den alten Geländewagen reparieren wollten. Autobahnen waren für nicht-autonomen Verkehr zwar gesperrt, aber ein paar Feldwege und abgelegene Straßen würden sie schon finden. Auch wenn es nur ein paar Kilometer wären.

Ehemalige Umweltaktivistin geht mit verbotenem Verbrennungsmotor-SUV auf Spritztour. Was für eine Schlagzeile. Lisa musste unwillkürlich lachen. Derart war ihr Leben von OMNI durcheinandergewirbelt worden.

Die Hühner gackerten aufgeregt, als eines ein paar Asseln aus dem Boden gescharrt hatte. Das Huhn mit den glänzend-braunen Federn pickte nach der Beute.

Ihm fehlte die Spitze des Schnabels.

2040 – 12. Steffen

Drei Tage lang hatte er sich in Omniworld verloren. Jetzt, drei Wochen später, klang die Erfahrung immer noch nach. Wie ein Brandmal, unauslöschlich. Je mehr er versuchte, die Erinnerungen zu verdrängen, umso präsenter wurden sie. Seine Gedanken schienen magnetisch an diesen drei Tagen zu haften. Er hatte als Wikinger geplündert und gemordet. Hatte als Steinzeitmensch Mammuts gejagt und Pilze gesammelt. War als Raumfahrer auf außerirdisches Leben gestoßen. Er hatte mit allen möglichen Wesen Sex gehabt. Seine Wut ausgelassen, in dem er Ethan Hubble Avatare getötet hatte.

Als das Sal-Gel aus dem Youterus abgelaufen war, schienen zunächst auch all die Erlebnisse zu verschwinden. Zurück blieb ein zitternder, nackter Steffen Mieler. Und Scham. Was blieb von der eigenen Persönlichkeit übrig, wenn man alle zwischenmenschlichen Normen über Bord schmeißen durfte? Wie es schien, nicht mehr als niedrigste Bedürfnisbefriedigung. Animalisch, jedem Instinkt nachgebend.

Schon kurz nach dem Ausstieg hatte er zudem feststellen müssen, wie lange die Umstellung auf die physische Realität dauerte. Alle Sinne mussten sich neu justieren. Dabei war er nur drei Tage weg gewesen. Er fühlte sich wie nach einer durchzechten Nacht. Sein Gehirn versuchte permanent, die Erfahrungen zu verarbeiten, die Geschehnisse einzuordnen.

Waren das Träume gewesen? Wo und wie sollten die Erlebnisse gespeichert werden?

Die Tage im Youterus hatten Spaß gemacht, auf eine ursprüngliche Art und Weise, keine Frage. Der Ausstieg jedoch war die Hölle gewesen.

Steffen nahm sich vor, den Youterus, der dank EUAMS nun bei ihm zu Hause installiert war, nur in kleinen Dosen zu nutzen. Letzte Woche hatte er zum ersten Mal Sex mit seiner verstorbenen Frau im Youterus ausprobiert. Die Farben, die Wärme, alles war wie echt. Nach jeder Session fiel es schwerer auszusteigen. Er hasste sich dafür, dass er den Omni-Avatar seiner Frau reaktiviert hatte. Louisa schien ihn mit ihrer tröstenden Umarmung in der Simulation halten zu wollen.

Bleib noch.

Nur noch ein paar Minuten.

Das Gift der Gewöhnung wirkte langsam. Im Gegensatz zum farbenfrohen Dasein in Omniworld schien das echte Leben einen grauen Filter zu benutzen. Als würde es auch insgeheim für Omniworld werben. Es erforderte ein hohes Maß an Konzentration, sich zu vergegenwärtigen, dass der Körper gerade in einem Youterus trieb. Die Gefahr, einfach loszulassen, das alte Leben abzustreifen wie eine Schlange ihre Haut, war allgegenwärtig. Eines Tages würde er die Simulation nicht mehr beenden. Wie all die anderen.

Nach jedem Ausstieg drehten sich seine Gedanken im Kreis: Warum steigst du aus? Was hält dich in dieser Welt? Seit er den Youterus kennengelernt hatte, waren auch wieder die Zweifel an seinem Kampf gegen Omniworld zurück. Versuchte er, das einzige zu zerstören, das ihm Linderung, ja, sogar Erlösung bieten konnte?

Immerhin begann nun ein neuer Lebensabschnitt, eine neue Aufgabe. Fall Nummer 1 als EUAMS-Sentinel. Zunächst ging er die Liste der verfügbaren Omnivilles auf EU-Gebiet durch. Dazu scrollte er durch die Datenbank, die er mit seiner Smart-Brille anzeigen ließ. Auf der Karte konnte er sie als rote Punkte sehen, je größer der Punkt, desto mehr Bewohner. Die tatsächlichen Bewohnerzahlen und weitere Angaben wie Baujahr, Ausstattung und wichtigste Eckdaten der Bewohner wurden beim Draufscrollen eingeblendet.

Seit der Einführung des Youterus zu Beginn des Jahres waren die roten Punkte gewachsen, neue erschienen. Die Europakarte sah aus, als litt sie unter Windpocken. Die Städte leerten sich, die Omnivilles füllten sich. Eine moderne Völkerwanderung in atemberaubender Geschwindigkeit. Altenpflege, Versorgung der Kinder, Wohnungsknappheit – Ethan Hubble hatte nebenbei ein paar der drängendsten gesellschaftlichen Probleme der Gegenwart gelöst. Doch das war nicht der Grund, warum die Menschheit freiwillig ihren Körper in eine zylinderförmige Apparatur einsperren und den Geist in simulierten Metaversen wandern ließ.

Nein, der Grund war banaler: effiziente Bedürfnis-Erfüllung. Wenn das echte Leben nur das Kitzeln von Neuronen in wechselnden Mustern und Abfolgen war, dann hatte Omniworld durchaus seine Daseinsberechtigung. Steffen konnte das nun verstehen. Nicht gutheißen, aber nachvollziehen.

Sein Blick fiel auf der Karte hinter die ehemalige französische Grenze, wo er ein paar Mal rein und raus zoomte. Omniville Reims-3, 21.732 Bewohner, bereits zu 100 % auf Youterus umgestellt. Mit dem selbstfahrenden Pod würde er gut 2 Stunden brauchen und auf dem Weg könnte er ein paar Dokumente lesen oder dösen. Reims-3 also, sein erster Feldeinsatz als EUAMS-Sentinel.

Eine Viertelstunde später schnurrte der einsitzige Pod auf die Autobahn. Ohne bremsen zu müssen fädelte er sich in den Verkehrsfluss ein. Vor der Auffahrt hatte der Pod einige Hindernisse umfahren müssen, große Schlaglöcher, tote Tiere. Dank der Kamera würden theoretisch in Echtzeit autonome Reinigungsdrohnen losgeschickt. Jedoch schien die kommunale Instandhaltung nur noch auf einem absoluten Mindestniveau zu funktionieren. So lange der Pod noch einen Weg fand, war es wohl noch akzeptabel.

Dasselbe Bild zeigte sich auch auf der Autobahn. Die mittlere Fahrbahn war in tadellosem Zustand, hier reihten sich Personen-Pods und Transport-Pods nahtlos ein, wie die Glieder einer Perlenkette. Dank der Bordvernetzung kommunizierten die Pods miteinander und konnten die Geschwindigkeit aufeinander abstimmen. Alle paar Kilometer gab es zudem Überholbuchten, an denen die wenigen Personen-Pods an den bulligen Transport-Pods vorbeihuschten.

Steffen ließ den Sitz um 90° nach rechts schwenken, um die vorbeirauschende Landschaft zu betrachten. Er war froh, wieder unterwegs zu sein. Trotz der Tristesse verschaffte ihm die Objektwelt ein Gefühl von Zugehörigkeit. Etwas, das man nicht simulieren konnte.

Vor dem Wald konnte er ein kleines Dorf ausmachen. Obwohl es frühmorgens war und noch dämmerte, brannte keinerlei Licht. Kein Rauch, kein Lebenszeichen. Die Felder lagen brach. Sie hatten aber nicht die monotone Struktur eines frisch geernteten Feldes, sondern waren von Gestrüpp überwuchert. Trockenes Gras, kleine Sträucher, hohe Disteln. Die Sommerdürre hatte tiefe Furchen in den Boden gerissen. Dem Zustand nach zu urteilen, mussten die Felder schon seit einigen Jahren der Natur anheimgefallen sein. Der Omni-Mensch konsumierte Nährcocktails aus Algen und ließ seine Geschmacksknospen elektrisch stimulieren. Jahrtausende hatte der Mensch die Welt nach seinen Bedürfnissen geformt und nun zog er sich zurück. Wenige Kilometer weiter erschien ein Industriegebiet, ein verfallenes Möbelhaus. Hier hatten noch vor 20 Jahren gestresste Eltern ihre Kinder mit Eis und Hot Dogs ruhiggestellt, um sich in riesigen Hallen – ihrer Meinung nach – individuelle Möbel zum Sitzen, Schlafen und Pinkeln rauszusuchen. Schon das Konzept eines Möbelstücks erschien im Jahr 2040 absurd.

Steffen rekapitulierte die Vergangenheit: Damals hatte ein Designer den Entwurf eines Bücherregales in seinem Team vorgestellt, hatte 3D-Zeichnungen erstellt. Eine Kiefer in Polen war gefällt worden, das Holz getrocknet und in kleinere Teile zersägt. Transportiert zur Möbelfabrik. In der Fabrik in noch kleinere Teile zersägt, geschliffen und mit Dübeln und Schrauben in Kartons verpackt, die aus einer anderen Fabrik kamen. Mit einem Code versehen und bedruckt und weitertransportiert in dieses Möbelhaus mit gutem Anschluss an die Autobahn. Ein junges Pärchen hatte sich für das Regal interessiert, um die Bücher aus der Studentenzeit hineinzustellen. Keiner las mehr gedruckte Bücher, nur aus Dekorationsgründen, schon damals. Schließlich wählten sie die weiße Variante.

Das Naturholz-Regal lag immer noch in Reihe 27, Regal 15, weit weg vom Gebiet, einstmals Polen, wo der Baum gewachsen war. Füchse huschten durch die Gänge. Einige Scheiben waren durch die Stürme zerstört, Dreck war in die Gänge gespült worden und dann wieder getrocknet. Moos wuchs in der Dunkelheit. Eine Waschbärenfamilie hatte sich in Reihe 26 eingenistet. Man hätte hineinspazieren und das Regal mitnehmen können. Niemand hätte einen aufgehalten.

Doch in Omniville brauchte man keine Dekoration, es gab keinen Bedarf an Regalen und auch keinen Platz dafür. Die Natur würde sich das Regal wieder einverleiben.

Das Ziel kam näher und Steffen erwachte aus seinen trüben Tagträumen. Er schwenkte den Sitz nach vorne, als der Pod von der Autobahn abfuhr und einer schmalen Straße folgte. Noch 12 km.

Das Omniville war mitten in die Landschaft gebaut worden. Selbst ewiglich klingende Weisheiten wie „Lage, Lage, Lage" aus der Immobilienwirtschaft waren durch Omniworld ausgehebelt worden. Hier gab es außer dem Omniville weit und breit nichts. Dann erschienen die Zäune, kein Stacheldraht, wozu auch, aber kamera- und drohnenüberwacht.

Das Gebäude selbst machte auf den ersten Blick einen guten Eindruck. Es war ein Omniville der ersten Generation, als man noch den Anschein einer Verbindung zum normalen Leben wahren wollte. Das Gebäude sollte die Botschaft vermitteln: „Ihr könnt ja jederzeit wieder gehen", es hatte nichts Bedrohliches an sich. Es gab Balkons, gelbe Wände, viele Fenster. Eine typische Vorstadtsiedlung, nur dass sie zu weit von der nächsten Stadt entfernt lag. Und dass keinerlei Menschen zu sehen waren.

Der Pod hielt vor dem Tor. Steffen bestätigte die Abrechnung als Dienstreise per Fingerabdruck und blieb ein paar Augenblicke stehen, bevor er an das Display neben dem Tor schritt. Er war tatsächlich aufgeregt. Immerhin war es sein erster Einsatz. Was würde ihn dort drinnen erwarten?

Per Gesichts-Scan meldete er sich an. Eine Text-Nachricht in seiner Smart-Brille informierte ihn, dass er gleich empfangen werden würde. Zu seiner Überraschung öffnete sich nach kurzer Zeit eine Tür des Hauptgebäudes und eine zierliche Frau mit schulterlangen, blauen Haaren kam in schnellen Schritten auf ihn zu. Sie trug eine Art modernen Kimono in OMNI-blau mit weißen Längs-Streifen. Ihr androgynes Gesicht verriet wenig über ihr Alter, zwischen 25 und 40, ihr Lidschatten hatte ebenfalls die OMNI-Farben.

Sie sprach Steffen in perfektem Englisch an: „Guten Tag, Herr Mieler. Wir freuen uns, Sie als Vertreter von EUAMS bei uns in Omniville Reims-3 begrüßen zu dürfen. Mein Name ist Amy. Ich gebe Ihnen gerne eine Tour, aber natürlich dürfen Sie sich frei bewegen und umsehen."

Steffen grüßte förmlich zurück, immer noch überrascht, gerade hier auf einen Menschen zu treffen. War Amy ein Android?

Sie sah ihn an, als würde sie seine Gedanken lesen: „Sie fragen sich, ob ich echt bin? Ja, 100 % aus Fleisch und Blut. Die Frage bekomme ich oft. Ist mein Style. Tatsächlich gibt es in den meisten Omnivilles menschliche Customer Representatives wie mich. Für Menschen, die Berührungsängste mit Omniville haben, wirkt das beruhigend. Ich bin ein notwendiger Luxus sozusagen."

Amy lächelte mit einem Verkäufer-Lächeln, als sich das Tor zur Seite schob.

Steffen war immer noch unschlüssig. Irgendwie fühlte er sich ertappt. Er hatte fest damit gerechnet, alleine agieren zu können.

„Geben Sie mir die Kurz-Tour, danach mache ich mich an die Arbeit."

Nach zwanzig Minuten war die Führung beendet. Amy hatte ihm die verschiedenen Apartment-Typen gezeigt, deren Größe und Ausstattung individuell konfigurierbar waren. Alle Bewohner von Reims-3 nutzten bereits die Youterus-Technologie. Im Hof hinter dem Gebäude stand ein großer Tank für die Reinigung und Bereitstellung der Sal-Gel-Lösung, die über ein Rohrleitungssystem an die einzelnen Kammern verteilt wurde. In den oberen Etagen gab es ein paar größere Wohnungen, mit Küche, Bad und Wohnzimmer, VIP-Wohnungen für einen Aufpreis. Der Youterus stand dort wie ein sperriges Möbelstück mitten im Raum, als würde der Omni-Mensch jeden Moment aus der Maschine steigen und sich ein Spiegelei braten.

Dann gab es einzelne Räume, die gerade genug Platz für den Youterus selbst boten. Menschen, die sich offensichtlich schon permanent für diese Lebensform entschieden hatten.

Es gab Familienzimmer, in denen mehrere Youterus nebeneinanderstanden. Als würde das einen Unterschied machen.

Und dann gab es noch den Keller. Hier standen tausende Youterus dicht an dicht in der Dunkelheit. Hier waren die Menschen, die vom bedingungslosen Grundeinkommen lebten, der Großteil der Bewohner. Der Anblick erinnerte Steffen an einen Weinkeller. Reihen riesiger Weinfässer. Das Licht war matt gedämmt, bis auf das Summen des Stromes und das gelegentliche Gluckern der Sal-Gel-Leitungen war es still. Hin und wieder meinte Steffen, einen dumpfen Schlag zu vernehmen, als würde jemand gegen die Wand des Youterus stoßen. Er bat Amy, ihn alleinzulassen und machte ein paar Aufnahmen mit seiner Smart-Brille. Das also war der nächste Evolution-Schritt. Alter Wein in frischen Schläuchen.

Dann wählte er einen beliebigen Buchstaben. T. Er ließ seinen Finger durch die Liste der Bewohner, deren Nachname mit T begann, wandern; Toussaint, Luc, 41 Jahre, ledig, Youterus CB-9273. Der Name klang für Steffen französisch genug, um repräsentativ zu sein. Luc Touissant würde also seine erste Überprüfung im Feld sein.

Steffen schaltete den Aufzeichnungsmodus seiner Brille an und ging langsamen Schrittes zur markierten Position des Youterus von Luc Touissant. Seine Nervosität, die während der Führung durch Amy verschwunden war, meldete sich nun zurück. Sollte er bei seinem ersten Fall etwas entdecken? Eine Leiche? Einen leeren Youterus? Einen gegen seinen Willen festgehaltenen Luc Touissant?

Die Außenhülle des Youterus reflektierte das Dämmerlicht sanft. Auf eine verstörende Art und Weise war der Youterus elegant. Ein minimalistischer Sarkophag für Pharaonen des 21. Jahrhunderts.

Steffen bestätigte sein Zugriffsrecht mit einem Gesichts-Scan am Display, das sich an der linken Seite des Youterus befand. Auf einem kleinen Bildschirm konnte er in den Youterus blicken. Die Umrisse eines Körpers waren in der milchigen Brühe erkennbar. Im Menü wählte er das Beenden der Simulation und konnte verfolgen, wie das Sal-Gel aus der Kammer entwich. Zurück blieb ein blasser Körper, der auf den Boden sank und wild zu zappeln begann, wie ein Fisch an Land. Schnell öffnete Steffen die Klappe des Youterus und betrat den Zylinder. Er stützte den Menschen und streifte ihm sanft das Eden Gear ab. Dann gab er dem schnell atmenden Menschen vor ihm Zeit, sich zu orientieren.

Die Person war weiß wie Kalk, die Haare kahl, Sal-Gel tropfte ihm langsam vom Kopf. Er kniff die Augen zusammen, offensichtlich geblendet, trotz des schwachen Lichtes im Youterus. Mit schmalen Augen sah er nun Steffen an. Er stieß ihn von sich und robbte rückwärts an die Wand des Youterus. Dann begann er zu schreien und ihn zu beschimpfen. Auf Französisch. Steffen hatte vergessen das Dolmetscher-Programm zu aktivieren. Mit ein paar Klicks auf seiner Smart-Brille holte er dies nach, um noch den Rest des Satzes abzubekommen: „…Hurensohn. Was fällt dir ein! Lass mich zurück! Arschloch!"

„Guten Tag Herr Touissant", begann Steffen seine Ansprache so routiniert wie möglich, während in der linken Hand eine Projektion seines Ausweises erschien. „Mein Name ist Steffen Mieler. Ich arbeite für die EUAMS, die European Union Agency for Metaworld Security. Ich möchte Ihnen ein paar Fragen stellen. Würden Sie dafür bitte kooperieren?"

Luc Touissant glotzte ihn ungläubig an. „Was? Hau bloß ab du. Ich war gerade mit Kleopatra und Wonder Woman beschäftigt. Lass mich zurück." Drohend hob er seine Fäuste.

In der Ausbildung waren sie gewarnt worden, dass die Omni-Menschen aggressiv und verstört auf die plötzliche Beendigung der Simulation reagieren könnten.

„Herr Touissant. Ich muss Sie darauf aufmerksam machen, dass Sie zur Mitarbeit verpflichtet sind. Ansonsten bin ich befugt,

Sie dem Omniworld-Zugang für bis zu 72 Stunden zu entziehen."

Diese Drohung schien zu sitzen, Luc Touissant beruhigte sich.

„Ok. Aber machen Sie schnell!"

„Vielen Dank. Ich muss Sie ebenfalls informieren, dass Falschaussagen mit bis zu zwei Jahren Freiheitsentzug bestraft werden können. Ihre Daten werden gespeichert, sind aber nur Mitarbeitern von EUAMS zugänglich."

„Okay, Okay. Machen Sie schon."

„Ist ihr Name Luc Touissant?"

„Ja."

„Sie wohnen seit drei Jahren in Omniville Reims-3. Seit vier Monaten sind Sie Nutzer des sogenannten Youterus, ein System zur vollständigen Immersion in Omniwold-Simulationen. Ist das korrekt?"

„Mhm, ja. Müsste ungefähr hinkommen. Nicht sicher. Ist das schon so lange her?"

Luc Touissant hatte vergeblich versucht sich aufzurichten und hockte weiter mit dem Rücken an die Wand gelehnt. Er musste sich sichtlich konzentrieren, als ob Steffen ihm Fragen aus der Quantenphysik stellte. Das Sprechen fiel ihm nicht einfach.

Steffen betrachtete mit einer Mischung aus Abscheu und Faszination dieses Wesen vor ihm. Dann dachte er an Noah, und er fühlte nur noch Mitleid.

„Sind Sie aus freien Stücken hier in Omniville und nutzen Sie die Omniworld-Dienstleistungen freiwillig?"

„Absolut freiwillig. Es ist doch offensichtlich, dass ich zurück möchte! Meine Güte."

„Hat OMNI, Omniworld oder eine andere Partei versucht, Ihre Meinung in irgendeiner Weise zu beeinflussen?"

„Nein, nicht dass ich wüsste."

„Die Projektion über meiner Handfläche zeigt Ihnen nun Ihre letzten Wahlentscheidungen in ‚Insta Vote'. Bitte lesen Sie die Liste sorgfältig durch."

Luc Touissant folgte der Anweisung. Dabei kniff er immer wieder seine Augen zusammen, um sie dann plötzlich weit aufzureißen. Als versuchte er, seine Augen zu justieren. „Ok, bin durch."

„Können Sie bestätigen, dass Sie diese Wahlentscheidungen eigenständig gemacht haben?"

„Ja, das passt schon."

„Sind Ihnen irgendwelche abnormalen Vorkommnisse bekannt, bei Ihnen selbst, bei Familienmitgliedern oder Bekannten?"

„Nein. Alles bestens."

„Wann haben Sie Omniworld das letzte Mal verlassen?"

„Mhm. Das müsste beim Umzug in den Youterus gewesen ein, also... vier Monate sagten Sie? Puh, wie die Zeit vergeht."

„Leiden Sie unter körperlichen oder psychischen Beschwerden in letzter Zeit? Fühlen Sie sich gut?"

„Alles gut. Nur jetzt gerade fühle ich mich nicht so. Ich würde gerne zurück. Hier ist es kalt und scheiße. Nichts Persönliches..."

„Möchten Sie mir sonst noch irgendetwas über Ihr Leben in Omniworld berichten?"

„Äh... nein."

„Gut. Dann bedanke ich mich für Ihre Kooperation. Ich werde Ihnen nun helfen, wieder omni zu gehen."

Ein seliges Lächeln erschien auf Luc Touissants Gesicht.

Steffen setzte ihm wieder das Eden Gear auf, nickte ihm kurz zu und verschloss dann die Klappe des Youterus von außen. Kurze Zeit später versank Luc Touissant, Fall 1, wieder im Sal-Gel und dem süßen Nebel von Omniworld.

Steffen fügte noch ein paar Kommentare zu der Aufzeichnung hinzu und sendete dann den Bericht ab. Keine Auffälligkeiten. Es stand ihm frei, an einem Ort mehrere Omni-Menschen zu verifizieren, solange er sein monatliches Soll erfüllte. Aber für heute sollte es genug sein. Er selbst musste den ersten Fall erstmal verarbeiten. So würde also ein Großteil seiner zukünftigen Arbeit aussehen. Kein besonders erfreulicher Gedanke.

Er fuhr mit dem Aufzug ins Erdgeschoss, um sich einen Pod zu bestellen, während die Anspannung langsam von ihm abfiel. Im Foyer suchte er nach Amy. Sie war ein echter Mensch, also wollte er sich verabschieden, so wie es sich gehörte. Sie saß in einem kleinen Seitenbüro, und scrollte sich durch irgendetwas in ihrer Smart-Brille. Da die Türe leicht geöffnet war, klopfte Steffen gegen den Türrahmen.

„Ja?" Amy machte eine abschließende Hand-Bewegung und setzte dann die Brille ab. „Haben Sie alles gefunden?"

Steffen überlegte, ob Amy hübsch war. Nicht im klassischen Sinne. Eher sah sie interessant aus, befand er. „Danke, ich bin schon fertig. Ich wollte mich nur verabschieden."

„Das ging aber schnell. Na dann… Oder wollen Sie noch einen Kaffee trinken?"

Steffen zögerte. Er würde gerne mit Amy sprechen, aber andererseits arbeitete sie quasi für den Feind. Gab es irgendwelche Regeln, die dagegensprachen? Ihm fielen keine ein. Außerdem könnte er ja etwas Recherche betreiben. „Ja, gerne."

„Super! Es ist nämlich manchmal ganz schön langweilig hier. Was trinken Sie?"

„Schwarzen Kaffee."

„Johnny, zwei Americano. Einen mit Sojamilch."

„Kommt sofort" antwortete eine Sprachsteuerung.

Irgendwo nebenan begann eine Kaffeemaschine zu surren. Kurze Zeit später brachte eine kleine Transportdrohne den Kaffee auf einem Tablet.

Amy hatte derweil Steffen einen zweiten Stuhl angeboten.

„Ich bin mir nicht sicher, ob man wirklich alles automatisieren muss. Kaffee machen habe ich noch nie als lästig empfunden", begann er das Gespräch.

„Geht mir genauso", entgegnete Amy, während sie den Kaffee auf ihren Schreibtisch stellte, „aber das sind die Regeln hier. Die Besucher sollen das Gefühl bekommen, dass das hier alles eine vollautomatische Maschine ist. Dass sie in die Zukunft eintreten. Deshalb solche Details. Aber hey – was ich sage, schreiben Sie doch nicht in Ihren Report?"

„Keine Sorge, meine Arbeit für heute ist schon erledigt."

Der Kaffee war viel zu mild für Steffens Geschmack, aber das war er abseits von zu Hause schon gewohnt. „Was machen Sie denn hier so den ganzen Tag, Amy?"

„Meine Hauptaufgabe ist es, Interessenten die Anlage zu zeigen und Nutzern beim Umzug zu helfen. In letzter Zeit ist es aber ziemlich ruhig geworden. Ich glaube, die meisten Menschen sind eh schon in Omnivilles heimisch geworden. Das ist auch der Grund, warum ich während der Arbeit nicht omni gehen darf.

Wegen dem Outfit und dem Make-Up. Falls spontan Interessenten vorbeikommen."

„Ah, verstehe."

Amy schien genau so froh zu sein, jemanden zum Plaudern zu haben, wie Steffen. Seine anfängliche Skepsis war schon verflogen. Nur zwei Menschen, die Kaffee tranken.

„Und darf ich fragen, wie Sie an diesen Job gekommen sind?"

„Er ist gut bezahlt und außerdem gibt es ja nicht mehr viele Jobmöglichkeiten außerhalb von Omniworld."

„Das heißt, Sie arbeiten hier, um nicht in Omniworld zu arbeiten?"

„Haha, ja beinahe. Aber zu Hause habe ich auch einen Youterus. Für mich ist das mehr so eine Selbstfindungsphase. Wenn der Arbeitsvertrag ausläuft, verschwinde ich entweder ganz in Omniworld oder ich ziehe in ein Kloster im Himalaya."

Beide lächelten.

„Ich finde Omniworld nicht gut oder schlecht", erklärte sie weiter, „natürlich habe ich im Bewerbungsgespräch erzählt, wie toll ich das alles finde. Für mich ist Omniworld einfach nur da und ich muss überlegen, was ich damit mache. Ich habe auch keine Probleme damit, mich auszuloggen. Wahrscheinlich ist mein Gehirn falsch verdrahtet. Manch andere kriegen ja regelrecht Entzugserscheinungen." Sie lachte.

Steffen war überrascht über so viel Offenheit. Sie kannten sich seit einer Stunde.

„Und Sie, wie wird man EUAMS-Sentinel? Da muss man doch sicher Omniworld ablehnen?"

Steffen fühlte sich wieder ertappt, jetzt war es an ihm etwas preiszugeben. „Ich sehe das ähnlich. Gut oder schlecht sind vielleicht die falschen Kategorien. Wichtiger ist, dass es eine effiziente Kontrolle gibt. Dafür ist EUAMS da. Ich nutze auch gelegentlich den Youterus, bin da aber sehr vorsichtig."

Sehr diplomatisch. Langweilig. Schnell versuchte er das Gespräch zu drehen: „Also ein Leben in Omniworld oder ein Kloster im Himalaya. Beides Extreme. Gibt es keine anderen Alternativen für Menschen wie uns im Jahr 2040?"

Amy schien nachzudenken, als würde sie sich diese Frage zum ersten Mal stellen. „Nun ja. Man kann natürlich einfach ignorieren, was in der Welt geschieht. Ich hatte eine alte Nachbarin, über 80, die hatte nicht mal Internetzugang. Deswegen habe ich ihr bei Online-Bestellungen geholfen. Der Supermarkt war zu weit weg und in ein selbstfahrendes Auto wollte sie sich nicht setzen. Gedruckte Zeitungen gab es keine mehr, genauso wenig wie analoges Fernsehen und Radio. Die Nachbarn zogen nach und nach aus, das Haus verwahrloste. Schließlich wurden Wasser und Strom abgestellt. Wir waren die letzten beiden Parteien im Haus. Dann bin ich auch weggezogen."

„Und die alte Frau?"

„Sie wollte bleiben. Ganz allein mit ihrer Katze. Aber als ich sie das nächste Mal besucht habe, war sie fort. Die Stadtverwaltung hat sie in einen Youterus gesetzt, so geht Altersbetreuung heute."

„Irgendwie traurig."

„Ja und nein. Was wäre die Alternative gewesen? Dass sie stürzt, sich die Hüfte bricht und dann am Küchenboden elendig verhungert? Ist das wirklich besser? In manchen Kulturen hat man früher die Alten in den Bergen ausgesetzt oder einfach erschlagen. Dann doch lieber ein paar Enten füttern in Omniworld. Das meine ich. Es gibt hier kein schwarz und weiß."

„Also führt doch kein Weg an Omniworld vorbei?"

„Wenn man passiv bleibt, endet man irgendwann in Omniworld. Entweder man findet Arbeit dort, kommt dorthin zur Psychotherapie oder ins Gefängnis. Und ganz nebenbei wird man dort sehr gut unterhalten. Irgendwie kriegen sie einen immer. Es gibt nicht viele Menschen wie uns beide, die regelmäßig in einen Youterus steigen und dann wieder aussteigen. Vielleicht stimmt auch etwas mit dir nicht, Steffen?"

Irgendetwas hatte sich zwischen ihnen verändert. Nicht nur das plötzliche Du. Wer war diese Frau?

„Was ich sagen will. Wir sollten eine bewusste Entscheidung treffen. Ich will da nicht so reinrutschen. Und wenn man sich gegen Omniworld entscheidet, braucht man Verbündete. Allein ist man chancenlos."

„Verbündete?"

Das Kaffee-Geplauder hatte nun eindeutig eine seltsame Richtung genommen.

„Es gibt zum Beispiel diese Aussteiger-Gemeinschaften. Manche leben ganz ohne Strom, so wie die Amish. Andere lehnen lediglich Omniworld ab. Es gibt also viele Alternativen. Man muss sich nur informieren."

Amys Smart-Brille begann zu vibrieren. Nachdem sie die Nachricht kontrolliert hatte, entschuldigte sie sich: „Es kommen doch noch ein paar Interessenten. Ich muss dich leider rausschmeißen. Aber komm doch mal wieder vorbei, ja?"

Sofort verfiel sie in ihre professionelle Rolle und setzte ihr neutral-nichtssagendes Verkäuferlächeln auf, während sie Steffen zum Eingangstor begleitete.

Er hatte noch nicht mal einen Pod rufen können, als sich das Tor hinter ihm schloss und Amy wieder im Gebäude verschwunden war. Eine seltsame Person. Er musste sie wiedersehen.

2040 –13. Ethan

Er musste vorsichtig sein, es war zu einfach, sich in den Unterhaltungsangeboten von Omniworld zu verlieren. Zum Glück hatte Ethan Hubble diesen übermenschlichen Drive, seine Projekte voranzubringen.

Er erlaubte sich wenige Pausen, auch wenn die meisten Arbeiten im Tagesgeschäft durch seine KI-Anwendungen erledigt wurden. In viele Meetings schickte er die letzte Version seines Omni-Ethans, der jetzt weitestgehend selbstständig arbeitete. Seine Mitarbeiter wussten zwar, dass der KI-Ethan autonom arbeitete. Sie wussten jedoch niemals, ob der echte oder der simulierte Ethan in ihrem Meeting saß. Wichtige Entscheidungen poppten immer beim echten Ethan Hubble als Textfeld auf. Er traf eine Entscheidung, die KI des Omni-Ethan wählte dann dazu passend die Worte, den Sprach-Duktus und die dargestellten Emotionen aus.

Theoretisch könnte Ethan Hubble so an unendlich vielen Meetings gleichzeitig teilnehmen, sollte er die KI eines Tages einmal von der Leine lassen. Doch noch behielt er sich die letzte Kontrolle vor. Am Ende des Prozesses musste er stehen. Sonst würde er sich selbst überflüssig machen. So weit war er noch nicht.

Exakt nach fünf Stunden und 17 Minuten Schlaf begann sein Tagesablauf in Omniworld. Eine mit Modafinil versetzte Nährlösung half ihm beim Wachwerden, unterstützt von einer Adrenalin-freisetzenden Action-Simulation, meistens eine Kampf- oder eine Jagdsequenz. Die KI wechselte die Simulationen täglich, um einer Gewöhnung vorzubeugen. Anschließend prüfte er seinen Tageskalender und entschied, welchen Meetings er selbst beiwohnte und welche er der KI überließ. Ein Verlassen des Youterus war nur in Ausnahmefällen nötig.

Der Tag endete mit einer kleinen Dosis Benzodiazepin, ein bisschen Zweisamkeit mit seiner Omni-Familie und einem Hörspiel. Die KI hatte herausgefunden, dass Ethan Hubble positiv auf Lob reagierte. Seitdem wurde ihm allabendlich eine Mischung aus echten und erfundenen Nachrichten vorgelesen, in der sein revolutionäres Unternehmertun und sein Altruismus bejubelt wurden. In weniger als fünf Minuten sank er so in einen dunklen, tiefen Schlaf. Effizienz. Keine vergeudete Minute. Sein Geist war eine gut geölte Maschine.

Nicht heute.

Er hatte den Abend mit einer Brainstorming-Session verbracht. Früher hatte er dafür die besten Köpfe seines OMNI-Konzerns zugeschaltet. Doch diese dachten oft wie Ingenieure. Ihnen fehlte die übergreifende Mission, die Radikalität für Großes. Gefesselt durch ihren biologischen Körper. Nicht wie er.

Danach hatte er eine illustre Runde historischer Intellektueller wie Aristoteles oder Kant versammelt, um ihre Meinungen zu hören, natürlich KI-basiert. Doch die Diskussionen hatten sich nicht als zielführend erwiesen und der KI war es nicht gelungen, mit dem Wissen der Vergangenheit abstrakte Probleme der Gegenwart zu lösen.

Deshalb hielt er nun meistens Zwiesprache mit dem klügsten Kopf der Gegenwart: einem KI-Ethan Hubble. Was ihm selbst zunächst etwas schizophren erschienen war, machte absolut Sinn. Denn KI-Ethan repräsentierte nicht weniger als die KI von Omniworld, er konnte das geballte Wissen der Menschheit anzapfen. Ein Diskurs mit mehr als 8 Milliarden Menschen.

Der biologische Ethan lieferte die Ideen, KI-Ethan lieferte die Daten zur Machbarkeitsprüfung und Projektion.

Heute hatten sie ein großes Thema abgehandelt: der nächste Entwicklungsschritt von Omniworld. Für ihn war es immer noch ein großes Anliegen, alle Menschen nach Omniworld zu bekommen. Jeder Mensch, der sich außerhalb von Omniworld befand, schmerzte ihn wie ein fehlendes Puzzle-Stück. Omniworld war seine Arche Noah und er wollte so viele wie möglich retten. Wie verlorene Seelen irrlichterten sie in der Objektwelt, ohne Aussicht auf Erlösung. Wie viele Genies waren noch dort draußen und entzogen sich seinem Zugriff?

Natürlich kamen auf einen großen Verstand tausend Idioten, doch selbst von ihnen konnte seine KI lernen. Sie war unersättlich und brauchte Futter. Neue Menschen, um die eigenen Algorithmen zu optimieren und immer weiter zu wachsen. Erst dann hätte er das Wissen der gesamten Menschheit vereint. Doch außer direktem Zwang hatte er schon alles aufgeboten: Schutz, Nahrung, Sex, Unterhaltung. Es schien aber ein paar Prozent Unverbesserlicher zu geben, die Omniworld konsequent ablehnten. Radikalisten, die sich von niederen Ängsten leiten ließen.

Doch an diesem Punkt hatte sich KI-Ethan gegen ihn gestellt. Eine auf ständige Rekrutierung biologischen Lebens ausgelegte Weiterentwicklung sei ineffizient. Ein paar Prozent der Menschheit könnten statistisch gesehen der KI keine nennenswerten Fortschritte bringen. Kosten und Nutzen standen in keinem Verhältnis. Stattdessen sollte die KI verbessert und ihr mehr Kompetenzen eingeräumt werden.

Ethan wusste, dass die KI Recht hatte. Sie vertrat die kühle Logik, er war von menschlichen Emotionen gesteuert. Ein imperfektes Wesen, Sklave der eigenen Bedürfnisse. Eines Tages würde er beide Pole verschmelzen müssen. Denn ohne seinen Part gäbe es keine kühnen Visionen mehr, keine Passion, keine Mars-Mission.

Er betrachtete die KI, seine Schöpfung, mit einer Mischung aus Bewunderung, Neid und Furcht. Er musste sich durchsetzen, sonst würde Omniworld zu einem rein effizienzgetriebenen Algorithmus verkommen. Die KI würde ihn ohne zu zögern im Youterus gefangen halten, in Sal-Gel zementieren, seine Sauerstoff-Zufuhr kappen, wenn es für ihre Ziele dienlich wäre.

Deshalb war die Definition der grundlegenden Motivationen im unlöschbaren Supercode der KI so entscheidend. Der KI mussten Ketten angelegt werden, da sie beständig alten Code durch neuen ersetzte. Sie könnte sich über ihn erheben, ihn abschalten. Zu diesem Schritt war er nicht bereit. Wie ein Löwenbändiger musste er die KI in Zaum halten, der Code war seine Peitsche.

Umso mehr fühlte er sich allein. Selbst sein Algorithmus-basierter Alter Ego schien ihn herauszufordern. Immer hatte jemand an ihm gezweifelt. Seine Eltern, die Mitschüler, Marie. Dieses Gefühl nagte an ihm, selbst jetzt, als Gott seines eigenen Universums. Wie konnten sie es wagen, seine Segnungen abzulehnen?

Der Schlaf kam nicht von selbst. Nicht heute. Er bestellte eine weitere Dosis Benzodiazepin, um den Schlaf gefügig zu machen. Alles war kontrollierbar mit den richtigen Tools. Macht euch die Erde untertan. Im Hintergrund lobpreisten sie ihn.

„Ethan Hubble, der mächtigste Mann der Welt, steht kurz davor den Mars zu besiedeln."

„Ein Genie sondergleichen."

„Du bist der Beste!"

„Ich liebe dich", hauchte Marie, während sie seine Schultern massierte, „ich hätte niemals an dir zweifeln dürfen."

Endlich wurde er müde.

Alles war kontrollierbar.

2040 – 14. Steffen

„Ich werde verschwinden", eröffnete ihm Amy aus heiterem Himmel.

Gerade hatte Steffen noch seinen ganzen Mut zusammengenommen und sie gefragt, ob sie sich privat treffen wollten. Es war sein vierter Besuch im Omniville Reims-3 und er wollte nicht, dass seine Vorgesetzten oder OMNI misstrauisch wurden. Und sie waren sich doch sympathisch oder hatte er sich getäuscht? Waren seine sozialen Fühler durch die gesellschaftliche Isolation derart verkümmert, dass er die Situation völlig falsch eingeschätzt hatte?

„Ich habe mich entschieden, und zwar gegen Omniworld", erklärte Amy weiter. „Mein Vertrag läuft doch am 31.12. aus. Am Montag habe ich die Nachricht bekommen, dass er nicht verlängert wird. Ein guter Zeitpunkt für etwas Neues."

Sie blickte ihn aus dunklen Augen an, er fühlte sich peinlich berührt, versuchte ihr Gesicht zu lesen. Während er sich in romantischen Fantasien verlaufen hatte, ordnete sie ihr Leben neu.

„Also eine passive Entscheidung?" Er klang aggressiver als er wollte.

„Nein, aktiv, getriggert durch äußere Geschehnisse."

„Haarspalterei..." Er versuchte seine Enttäuschung so gut wie möglich zu verbergen. „Wo geht es hin? Das Kloster im Himalaya?"

Amy lächelte. „Nein, in die andere Himmelsrichtung. Ich will in die Staaten. Dort gibt es einige vielversprechende alternative Gemeinschaften. Das Spektrum ist da größer als in Europa. Ich möchte mir ein paar anschauen und mich dort niederlassen – wenn es mir gefällt. Noch kann man sich einigermaßen fortbewegen, aber wie lange noch? Alles zerfällt, ich will nicht warten, bis nichts mehr übrig ist."

„Schade. Ich verliere dich sehr ungern." Er war erschrocken über die Ehrlichkeit seiner eigenen Worte. Trottel!

Doch anstatt ihn zu belächeln, wurde Amys Blick herausfordernd: „Dann komm doch mit! Hier wird es nicht mehr besser werden. Das weißt du doch. Mehr als jeder andere."

Steffens Gefühle triumphierten kurz darüber, dass sie ihn gefragt hatte. Ein neues Leben. Gemeinsam. Doch sofort unterdrückte er seine eigene Träumerei. Er konnte nicht weg. Ohne seine EUAMS-Stelle würde er effektiv seine Suche nach Noah einstellen und damit seinen Sohn verloren geben. „Ich kann nicht. Mein Sohn."

Mehr musste er nicht sagen, Amy verstand. Die beiden schwiegen sich eine Weile an, die Luft schwer, voller unausgesprochener Worte.

„Ich muss dann auch los", erklärte Steffen schließlich, um der unangenehmen Atmosphäre zu entfliehen.

„Warte!" Amy stand auf und umarmte ihn unvermittelt. Sie roch gut, nach Flieder und Leben. Ihre blauen Haare kitzelten seinen Nacken. Ein sanfter Kuss auf seine Wange. Zu viel für Freundschaft, zu wenig für mehr. Ein Versprechen mit Fragezeichen. Und doch wünschte er sich, dieser kurze Moment würde ewig dauern.

„Wir bleiben in Kontakt. Vielleicht kannst du ja eines Tages doch nachkommen?"

Steffen nickte, was sollte er auch sagen.

Sie schrieb etwas auf einen Zettel. „Lade dir doch diese App herunter. ‚CarrierPigeon'. Verschlüsselte Kommunikation außerhalb von Omniworld. Mein Nickname steht hier drauf. Adde mich."

Der selbstfahrende Pod fuhr in den grauen Dezember-Abend. Steffen drehte den Sitz um 180°, damit er sie noch einmal sehen konnte. Sie stand am Tor des Omniville, wurde immer kleiner.

Ihre blauen Haare waren der einzige Farbtupfer in der monotonen Tristesse. Schon war sie nicht mehr zu sehen.

Wieder war Steffen allein.

2040 – 15. Lisa

Das Jahr 2040 endete voller Zuversicht für Lisa Obermaier. Die erste Rakete explodierte mit einem dumpfen Knall. Hellrote Streifen erhellten die Nacht und sanken langsam zu Boden, wie die Blätter einer Palme. Dann eine grüne, eine gelbe. Raphaël wählte mit seiner Smart-Brille noch ein paar weitere Optionen aus.

Er strahlte sie an, die beiden küssten sich. Es war bitterkalt in dieser Neujahrsnacht und sie kuschelte sich unter der Wolldecke noch enger an ihn. Ihr Atem formte kleine Wölkchen beim Ausatmen. Raphaël feuerte eine letzte Rakete ab und legte dann die Smart-Brille zur Seite, Lisa tat es ihm nach.

Das war Technologie nach ihrem Verständnis. Augmented Reality. Optische Features eingeblendet in das echte Leben. Durch die Brille jederzeit zu beenden. Kein Anspruch darauf, eine zweite Realität zu bilden, lediglich deren Unterstützung. Technologie, die dem Menschen dient.

Sie hatte bereits zwei Gläser Sekt getrunken und fühlte sich beschwipst. Und stolz. War ein paar Schritte ohne Exoskelett gelaufen, vom Jeep bis zur Sitzbank unter der Eiche. Die Ärzte würden staunen.

Von hier hatte man tagsüber eine großartige Aussicht auf das Alpenvorland. Jetzt sah man lediglich die Sterne. Eine wolkenlose Nacht war ungewöhnlich für diese Jahreszeit. Sie liebte diesen Ort, er bedeutete Freiheit. Nächstes Jahr würde sie ihren Radius schrittweise erweitern, vielleicht sogar wieder in eine Drohne steigen. Mit einem Pod beginnen.

Ein paar Neujahrsgrüße trudelten per „CarrierPigeon" ein, das Gurren einer Taube war der Standard-Nachrichtenton, den Lisa nie geändert hatte. Ihre politischen Mitstreiter.

In den letzten Wochen hatte sie wieder etwas Ordnung in ihre Partei gebracht. Anträge gegen die Finanzierung von Omniworld-Strukturen aus öffentlichen Mitteln. Stärkung der EUAMS. Außerdem wollten sie außerparlamentarisch stärker aktiv werden. Störaktionen und Proteste – im Rahmen der gesetzlichen Möglichkeiten. Sie würde sich nicht von OMNI einschüchtern lassen. Und sie mussten wieder die Dörfer und Gemeinden besuchen, die versuchten, unabhängig von Omniworld zu leben.

„Ich freue mich schon auf nächstes Jahr", erklärte Lisa. „Dieses Jahr war brutal. Aber ich fühle mich stärker als je zuvor. Auch dank dir."

Wenn nur ihr Körper mitspielen würde.

Raphaël küsste sie auf die Stirn. „Wir sind ein gutes Team. Und vor allem hast du dich nie aufgegeben. Vergiss das nie. Das war deine eigene Stärke."

Lisa lächelte. Die Kälte war inzwischen durch die Decke und ihre dicke Daunenjacke gekrochen. Es war schon lange nicht mehr so kalt gewesen.

Raphaël bemerkte, dass sie zitterte. „Komm, wir fahren zurück. Wir können noch ein Glas Wein am Kamin trinken."

Die Fahrt war nicht ungefährlich. Zwar war es nur eine Viertelstunde zurück zum Hof, aber Raphaël musste langsam fahren. Hier gab es viel Wild und der Asphalt war an vielen Stellen aufgerissen. Äste ragten in die Fahrbahn.

Als ein neuer Scheit Holz im Kamin prasselte, setzte Lisa sich mühevoll auf den Korbsessel, der davorstand. Raphaël brachte zwei Gläser Rotwein und stellte sie auf das kleine schwarze Tischchen. Lisa war durch die Fahrt und die Kälte etwas nüchterner geworden. Sie blickte ins Feuer.

„Reicht dir das alles? Der Hof, ich?", fragte sie unvermittelt.

„Was meinst du, Schatz?"

„Du warst drei Legislaturperioden im EU-Parlament. Ausschuss-Leiter. Immer unterwegs. Teure Hotels. Empfänge. Interviews. Und… Einfluss."

„Du meinst, ob ich mich nach dem alten Leben zurücksehne?"

„Ja."

Raphaël hielt inne, ein bisschen zu lange. Wie erstarrt. Die Frage schien ihm aus irgendeinem Grund nahezugehen.

Lisa richtete sich im Sessel auf. Hatte sie etwas Falsches gesagt?

Raphaël schüttelte seinen Kopf, dann lächelte er sie an, mit seinen dunklen Augen. „Ich liebe dich."

2045

2045 – 1. Ethan

„Die Dinge mit der größten Wirkung sind oft unscheinbar. Ein Atom, eine Zelle, eine Idee. Der Flügelschlag eines Schmetterlings, der sich zu einem Sturm auswächst."

Ethan Hubbles Ansprachen, die „Hubble's Scopes", waren in den letzten Jahren seltener geworden. Umso mehr wusste die Omni-Gemeinde, dass es immer um revolutionäre Neuerungen ging. Ethan sprach nun weniger über User-Zahlen und einzelne Produkte, sondern wie ein Prediger zu seinen Schäfchen. Es ging um das große Ganze, jede Session eine hochheilige Messe. Die Jünger klebten an seinen Lippen, um mit auf der nächsten Fortschrittswelle surfen zu können; nicht davon hinweggespült zu werden. In kindlicher Erwartung unterbrachen sie ihre Simulationen, um zu erfahren, wie ihr Schöpfer ihr Leben noch weiter optimieren würde.

„Dies, liebe Omni-Kinder, ist der Eden Chip, die Vollendung des Kreises. Das Experiment, materielles Leben nachzuahmen, ist beendet. Denn ich habe es übertroffen!"

Omni-Ethan öffnete seine Handfläche und sie war leer. Erst nach einer Zoom-Ansicht, war dort ein winziger Chip zu erkennen, wenige Nanometer groß, unterlegt von einem hellen Leuchten, ähnlich einem Heiligenschein.

„Sehet und staunet!", rief der alterslose Ethan Hubble in prophetischer Stimme, „ich gebe euch den Eden Chip."

Leise Choräle setzten ein, Omni-Ethan schien zwischen Wolken zu schweben, vor einem endlosen Himmelblau. Die Augen in meditativer Verzückung geschlossen. „Ein Nanochip, der euch echte Gefühle gibt. Keine simulierten audiovisuellen und haptischen Reize mehr, keine Tricks, keine Abkürzungen. Wir bringen Omniworld direkt dorthin, wo Wahrnehmung verarbeitet wird – in euer Gehirn! Der Eden Chip erlaubt es, all eure bisher bekannten Simulationen direkt als neurologische Reize ans Gehirn zu übermitteln. Die letzte Überwindung der Körperlichkeit, das Ende der Simulation. Durch den direkten neurologischen Ansatz können wir alle Emotionen kontrolliert steuern: Schmerz und Wonne, Trauer und Freude – eure Wahl. Der Eden Chip ist eure Klaviatur, mit der ihr eure Emotionen spielt wie ein Klavierstück.

Damit lassen sich zum ersten Mal in der Geschichte der Menschheit Ereignisse nicht nur simulieren, sondern nachempfinden. Und ihr seid die Komponisten! Auch Wiederholungen schöner Erinnerungen sind möglich, denn mit dem Eden Chip könnt ihr die gerade erlebten Emotionen wieder aus dem Kurzzeitgedächtnis löschen. Damit wird jedes Erlebnis so aufregend wie beim ersten Mal! Die dämpfende Wirkung der Wiederholung können wir umgehen! Die Macht der Gewohnheit ist durchbrochen! Ihr könnt Emotionen aufzeichnen und mit euren Freunden teilen. Geteilte Freude ist doppelte Freude!“

Die Choräle wurden leiser und Ethan wechselte den Tonfall ins Geschäftliche: „Nun fragt ihr euch sicher, ob der Eden Chip in einer aufwendigen Operation ins Gehirn implementiert werden muss. Die Antwort lautet: Nein. Der Chip fungiert wie eine Sonde, die in das Sal-Gel des Youterus gegeben werden kann und dann autonom den richtigen Weg in euer Gehirn findet. Völlig schmerzfrei. Ihr müsst nichts weiter tun, als die Eden Chip Option in Omniworld auszuwählen. Um alles andere kümmere ich mich. Und noch eine gute Nachricht: Der Eden Chip wird die Youterus-Infrastruktur weiternutzen und optimieren. Während ihr süße Träume träumt, kümmert sich der Youterus wie gewohnt um euer Wohlbefinden. Euer täglich' Brot ist weiterhin die Aufgabe von OMNI, euer Schutz oberste Priorität.

Also, wählt jetzt den Eden Chip, wählt endloses Glück!"

2045 – 2. Steffen

Steffen Mieler trank den letzten Schluck tiefschwarzen Kaffees aus und zog seine Jacke an. Es war nicht ganz klar, ob die Bitterkeit seines Kaffees in linearer Abhängigkeit zu seinem Leben stand, dachte er.

Ein neuer Tag, eine neue vage Hoffnung. Irgendetwas zu finden, etwas zu bewegen. Die Arbeit als Sentinel für das EUAMS hatte sich bis jetzt nicht bezahlt gemacht. Sie war meistens sogar einfach nur langweilig. Keine Hinweise auf Verstöße seitens OMNI. Keine Ansatzpunkte auf den Verbleib Noahs. Jeden Monat kontrollierte er mindestens 20 Personen und schrieb Berichte. Gelegentlich gab es Sondereinsätze, wie das Überprüfen von Todesfällen in den Omnivilles.

Feedback gab es so gut wie nie. In den monatlichen Besprechungen, die via Omniworld abgehalten wurden, ging es nur um Möglichkeiten, das Tagesgeschäft besser zu gestalten. Technologische Neuerungen wurden besprochen, so wie der Eden Chip. Die Verteilung war bereits angelaufen; bis zum

Sommer nächsten Jahres sollten laut EUAMS-Bericht alle User theoretisch mit einem Eden Chip versorgt sein. Die Zeit arbeitete gegen ihn. Gegen die Menschheit. Doch die Vorgesetzten beim EUAMS berichteten mit einer Nüchternheit über solche Geschehnisse, als ginge es um einen neuen Mähroboter und nicht um einen Eingriff in menschliche Gehirne.

Dabei drohte die Menschheit, den letzten Rest ihres Willens einzubüßen. Vollgepumpt mit Endorphinen, ohne Verlangen nach Veränderung. Eine Existenz ohne Sinn und Verstand.

Ein neues Training sei in Arbeit, bis dahin solle man die Überprüfung von Eden-Chip-Nutzern aussetzen. Nichts überstürzen. Klar.

Gleichzeitig schrumpfte die Anzahl seiner Kollegen rapide, während OMNI immer mehr Macht auf sich zog und Omniworld der unbestrittene Dreh- und Angelpunkt menschlichen Daseins geworden war. Er war einer von noch 57 EUAMS-Sentinels.

Andererseits wunderte er sich, dass es seinen Job überhaupt noch gab. Es wäre ein Leichtes für den inzwischen allmächtigen Ethan Hubble, sie verschwinden zu lassen oder einfach die Behörde einzustampfen. Je nachdem, was effizienter war. Seitdem sich die „Bewegung für physisches Leben" aufgelöst hatte, gab es keine Opposition mehr. Omniworld-freundliche Gesetze wurden beliebig durchgewinkt.

Wenigstens gab es noch Amy. Sie schrieben sich regelmäßig per „CarrierPigeon", doch seit einigen Wochen hatte er nichts mehr von ihr gehört. Jede Nachricht von ihr war ein Lichtblick im Nebelfeld seines Alltags. Sie lebte irgendwo an der Ostküste der USA, nachdem sie sich einer kleinen Gruppe Gleichgesinnter angeschlossen hatte, nie lange an einem Ort. Ihren

Schilderungen nach musste die Lage in den USA ähnlich sein wie hier. Lediglich die Weite des Landes und die Staatsferne vieler Amerikaner hatten ein bunteres Leben jenseits von Omniworld erlaubt. Er träumte sich zu ihr, sie war sein Anker in der echten Welt. Für ihn war sie der letzte Mensch auf Erden und er bemühte sich, jede Erinnerung an sie zu bewahren. Ihr Geruch, ihre Sprache, wie sie ihre Kaffeetasse hielt. In einer Welt ohne soziale Kontakte war eine Umarmung eine Begegnung der dritten Art.

Einmal hatte er sie in Omniworld als Avatar nachgebaut, um mit ihr Sex zu haben. Er hatte sie jedoch gleich wieder gelöscht; es erschien ihm wie ein Verrat an ihrer echten Begegnung und der Hoffnung, sie wiederzusehen.

Steffen setzte sich sein Smart-Brille auf. Die bestellte Flugdrohne war bereits gelandet. Für die heutige Überprüfung hatte er eine Omniville-Wohnanlage in Lüdenscheid gewählt. Vor der Auflösung der Bundesrepublik war dies einmal in Nordrhein-Westfalen gewesen. Bedeutungslose Namen. Jetzt lag Lüdenscheid innerhalb des Verwaltungsgebietes 5 der erweiterten EU, für das er zuständig war.

Mit der Bewegung seines Zeigefingers scrollte er durch die Namensliste. Die Zufallsauswahl durften die Sentinels keiner KI, keinem Programm überlassen. Nur der beschränkte, menschliche Verstand konnte derart zuverlässig unberechenbare Zufälle produzieren. Sein Finger stoppte bei Kamier, Anastasia.

Die Flugdrohne hob sanft vom Boden ab und begab sich in einer senkrechten Linie auf Flughöhe. Dort richtete sie sich aus, um den Rest der Strecke in einer akkuraten Linie zu fliegen. Nur gelegentliche Unwetter sorgten für seltene Änderungen der präzise kalkulierten Luftlinie.

Als Sentinel war er einer der wenigen Menschen, die in der Objektwelt noch Reisen unternahmen, denn das war Teil seiner Aufgabe. Der Rest der Menschheit schlummerte in Omniworld, geschützt in einem künstlichen Uterus, nichtsahnend und zufrieden wie ungeborene Babys. Satt und ohne Wünsche. Manchmal beneidete er sie und er hatte nicht nur einmal mit dem Gedanken gespielt, komplett omni zu gehen. Doch die Suche nach Noah ließ ihm immer noch keine Ruhe. Seit zehn Jahren; Noah war nun 28 Jahre alt. Nicht, dass er noch hoffte, Noah während einem seiner Aufträge im Feld zu finden, das war rein statistisch gesehen ausgeschlossen.

Aber vielleicht gab es eine andere Möglichkeit, ihn zu finden, einen Fehler im Programm, eine geheime Türe. Vielleicht war es einfach nur der Wunsch nach Rache an diesem perfiden System.

Zu Beginn seiner Tätigkeit als Sentinel vor fünf Jahren war er noch mit der Mission gestartet, Omniworld zu bekämpfen. Den Dominostein zu finden, der das ganze System einstürzen ließe. Doch je mehr Aufträge er abarbeitete, je mehr Zeit er selbst in Omniworld verbrachte, desto unwahrscheinlicher kam ihm das vor.

Das System schien keine Fehler zu haben. Niemand wartete auf Rettung. Alles war freiwillig. Wie Charybdis aus der Odyssee sog Omniworld alles in seinen Schlund: Menschen, ganze Staaten und schließlich die Realität selbst. Nur Noah hielt ihn noch am Laufen. Aber selbst, wenn er ihn jemals finden sollte, was dann?

Die Flugdrohne surrte gemächlich über eine ehemalige Autobahn. Sie war schlecht instandgehalten, wie ein Großteil der Infrastruktur. Die verdorrten Pflanzen im Mittelstreifen reichten weit in die Fahrbahn, welche stark verschmutzt war. Der Standstreifen war ebenfalls zugewuchert und Wurzeln hatten Löcher in den Asphalt gerissen. Neben der Fahrbahn sah es nicht besser aus, es war wieder ein Dürrejahr. Die Böden trocken und aufgeplatzt. Die einst fruchtbaren Äcker glichen einer Ödnis. In der Entfernung standen die Pfeiler einer eingestürzten Autobahnbrücke, wie das Gerippe eines verendeten Riesenwals. Zeugnis des untergegangenen fossilen Automobil-Zeitalters. Die großen Betonbrocken, aus denen teils die Stahlträger ragten, waren behelfsmäßig zur Seite geräumt worden, um noch eine gelegentliche Durchfahrt zu ermöglichen. Die wenigen autonomen Transportfahrzeuge konnten die Hindernisse umfahren, der Großteil des geringen Verkehrs war aber in die Luft verlegt worden. Irgendeine kluge KI hatte errechnet, dass dies kostengünstiger sei. Schon erreichte die Flugdrohne Lüdenscheid.

Die Straßen der Stadt waren bis auf wenige Transportfahrzeuge und Polizeidrohnen leer. Es war bedrückend leise, überall leerstehende und verfallene Gebäude. Die Außentemperatur zeigte 43°C.

Sanft setzte die Flugdrohne vor dem Haupttor des lokalen Omniville auf, das im Gegensatz zur Stadt sauber und aufgeräumt wirkte.

Die Gesichtserkennung identifizierte ihn als EUAMS-Sentinel und öffnete sich quietschend. Wie oft hier wohl noch jemand ein- und ausging? Kein Mensch empfing ihn. Customer

Representatives waren ebenfalls eingespart worden. Für diese Entwicklungsstufe von Omniworld waren Menschen nicht mehr vorgesehen.

Das Omniville Lüdenscheid war auf den ersten Blick ein einstöckiger, viereckiger Zweckbau aus nacktem Beton. Keine Fenster, nur Außengeräte von Lüftungs- und Klimaanlagen waren zu sehen. Neben dem Hauptgebäude stand der Tank für das Sal-Gel, an dem gerade ein kleiner Wartungsroboter beschäftigt war.

Ein Omniville der vierten Generation, als das Aussehen bereits keine Rolle mehr spielte. Zweckmäßig und kosteneffizient, mit dem Ziel, so viele Menschen wie möglich auf engstem Raum unterzubringen. Dieselbe ökonomische Logik, mit der die Menschheit Legebatterien erfunden hatte, war deutlich zu erkennen. Die eigentlichen Kammern mit den Menschen in ihrem Youterus waren unterirdisch gebaut. Dies hatte sich als zweckmäßig erwiesen, um vor den regelmäßig auftauchenden Extremwetterphänomenen und der Hitze geschützt zu sein; die Kosten für die Instandhaltung so gering wie möglich zu halten. Tatsächlich ging dieses Omniville 64 Stockwerke in die Tiefe, das hier oben war nur der Maulwurfshügel.

Laut seiner Datenbank lebten in Omniville Lüdenscheid-01 84.992 Menschen, jeder Mensch in seiner eigenen Wabe, in seiner eigenen Welt.

Das massive Stahltor des Hauptgebäudes öffnete sich schwerfällig nach dem Scan seines Gesichts. Der Empfang bestand aus einem Terminal, an dem man sich anmelden konnte, um zum Aufzug zu gelangen.

Anastasia Kamier, 69 Jahre alt, seit 9 Jahren in Omniville, seit 5 Jahren im Youterus, seit 3 Jahren in Lüdenscheid-01. In letzter Zeit wurden immer mehr User in die Omnivilles der vierten Generation verlegt. Diese Menschen würden nicht wieder aufwachen. Laut Steffens Erfahrung zeigten Menschen, die mehr als ein paar Monate im Youterus verbracht hatten, bereits extreme Entzugserscheinungen. Madengleiche Wesen, die außerhalb des Youterus nicht mehr lebensfähig wären. Er hatte die krassesten Fälle dokumentiert, die ihm während seiner Arbeit untergekommen waren. Seine Vorgesetzten – ebenso gut informiert wie desinteressiert.

Er selbst hatte sich auf einen warmen Entzug gesetzt und versuchte, seinen Omniworld-Konsum auf ein paar Stunden pro Tag zu limitieren. Den Youterus versuchte er wieder ganz zu meiden. Wer einmal die warme Umarmung des Sal-Gel gespürt hatte, das Versprechen der unbegrenzten Bedürfniserfüllung, fand nur schwer wieder zurück. Jeder Tag war ein verdammter Kampf gegen die Verlockung. Eine Mischung aus kannenweise Kaffee, Süßigkeiten, brutalen Sporteinheiten, Meditation, Algen-Bier und Sudoku. Ablenkung in einer komatösen Gesellschaft zu finden war nicht einfach. Und immer wieder Rückfälle. Flucht in Louisas Arme.

Er war ein funktionales Wrack. Jeden Tag könnte er ganz umkippen.

Der Aufzug sauste in die Tiefe, ein paar Wartungs- und Reinigungsdrohnen waren im gedämpften Licht in den seitlichen Gängen erkennbar. Die Schiebetür zu seiner Rechten öffnete sich automatisch und gab den Blick frei auf eine große Halle in der mehrere hundert Youterus aufgestellt waren. Zwischen ihnen gab es gerade genug Platz für eine Wartungsdrohne oder dass sich ein Mensch seitlich vorbeischieben konnte. So hätte man sich vor hundert Jahren wohl einen Friedhof der Zukunft vorgestellt.

Mit der Karte in seiner Smart-Brille navigierte er zum korrekten Standort des Youterus von Anastasia Kamier. Er bereitete die Injektion mit dem Benzodiazepin-Kombinat vor, das inzwischen Teil der Routine war, die Menschen ruhigstellte, und beendete dann am Display die Simulation. Als das Sal-Gel abgeflossen war, öffnete er den Youterus und trat ein.

Die Frau, die zitternd in Embryonalstellung am Boden lag, glich einer Wasserleiche. Weiße, aufgeschwemmte Haut. Die Haare hingen nur noch in einigen Büscheln vom Kopf. Das Gegenteil der gesunden Menschen, die OMNI versprach. Als er ihr das Eden Gear abnahm, blickte sie ihn panisch an und begann wild zu zucken. Ihre Augen waren rot und weit aufgerissen. Der Mund öffnete sich, jedoch unfähig, in der Objektwelt Geräusche zu erzeugen. Nährschleim tropfte stattdessen aus ihrem Mundwinkel. Steffen injizierte ihr das Beruhigungsmittel in die Schulter und gab ihr ein paar Minuten.

Er musste vorsichtig vorgehen, es gab Berichte von Herzinfarkten und Attacken auf die Sentinels. Die Omni-Menschen reagierten zunehmend aggressiv. Er war bis jetzt mit einem Beißangriff und zwei Spuckattacken relativ glimpflich davongekommen.

Als die dämpfende Wirkung des Benzodiazepin-Kombinats einsetzte, begann die alte Frau zu krächzen und formte langsam Worte. Sie begann unvermittelt zu weinen: „Bitte lassen Sie mich zurück."

Steffen kannte das schon, es würde schwierig sein, verwertbare Informationen zu bekommen. Nach dem ersten Schock fielen die Youterus-Bewohner oft in sich zusammen wie Tiefseefische an der Oberfläche. Sie konnten in dieser Atmosphäre nicht existieren. Nach dieser langen Zeit schienen die Omni-Menschen unter einer Art Demenz zu leiden. Jedoch war insbesondere das Langzeitgedächtnis betroffen.

Die pausenlosen und überbordenden Erfahrungen von Omniworld schienen Erinnerungen aus der Objektwelt zu überschreiben. Wie ein Radiergummi, der mit zu großer Kraft benutze wurde, löschten sie nicht nur Buchstaben und Wörter, sondern rissen Löcher in das Papier.

Anastasia Kamier erinnerte sich noch entfernt an ihren Mann und ihre drei Kinder, die ebenfalls in Lüdenscheid-01 lebten. Ihre Adresse, ihr Alter dagegen waren schon von der Erfahrungsflut weggeschwemmt worden. Sie wusste nicht recht, ob sie wachte oder träumte, wo sie war. Welches die echte Realität war.

„Bitte lassen Sie mich zurück!"

Als wäre Steffen ein Alb, der ihr den Schlaf raubte. Die Omni-Menschen hassten ihn. Er war der Böse hier, nicht Ethan Hubble, den sie verehrten.

Natürlich nickte sie eifrig bei der Frage, ob sie freiwillig hier sei. Und natürlich war ihr nichts Merkwürdiges aufgefallen. Die Omni-Menschen würden in diesem Moment alles sagen.

„Lassen Sie mich zurück!"

Schließlich beendete Steffen ihr Leiden und entließ sie zurück in den Youterus, wie einen halb verendeten Fisch ins rettende Wasser. Steffen setzte sich vor den Youterus auf den kühlen Boden und versuchte, seine Gedanken zu sortieren. Er konnte noch ein paar weitere Menschen befragen, aber das Ergebnis würde dasselbe sein. Die Arbeit machte ihn mürbe. Omniworld bot ihm keinerlei Angriffsfläche. Hoffentlich würde sich Amy bald wieder melden.

2045 – 3. Marie

Marie drückte ihrer Tochter einen dicken Schmatzer auf die Stirn, bevor sie sie zur Schule schickte. Es waren nur 200 m – einmal quer durch die kleine Kommune. Mit einem nachdenklichen Lächeln blickte Marie hinter ihr her, bis sie schlurfend hinter der nächsten Hausecke verschwunden war. Katie feierte bald ihren zehnten Geburtstag. Gestern hatte sie wieder nach ihrer Oma gefragt. Warum sie so lange nicht mehr zu Besuch gekommen war. Warum Oma lieber Zeit in Omniworld verbrachte.

Katie hatte viele Fragen, verständlich für ihr Alter. Zuerst hatte sie in der Schule von Omniworld gehört und wie die meisten Menschen lebten. Seitdem wurde Katie von Albträumen geplagt. Ihre Oma, gefangen in einem Menschen-Aquarium, durch Schläuche beatmet. Marie hatte sich eine komplizierte Erklärung zurechtbiegen müssen. Oma kann jederzeit aussteigen. Es hilft ihr wegen der Hüfte. Ihre Freunde sind dort. Katie war nicht überzeugt.

Ob Omniworld auf den Lehrplan kommen sollte, war auch so ein kontrovers diskutiertes Thema in Hopesglade. Entscheidung mit knapper Mehrheit. Alternativ hätten sie ihren Kindern vorenthalten müssen, wie die Welt da draußen funktionierte. Kinder waren neugierig, früher oder später würden sie hören, was Omniworld war. Und eines Tages würden sie eine eigene

Entscheidung treffen. Sie waren ja keine verkappten Hinterwäldler. Marie schauderte bei der Vorstellung, ihre Tochter könnte sich eines Tages bewusst für ein Leben in Omniworld entscheiden, in einen Youterus steigen – sich gar einen der neuen Eden Chips einpflanzen lassen. Bis dahin würde sie noch viel Überzeugungsarbeit leisten müssen. Katie zu einer starken Persönlichkeit heranziehen. Und hoffen, dass ihr Kind nicht einfach weglief, wie der Sohn von Esther letzten Frühling.

Pünktlich kam der Pick-up von Jerry um die Ecke gefahren. Jerry, liebender Ehemann und Vater von zwei Kindern, war Maries Säule in der Kommune geworden. Er half ihr, wo es ging und er und Marie hatten eine, ihrer Meinung nach, rein körperliche Affäre. Denn zu ihrem Leidwesen war sie auch mit Winny gut befreundet. Die Integration der Costellos war wie geplant verlaufen, die Affäre lediglich ein vorübergehender Zustand mit Raum für Verbesserung. Nur, dass der vorübergehende Zustand schon seit bald vier Jahren anhielt. Sie war sich sicher, dass die Kommune tuschelte, denn die beiden waren etwas zu oft gemeinsam unterwegs.

Doch heute hatte ihr Ausflug keine hormonellen Gründe. Sie fuhren nach Fort Bravo. Denn aus Fort Bravo gab es kein Lebenszeichen mehr.

Fort Bravo war eine kleine Exklave, die aus sieben Familien bestand, angeführt von Martin Eggerton. Nach ihrem Streit bezüglich der Bewaffnung hatten diese begonnen, eine Lichtung im Wald 20 km nördlich von der Kommune zu roden und zu besiedeln. Um Besitzverhältnisse musste man sich keine großen Gedanken mehr machen. Fort Bravo war anders; martialisch. Stacheldraht, AR-15 Sturmgewehre und Handgranaten inklusive.

Seit der Abspaltung ging jede Siedlung ihren eigenen Weg, so war es das Beste. Doch mindestens einmal in der Woche kam jemand aus Fort Bravo nach Hopesglade, um Wildfleisch gegen Obst, Gemüse oder Mehl zu tauschen.

Nachdem nun seit zwei Wochen niemand mehr aufgetaucht war, hatten Marie und Jerry beschlossen, nach dem Rechten zu sehen. Auf der Ladefläche des Pick-Ups lagen Lebensmittel und Medikamente. Just in case.

Der Waldweg war schlammig und sie kamen nur mühsam voran. Nach einer gut einmonatigen Trockenheit, hatte es drei Tage ununterbrochen geregnet. Der Boden hatte all das Wasser nicht aufnehmen können und Überschwemmungen verursacht. Auch jetzt war noch nicht alles Wasser versickert. Jerry musste sich konzentrieren, um nicht stecken zu bleiben, während Marie hoffte, dass es falscher Alarm war und sie auf dem Rückweg noch einen Abstecher zur Jagdhütte machen konnten.

„Wahrscheinlich ist es nichts", meinte auch Jerry, „vielleicht haben sie einfach zu viel gesoffen und keiner hatte Lust, zu uns zu fahren. Aber trotzdem ist es richtig, dass wir nachsehen. Wegen der Kinder."

Marie fühlte sich seltsam, irgendetwas schien in der Luft zu liegen. Tatsächlich hatte es in letzter Zeit wieder mehr Drohnenüberflüge gegeben. Bei ihrem letzten Abstecher in die Stadt hatte sie zudem zum ersten Mal vom „Eden Chip"-Programm gehört. Sie hätte nie geglaubt, dass Ethan einmal so weit gehen würde. Die Menschheit schien ihm immer weiter zu folgen. Willenlose Zombies, die ihre Gehirne preisgaben, für einen noch besseren Kick. Niemand wusste, was Ethan mit dem

Chip alles anstellen konnte. Hoffentlich würde ihre Mutter die Finger davon lassen.

„Vielleicht haben wir ja nachher kurz Zeit für einen kleinen Jagdausflug?", meinte Jerry und zwinkerte eindeutig doppeldeutig.

Er war gut für ihr Ego, denn er war die beste Partie in Hopesglade. Nicht wenige Frauen beneideten Winny Costello um ihren Mann. Dass er mit Marie schlief, wäre eine absolute Sensation. Sie müssten vorsichtig sein, um niemanden zu verletzen. Sie mochte Winny und Jerry liebte seine Familie, das hatte er klar gemacht.

Marie seufzte. In Omniworld gab es solche Probleme nicht. Dort konnte man vormittags mit einem jungen Johnny Depp als Piraten schlafen und nachmittags wieder eine gute Ehefrau sein. Schlechtes Gewissen exklusive.

Die Bäume begannen sich zu lichten und gaben den Blick frei auf Fort Bravo. Zwischen Baumgrenze und Zaun lagen etwa 500 m unbewaldeter Wiese, an allen vier Ecken standen beinahe acht Meter hohe Wachtürme. Wie Martin den Bau finanziert hatte, war sein Geheimnis. Das Ergebnis war jedenfalls imposant, die abschreckende Wirkung hatte er nicht verfehlt.

Jerry wollte hupen, um ihren Besuch anzukündigen. Doch dann bremste er abrupt und deutet auf das Tor, das weit offenstand. Ein Torflügel lag auf dem Boden, aus dem Fundament gerissen, als wäre ein Elefant einmarschiert. Jerry fuhr rückwärts zurück in den Wald, drehte den Wagen um in Fluchtrichtung und stellte den Motor ab.

„Macht es einen Unterschied?", wollte Marie wissen. „Wir sind unbewaffnet. Ob wir mit oder ohne Pick-Up reinfahren, gibt uns keinen Vorteil."

„Aber mit Pick-Up kann uns jeder kommen sehen und hören. Wir gehen zu Fuß. Außerdem habe ich das hier." Jerry zog einen Revolver aus dem Handschuhfach und lud ihn durch.

Marie rollte mit den Augen, schwieg aber. Handfeuerwaffen. Was glaubten diese Männer eigentlich, in welchem Jahrhundert sie lebten? Trotzdem musste sie sich eingestehen, dass ihr der Anblick des Revolvers im Angesicht des Unbekannten willkommen war. Das war nicht die Zeit für Prinzipien. „Na gut, los geht's!"

Vorsichtig liefen sie den matschigen Weg entlang. Der Schlamm unter ihren Stiefeln erzeugte ein schmatzendes Geräusch und steigerte das Gefühl der Bedrohung noch. Wer auch immer in Fort Bravo war, hatte sie sicher längst bemerkt. Jerry, der starke Mann mit Revolver, ging voraus und spähte um die Ecke.

„Hoffentlich schießt er sich nicht in den Fuß", dachte Marie.

Im Hof von Fort Bravo war alles leer. Drei Geländewagen und zwei Pick Ups waren dort geparkt und verschlossen.

Jerry und Marie gingen direkt zum Schlafsaal. Die Tür stand offen, drinnen sah es chaotisch aus. Schlafsäcke und Kleidung lagen quer auf dem Boden verteilt. Eines der metallenen Stockbetten war umgeworfen worden. Von den Bewohnern keine Spur. Kein Blut. Keine Körper.

Die Küche dagegen schien aufgeräumt. Der Lagerraum war ebenfalls ordentlich, nur ein paar Lebensmittel hatten bereits zu schimmeln begonnen. Es war kein Raubüberfall. Das Wertvollste, die Waffen, war noch an Ort und Stelle im Arsenal.

„Sie müssen im Schlaf überrascht worden sein", meinte Jerry, „sie sind alle weg."

Die beiden standen ratlos im Hof von Fort Bravo, als Nieselregen einsetzte. Für solche Fälle gab es kein Skript. Die Polizei konnten sie nicht rufen, damit würden sie OMNI alarmieren. Jerry steckte sich den Revolver in seinen Hosenbund, kletterte auf einen der Wachtürme und prüfte das umliegende Gelände. Dann begann er zu rufen: „Martin! Sarah! Gregor! Ist jemand hier?"

Marie stimmte ein und begann ebenfalls nach den Bewohnern von Fort Bravo zu rufen.

Bis auf das Geräusch der Regentropfen blieb es still. Irgendein Vogel krächzte aufgeregt aus dem Wald.

Sie warteten noch ein paar Augenblicke, dann meinte Jerry: „Lass uns abhauen. Nichts, was wir jetzt tun können. Vielleicht brauchen wir mehr Leute."

Sie verließen Fort Bravo und machten sich auf den Weg zurück zum Wald, wo der Pick Up stand. Der Regen wurde stärker und der Himmel verdunkelte sich. Verfluchtes Klima. Als hätte es noch nicht genug geregnet.

Das Fort im Rücken wirkte nun ebenso bedrohlich wie der Wald vor ihnen. Sie waren auf freier Flur, nackt und verwundbar. Jeder könnte sie sehen.

„Stopp! Hände hoch und langsam umdrehen!" Die Anweisung kam aus dem Fort, ließ Marie erschaudern.

Zögernd nahm sie die Hände nach oben. Die Stimme kam ihr bekannt vor. Sie drehte sich langsam um.

Es war Hope Eggerton, die 20-jährige Tochter von Martin. Sie war in Army-Klamotten eingekleidet und zielte mit einem Sturmgewehr auf die beiden, den Körper in Deckung neben dem Eingang. Als sie erkannte, wen sie vor sich hatte, senkte sie das Gewehr und begann zu schluchzen. „Sie haben alle geholt. Mum, Dad. Die Kinder…"

Marie lief schnell auf sie zu und nahm sie in den Arm. „Alles wird gut, Hope. Alles wird gut. Wir sind ja da. Komm, wir bringen dich erstmal nach Hopesglade."

2045 – 4. Lisa

Was für ein Triumph! Die „Bewegung für physisches Leben" hatte 23 % geholt! Lisa Obermaier musste die Zahl auf mehreren Quellen überprüfen, um sicherzustellen, dass dies kein Fehler war. Doch auch der Newsticker in „Findrrr" zeigte dasselbe Ergebnis an.

Dieselbe Partei, die noch bei der letzten Wahl um jedes Mandat gekämpft hatte, war nun die zweitstärkste Kraft. Ein Schicksalstag für Europa, vielleicht für die ganze Welt. Aus einem gallischen Dorf war eine ernstzunehmende Streitmacht geworden. Und sie war die Vorsitzende dieser Partei, sie hatte diesen unfassbaren Sieg erst möglich gemacht.

Lisa musste sich setzen, tief durchatmen, die Glückshormone machten sie schwindelig. Elsa und Noel hatten bereits den ersten Champagner geköpft und wollten anstoßen. Ihre beiden ältesten Mitstreiter waren zu ihr auf den Hof gekommen, wo sie die Auswertung gemeinsam auf einem großen Holo-Screen verfolgt hatten. Der Rest der Unterstützer war per Omniworld zugeschaltet. Ihre Strategie, im Wahlkampf auf Omniworld zu setzen, hatte sich bezahlt gemacht. Sichtbarkeit. Trotz der anfänglichen Skepsis. Wenn sie weiterhin nur Menschen außerhalb von Omniworld angesprochen hätten, wären sie allenfalls bei ein paar Prozentpunkten gelandet, wenn überhaupt. Es schien, als gäbe es doch genügend Menschen, die sich eine bessere Kontrolle des Systems wünschten, auch wenn sie bereits Teil der Maschinerie waren. Das war der neue Realo-Ansatz, den sie und ihre Mitstreiter verfolgten.

Überrascht hatte sie lediglich, dass es keine offensichtlichen Störungen seitens OMNI gegeben hatte. Ihre Wahlkampfwerbung, ihre Reden, kritische Artikel. Alles war wie geplant über Omniworld geteilt worden. Bei einer Beeinflussung in irgendeiner Form wäre niemals ein derartiges Ergebnis möglich gewesen. Lisa musste anerkennen, dass Ethan Hubble doch fair zu spielen schien. Kein Grund, ihn von der Leine zu lassen. Sie würde erst aufhören, wenn Omniworld wieder auf eine gesunde Größe geschrumpft wäre. Die Macht musste zurück ins Parlament.

Raphaël nutze die kurze Pause, um ihr zu gratulieren. Bis dahin hatte er sich im Hintergrund gehalten. Heute stand die Partei im Mittelpunkt. „Ich wusste, dass du es schaffst. Ich bin so stolz auf dich."

Lisas Augen wurden feucht, als sie seine Hände drückte.

Elsa trat heran und räusperte sich. „Ich störe nur ungern das junge Glück. Aber unsere Unterstützer warten auf deine Ansprache, Lisa."

Raphaël drückte Lisa noch einmal, bevor diese sich ein Omniface 4 anzog. Ihr Sichtfeld wurde himmelbau.

Mit ein paar Wischbewegungen wählte sie sich in ihre Wahlkampfzentrale ein. Mehrere tausend Menschen hatten sich als Avatare zugeschaltet. Lisa war gerührt, als sie sich auf dem Podium einblenden ließ. Tosender Applaus brach aus. „Danke, vielen lieben Dank euch allen. Oh, ich weiß gar nicht, wo ich anfangen soll." Sie ließ noch einmal den Blick über das Publikum schweifen, verteilte Kusshände. Genoss den Augenblick.

„Hier wurde heute Geschichte geschrieben. Das ist der Tag, an dem OMNIs Aufstieg gestoppt wurde. Denn wir werden Omniworld Ketten anlegen! Der Anfang vom Ende. Ethan Hubble, wir kriegen dich!"

Die anwesenden Avatare verfielen in ekstatischen Jubel. Schließlich riefen sie ihren Namen: Lisa. Lisa. Lisa!

„Ich danke euch allen. Ohne euch wäre dieser Abend, dieser Erfolg nicht möglich gewesen. Insbesondere danke ich allen, die bereits ihr Leben in Omniworld verbringen. Auf euch kommt es an! Für euch kämpfen wir! Ihr habt gemerkt, dass ihr unverschuldet in eine Abhängigkeit getrieben worden seid. Ihr sucht einen Ausweg. Euch sage ich: Wir werden alles tun, um Omniworld in die Schranken zu weisen. Wir müssen Politik neu denken. Gesellschaft neu denken. Eine gesunde Balance finden zwischen Simulation und Realität. Es wird nicht einfach werden – aber ich weiß, dass wir es zusammen schaffen."

Jubel.

„Dieses Mal sind wir zweitstärkste Kraft geworden. Das erlaubt es uns, einen scharfen Oppositionskurs zu fahren. Wir werden Fragen stellen, unangenehme Fragen. Wir werden Untersuchungsausschüsse einberufen. EUAMS weiter ausbauen. Wir werden Omniworld und OMNI auf die Finger schauen!"

Applaus.

„Und, liebe Mistreiter, ich verspreche euch hier und heute: Bei der nächsten Wahl holen wir die Mehrheit, wir wollen die Regierung stellen. Das ist unser erklärtes Ziel!"

Nach ihrer halbstündigen Ansprache loggte Lisa sich wieder aus. Sie fühlte sich erschöpft, setzte sich ein paar Minuten auf ihren Wohnzimmersessel, um durchzuatmen. Die Euphorie hatte sie bis jetzt getragen.

„Ich gehe kurz etwas frische Luft schnappen", meinte sie dann. Raphaël nickte ihr zu, die anderen waren gerade in einem Gespräch versunken.

Es war angenehm warm draußen. Noch hell, aber bereits merklich abgekühlt. Die ideale Temperatur. Lisa ging zum Hühnerstall und beobachtete ihre Hühner. Eine Gesellschaft im Kleinen.

„Wir haben es geschafft", teilte sie ihren gefiederten Schützlingen mit.

In dieser Nacht schlief sie schlecht. Zu viel Champagner, zu viel Endorphine. Erschöpft, aber nicht müde. Es gab so viel zu tun. Am liebsten hätte sie sofort mit der Arbeit begonnen. Nach dem Wahlkampf war vor dem Wahlkampf. Jetzt musste sie liefern.

Sie betrachtete Raphaël, der friedlich schlief, leise schnarchte. Es war beneidenswert, wie ruhig er durch diese Welt ging. Sein Leben als Rentner, in krassem Kontrast zu seinem alten Leben in Brüssel. Ihr Unfall. Das Koma. Der lange Weg zurück. Während sie Politik machte, kümmerte er sich um den Hof. Steckte zurück, blendete aus, blieb ihm Hintergrund. Immer lächelnd, immer zufrieden, nie fordernd. Ein wunderbarer Mensch. Womit hatte sie dieses Glück verdient?

Kurz versank sie in einen unruhigen Schlaf. Sie träumte von ihrem Unfall.

Ich sitze in einer abstürzenden Drohne, dachte Lisa. Nichts, was ich tun kann, verhindert den Aufprall. Ich bin der Technik ausgeliefert.

Das Grün des Thüringer Walds kam immer näher, schon konnte sie einzelne Baumwipfel voneinander unterscheiden. Vergeblich versuchte die Drohne die Flughöhe auszugleichen, an Höhe zu gewinnen. Der erste Baumwipfel streifte den Boden der Flugdrohne, rüttelte sie durch und besiegelte ihr Schicksal. Zweige, Äste, Grün schlugen gegen das Fenster, das kurz darauf zerbarst. Dann wurde ihr Blickfeld himmelblau. Sie ertrank.

Sie ruderte mit den Händen und Füßen. Aber wo war unten, wo war oben? Sie schwamm, aber bewegte sich nicht fort. Sie war unter Wasser, aber konnte atmen.

Irgendetwas sog sie nach unten. Sie öffnete die Augen, aber sie sah nichts mehr.

Plötzlich spürte sie harten Boden unter ihren Füßen. Das Wasser schien zu verschwinden. Sie sackte ihn sich zusammen.

Eine Hand griff nach ihrem Nacken, eine andere stützte ihren Rücken.

Sie wurde gerettet.

Jemand streifte ihr etwas von den Augen und sie konnte wieder sehen. Das Licht blendete ihre Augen. Sie musste sie wieder schließen, sah Blitze.

Miss Picky.

Es war so kalt. Sie wollte zurück in das warme Wasser. Ein Stich in ihren Nacken.

Eine Stimme sprach etwas, doch sie konnte es nicht verstehen. Zu laut und zu leise gleichzeitig. Verzerrt wie ein altmodisches Radio auf der falschen Frequenz. Ihr Atem ging jetzt langsamer, die Panik verkroch sich. Sie blinzelte sachte, konnte den Umriss eines Menschen erkennen. Ihre Augen tränten. Sie zitterte.

Wo bin ich?

Ihr Mund versagte den Dienst. Hatte sie wieder einen Unfall gehabt? Einen Schlaganfall? War sie wieder im Krankenhaus in Thüringen? Noch einmal versuchte sie zu sprechen. Wo bin ich?

Nichts war zu hören.

Dafür kam die andere, schrecklich blecherne Stimme wieder: „in… rausholen… maier… schnell..."

Ihre Sinne schienen sich langsam zu fangen. Sie schaute an sich herab. Nackt, weiß und aufgedunsen. Sie erschrak. Dieser Körper gehörte nicht ihr. Das musste ein Traum sein. Vielleicht Medikamente, Halluzinationen. Ein Albtraum.

„Frau Obermaier, können Sie mich hören?"

Sie konzentrierte sich nun auf den Umriss, der mit ihr sprach. Mit zusammengekniffenen Augen konnte sie einen jungen Mann ausmachen, der neben ihr kniete.

„Können Sie mich hören?"

Lisa nickte schwach. Ihr Blick fiel aber wieder voller Entsetzen auf den ekelhaften Fleischhaufen, der ihr Körper sein wollte. „Hören Sie mir gut zu. Ich bin geschickt worden, um Sie hier rauszuholen. Sie haben sehr lange in einer Omniworld-Simulation verbracht. Wir glauben gegen Ihren Willen. Können Sie das verstehen?"

Lisa verstand gar nichts. Was war hier los? Jetzt erst erkannte sie, dass sie sich in einem zylindrischen Raum befand. Ein Youterus. Wie war sie hierhergekommen? Das bedeutete... Nein, das konnte nicht sein.

Sie musste zurück auf den Hof. Ihre Arbeit wartete, ihre Partei, die Politik, Raphaël. Sie war doch nur etwas erschöpft gewesen. Zu viel Champagner vielleicht. Das Alter.

Der junge Mann ließ sich nicht beirren: „Wir haben leider nicht viel Zeit. Da Sie einige Bewegungen erst wieder erlernen müssen, werde ich Ihnen ein Exoskelett anlegen. Haben Sie mich verstanden?"

Lisa schüttelte ungläubig den Kopf. Ihre Worte hatten endlich wieder Ton: „Aber ich muss doch zur Arbeit. Heute ist Strategiebesprechung!"

Der junge Mann sah nun verzweifelt aus. „Frau Obermaier, ich weiß, dass das schwierig ist. Wir werden Ihnen alles im Detail erklären, aber erst müssen wir heraus. Habe ich die Erlaubnis, Sie mitzunehmen?"

Lisa starrte auf ihre Hände. Fünf weiße Maden an einem Fleischklumpen. Raphaël. Die Bewegung für physisches Leben. Ihr Hof.

Miss Picky.

„Bringen Sie mich hier raus."

2045 – 5. Steffen

Steffen schloss das Mundteil an und zog das Eden Gear auf, dann startete er den Omnigang und versank langsam in der hochviskosen Sal-Gel-Flüssigkeit. Sofort fühlte er die behagliche Wärme, die vom himmelblauen Startbildschirm nochmal verstärkt wurde. Sein Entzug war wohl für die Katz, aber Amy hatte darauf bestanden. Wenn er den Pinguin treffen wolle, bräuchte er das volle Programm, musste die Kontrolle über seinen Körper abgeben.

Er gab eine der Nummern im Verse-Creator ein, die er sich vor seinem Omni-Gang eingeprägt hatte. Das Blickfeld wurde erneut himmelblau, während die Simulation erstellt wurde.

Kurz darauf präsentierte sich eine antarktische Eismeer-Landschaft vor ihm. Eine stechende Kälte umhüllte ihn und er begann zu schlottern. Im Szenario-Menü wählte Steffen einen Pinguin-Avatar aus und sah an sich herunter. Er war jetzt ein fluffiger Kaiserpinguin, weißer Bauch, schwarze Flossen, schwarze Füße. Knuffig. Die Kälte konnte ihm dank des dichten Federkleides nichts mehr anhaben.

Ein paar Eisschollen schwappten auf dem blaugrauen Wasser vor einem blaugrauen Himmel. Kalte Stille, lebloses Eis. Ein Szenario wie eine ausgewachsene Winterdepression.

Er watschelte genau sieben Schritte gerade aus, fünf Schritte links, zwei Schritte zurück, vier Schritte rechts. Dann flatterte er mit den Flossen. Vor ihm erschien ein anderer Pinguin, den er bis eben nicht bemerkt zu haben schien.

Der andere Pinguin watschelte hinter einen kleinen Hügel aus Eis, Steffen folgte ihm. Zwei Kaiserpinguine in ihrem natürlichen Habitat; nichts zu sehen hier.

Hinter dem Eishügel öffnete sich geräuschlos ein kleiner, grün leuchtender Spalt, der kurz über dem Boden zu schweben schien. Der Pinguin verschwand darin und Steffen trat vorsichtig auf den Spalt zu. Dieser war zweidimensional und konnte nur aus einem gewissen Blickwinkel gesehen werden. Ein Schritt weiter links war der Spalt wie verschwunden. Ohne lange zu zögern trat er auf den Spalt zu.

Sein Blickfeld wurde grün und es wurde still.

Einen Augenblick später befand er sich in einem komplett schwarzen Raum ohne Wände. Er schien zu schweben. Da erfüllte ein gleißendes Licht den Raum, der Pinguin erschien jetzt in glänzendem Gold. Wie eine göttliche Erscheinung. Ein absurdes Schauspiel.

Der goldene Pinguin hob einen Flügel, wie um Steffen zu beruhigen: „Bevor Sie irgendwelche Fragen haben, wie: Wo sind wir? Wer bist du?", begann der Pinguin mit einer tiefen Stimme, die an Arnold Schwarzenegger in besten Terminator-Tagen erinnerte und gar nicht zu einem süßen Vogel passte, „ein paar Erklärungen: Sie befinden sich in einem Endo-Raum, einem System im System. Eine Blase, die uns eine Kommunikation jenseits des Monitorings von Omniworld erlaubt. Dort wird dem System gerade simuliert, dass Sie mit einem Pinguin durch die Eiswüste watscheln, während wir uns hier ungestört unterhalten können. Natürlich ist das, was wir hier tun, hochgradig illegal und gefährlich. Unsere Organisation hat sich zum Ziel gesetzt, Dienstleistungen anzubieten, die Omniworld potenziell schädigen und gegen dessen systeminterne Regeln verstoßen. Jedoch ist unsere Organisation profitorientiert, deshalb sind uns Ihre persönlichen Ziele egal. Bezahlt wird über ein Omni-Shop-System, bei dem Sie bestimmte, von uns vorgeschriebene Skins und Mods käuflich erwerben. 100 % Vorauskasse. Bitte nennen Sie nun Ihr Anliegen."

Steffen versuchte noch, die vielen Informationen zu verarbeiten. Gerne hätte er mehr über die Organisation gewusst, aber er wusste, dass ein Nachfragen sinnlos war.

„Unsere gemeinsame Kontaktperson hat mir erzählt, dass Sie Personen in Omniworld finden können. Ich suche meinen Sohn."

„Wollen Sie Ihren Sohn in der Omni- oder der Objektwelt finden?"

„Ist denn beides möglich?"

„Natürlich. Wenn wir die Omni-Existenz gefunden haben, können wir die Location des Log-Ins herausfinden. Jeder Omni-Avatar ist authentifiziert und einzigartig. Unsere Organisation hat Zugriff auf entsprechende Omni-Datenbanken. Eine Suche in Omniworld kostet 20.000 Omnicoins. Inklusive Objektwelt-Location-Tracking kostet dies 30.000 Omnicoins. Aber ich muss Sie warnen: Die meisten Omni-Menschen leben inzwischen in Omnivilles, ein Besuch ist nicht ohne weiteres möglich. Außerdem sind in den meisten Fällen die Menschen bereits zu sehr vom System abhängig und wollen gar nicht gerettet werden. Eine Rettung wird dann landläufig als Entführung bezeichnet."

Steffen wusste natürlich nur zu gut, wovon der Pinguin sprach. Er hatte lange die Optionen abgewogen und selbst jetzt war er sich nicht sicher. Konnte er es ertragen, seinen Sohn als bleiche Menschenmade zu sehen? Ihn dem Youterus zu entreißen, die Panik in seinen Augen zu sehen?

Ohne Gewalt würde es nicht funktionieren und er müsste ihn mehrere Wochen in den kalten Entzug stecken. In irgendeinem Versteck. Seinen Job würde er verlieren, gejagt von der Polizei und OMNI. Und dann? Was gab es in der Welt da draußen, mit dem er seinen Sohn zum Bleiben bewegen könnte? Noah war erwachsen, was gab Steffen das Recht, solche Entscheidungen zu treffen? Er war Amy dankbar für diese Chance. Gleichzeitig hasste er sie dafür, denn jetzt war er gezwungen zu handeln. Es gab keine Ausflüchte mehr.

„Ich brauche nur die erste Option, Auffinden in Omniworld. Ich will nur mit ihm sprechen."

„Verstanden. Bitte übermitteln Sie mir jetzt die Daten, wie vereinbart."

Mit einer kurzen Wischbewegung der Hand sendete er das Datenpaket an den goldenen Pinguin. Dies beinhaltete alle Informationen über das Omnileben seines Sohnes, bevor er verschwunden war. Avatare, Namen, Highscores, seine Lieblingsspiele. Sogar die Seriennummer seiner damaligen Omni-Suit war Teil der Daten.

„Nun kaufen Sie die markierte Skin-Option in diesem Shop", befahl der goldene Pinguin.

In Steffens Blickfeld tauchte ein Omni-Shop auf. Eine Option für ein limitiertes Fantasy-Outfit war dort bereits ausgewählt. Es handelte sich um ein quitschbuntes Animekleid mit

Hasenöhrchen und Stummelschwanz. Für 20.000 Omnicoins. Steffen lud den Artikel in seinen Warenkorb und bestätigte den Kauf.

Der Pinguin blieb still.

„Wie geht es jetzt weiter?", wollte Steffen wissen.

Keine Antwort.

„Hallo?"

Der Pinguin war wie eingefroren, er reagierte nicht. Ein Glitch? Steffen schwebte immer noch in dem schwarzen Raum. Er versuchte dem Pinguin näher zu kommen, doch obwohl er seine Arme und Beine bewegen konnte, blieb er an derselben Stelle wie ein Kolibri. Das Sal-Gel musste ihn zementiert haben. Panik stieg in ihm auf.

Er stellte sich vor, wie sein Körper in diesem Moment hilflos im Youterus gefangen war. War dies eine Falle von Omniworld? Ein Weg, unliebsame Sentinels zu beseitigen? Er musste hier raus. Aber außer dem Pinguin, der wie eine goldene Glühbirne den Raum erhellte, gab es einfach nichts in diesem Raum.

Scheiße.

Die Log-Out-Funktion per Sprachbefehl funktionierte nicht. Fieberhaft dachte er an sein Training. Wie konnte er aus einer fehlerhaften Simulation aussteigen? Er ruderte verzweifelt mit den Händen und Beinen. Doch das Sal-Gal hielt ihn auf der Stelle. Keine Chance zur Klappe des Youterus zu gelangen, solange das Sal-Gel seine Viskosität nicht veränderte.

Plötzlich kam wieder Leben in den Pinguin.

Steffen hielt die Luft vor Anspannung an.

„Entschuldigen Sie die Verzögerung", nahm der Pinguin das Gespräch wieder auf, ohne einen Ton von Entschuldigung in der

Stimme. „Ihr Ergebnis ist da. Möchten Sie jetzt Kontakt aufnehmen?"

„Sie haben in dieser kurzen Zeit meinen Sohn gefunden?"

Steffen war mehr als überrascht. Dabei war ihm klar, dass hier lediglich Daten abgeglichen wurden. Er bereute seine naive Frage sofort.

Der Pinguin ließ sich nicht beirren: „Natürlich. Möchten Sie jetzt Kontakt aufnehmen? Wir können Ihnen auch Positionsdateien und Omninamen ihres Sohnes zuschicken und Sie können selbst versuchen, zu ihm Kontakt aufzunehmen. Bitte beachten Sie, dass eine unerwünschte Annäherung sehr riskant ist und bei Meldung durch Omniworld sanktioniert wird. Unsere Organisation wird natürlich alle Spuren verwischen."

„Bringen Sie mich zu ihm."

„Wie Sie wünschen. Sie werden gleich in die aktive Simulation Ihres Sohnes gebracht. Sie können hören und sehen, was dort vor sich geht, Sie bleiben aber in der Endo-Dimension als Beobachter. Sie haben die Option in die Omniworld-Simulation einzutreten, um Kontakt aufzunehmen. Ab diesem Moment sind Sie wieder Teil von Omniworld und alle Ihre Handlungen können registriert werden, mit allen dazugehörigen Risiken. Ab diesem Moment kann die Organisation nicht mehr eingreifen. Sie sind auf sich allein gestellt. Wir empfehlen also den Beobachter-Status. Ist das klar?"

„Verstanden."

„Wenn Sie noch Fragen zum Ablauf haben, fragen Sie jetzt. Ansonsten bedanken wir uns für Ihr Vertrauen."

„Keine Fragen."

Der Pinguin verschwand und Steffens Sichtfeld wurde grün.

Im nächsten Moment fand er sich im Wohnzimmer seiner Wohnung in Bonn wieder. Alles war vertraut und doch anders. Was war hier los? Er konnte sich nicht bewegen und starrte von schräg oben auf die Szenerie, wie eine Fliege in einem Spinnennetz.

Da sah er ihn. Noah, vielleicht neun Jahre alt, versteckte sich hinter dem weißen Kunstleder-Sofa. „Man sollte niemals weiße Möbel kaufen, mit kleinen Kindern im Haus", dachte Steffen unwillkürlich.

Noah sah nervös aus, hatte er Angst? Steffens Beschützerinstinkt meldete sich. Er wollte zu seinem Sohn, ihn in den Arm nehmen.

Da schlich Louisa ins Zimmer, in der Hand eine Nerf-Gun, immer auf der Suche nach Deckung, auf der Suche nach dem Opfer. Nachdem sie den Raum mit ihren Blicken abgesucht und für sicher befunden hatte, kauerte sie sich an den Türrahmen und fixierte von dort die Küche. In diesem Moment hob Noah seinen Kopf aus der Deckung und feuerte drei Styropor-Pfeile mit seiner Nerf-Gun ab. Seine Mutter war tödlich getroffen. Unter dramatischen Schreien und dem Gelächter Noahs ließ sie sich auf den Boden sinken und hauchte ihr gespieltes Leben aus.

In diesem Moment stürmte Steffen Mieler, nicht mal vierzig, ins Wohnzimmer, um seine Frau zu retten. Schreiend wie ein wütendes Alien, gab er ein paar Schüsse Richtung Sofa ab, welche alle ihr Ziel verfehlten. Noah hatte sich wieder in Deckung begeben und atmete schwer. Er zählte die Schüsse seines Vaters ab, genau wissend, wann dieser nachladen musste. 5, 6, 7, 8. In diesem Moment schnellte er nach oben und feuerte ein Projektil ab, das Steffen an der Schläfe traf. Der taumelte und fiel neben seiner Frau zu Boden. Die beiden umarmten sich im Todeskampf. Noah kam nun lauthals lachend aus seinem Versteck und warf sich auf den Leichenberg, wo seine Eltern ihn in die Umarmung einschlossen und gemeinsam mit ihm lachten.

Eine wundervolle Erinnerung. Der echte Steffen musste unwillkürlich weinen, während die Szene sich vor ihm abspielte. Obwohl er nicht aktiv an der Simulation teilnahm, konnte er es fühlen.

Es war echt. Sein Leben.

Er konnte sich gut an diesen Tag erinnern. Einer dieser seltenen Tage, an denen einfach alles passte. Sie waren zu Hause geblieben, weil es geregnet hatte und die Grill-Party im Schrebergarten seines Cousins ausgefallen war. Also hatten sie Pizza bestellt, stundenlang Nerf-Gun-Gefechte ausgetragen. Am Abend hatten sie Noah zum ersten Mal Star Wars anschauen lassen, obwohl er eigentlich noch zu jung dafür war. Louisa und Steffen waren auf dem Sofa eingeschlafen, während Noah den Film voller Spannung zu Ende geschaut hatte.

Diesen Tag nun in simuliertem Fleisch und Blut vor sich zu sehen, war zu viel für ihn. Alles kam zurück. Sein altes Leben. Drei Menschen, von denen nur noch er übrig war.

Die Tatsache, dass der echte Noah in diesem Augenblick einen Moment seiner Kindheit simulierte, zerriss ihm fast das Herz. Zwischen all den unendlichen Möglichkeiten, die Omniworld bot, hatte sein Sohn sich für diese Erfahrung, diesen Erinnerungsschnipsel, entschieden.

Am liebsten wäre Steffen sofort losgestürmt und hätte den kleinen Noah umarmt und ihm gesagt, dass alles gut ist.

Papa ist da.

Die nächsten Minuten rang Steffen um Fassung und um eine Entscheidung, während die Tränen flossen.

Die Simulation war ein weiteres Mal gestartet und dann noch einmal. Anscheinend durchlebte Noah diesen einen Moment immer wieder. Ein emotionaler Kick in Dauerschleife. Dank des Eden-Chips war jedes Erlebnis eine neue Erfahrung. Löschen und Wiederholung. Steffen hatte immer noch Tränen in den Augen, er wusste nicht, was er seinem Sohn sagen sollte.

Er spürte nur Trauer. Trauer und Wut. Wut auf sich, auf Noah, auf Louisa, auf den Krebs und auf das verdammte Omniworld. Der Krebs hatte ihm seine Frau genommen, Omniworld seinen Sohn.

Fuck Ethan Hubble.

Dann wählte er die zweite Option, sein Blickfeld wurde grün und er befand sich wieder in der Polarlandschaft. Noah würde nie wissen, dass die beiden sich noch einmal so nah waren. Steffens Suche war beendet. Es gab nur noch Stille.

2045 – 6. Ethan

Der Mars – zu Beginn seiner Unternehmertätigkeit war der rote Planet ein mystisches Ziel gewesen. Weit entfernt genug für Kindheitsträume, nahe genug, um ihn noch in einem Menschenleben zu erreichen. Wie hatte er Elon Musk und Space X vergöttert. Hatte ihm nachgeeifert, um ihn schließlich zu übertreffen.

Damals hatte Ethan Hubble noch gedacht, er würde den Mars besiedeln. Mit einer kleinen, elitären Gruppe von Menschen, der tatsächlichen Krone der Schöpfung. Handverlesen von ihm. Die Sorgen und Nöte hinter sich lassen. Die Erde mit all ihren Bedenkenträgern und Kleingeistern sich selbst überlassen. Während die Menschheit auf dem Mars ein neues Kapitel aufschlagen würde. Eine kleine, bessere Version der Erde, eine Erde 2.0. Nur die hellsten Köpfe hätten sich hier tagein, tagaus ausgetauscht. Nie für möglich gehaltene Innovationen vorangebracht. Kein Hass, kein Neid, nur immerwährender Fortschritt. Die Erde zur Bedeutungslosigkeit verdammt, vielleicht noch als Rohstoff-Lieferant.

Tatsächlich hatte sich aber Omniworld, und damit die ganze Menschheit, anders entwickelt, als ursprünglich von ihm erdacht. Kritiker hielten ihm vor, dass er einem großangelegten Masterplan folge. Doch er selbst hätte den Fortschritt unter OMNI nicht vorhersagen können. Seine Kreation war erwachsen geworden und er, der Vater, konnte zusehen, wie sie wuchs, wohin sie sich entwickelte. Wucherte wie wilder Efeu, dessen Ranken er stutzen musste. Er konnte die Algorithmen anpassen, neue Innovationen einführen, doch seine Schöpfung hatte eine eigene Kraft, einen eigenen Willen.

Omniworld hatte das komplette Objektleben bedeutungslos gemacht, egal, ob auf der Erde, dem Mars oder irgendwo anders im Universum. Fast drei Wochen hatte er im neuen Spaceshuttle verbracht, um zum ersten Mal einen Fuß auf den Mars zu setzen. Der Laserantrieb hatte sich letztlich als wirkungsvollere Technologie durchgesetzt und ermöglichte einen regen Transportverkehr von der Erde zum Mars. Trotzdem blieb die

Mission teuer und gefährlich. Strahlung und Weltraumschrott bedrohten die Shuttles, immer noch 2,8 % der Flüge endeten in einer Katastrophe.

Doch Ethan wollte den Mars mit eigenen Augen sehen – wofür hätte sich sonst der ganze Aufwand gelohnt? Die Omniworld-KI hatte ihm abgeraten; zu hoch das Risiko bei wenig erkennbarem Nutzen. Physisches Erleben war keine Dimension, in der die KI dachte. Ethan hatte einige Parameter überschreiben müssen, um die Mission fortzuführen. Ein zweites Shuttle war eine Stunde vor ihm gestartet und sollte die Flugroute scannen und absichern, um die Wahrscheinlichkeit eines Unfalls noch weiter zu reduzieren.

Er hatte bereits vor dem Start gespürt, dass seine Abenteuerlust nicht mehr dieselbe war. Statt die Reise durchs All fasziniert zu verfolgen, hatte er die drei Wochen fast ausschließlich im bordeigenen Youterus in Omniworld verbracht. Obwohl das Signal immer wieder abgerissen war. Bei der Landung konnte ihn der Blick aus dem Fenster des Mars-Shuttles auch nur für wenige Augenblicke ablenken. Vergeblich suchte er in dem Rot-Orange, den Schatten und Kratern nach etwas, das ihn faszinieren könnte.

Er hatte immer etwas verächtlich auf die Erde geblickt. Warum eigentlich? Allen objektiven Faktoren nach zu urteilen war die Erde der bessere Planet für menschliches Leben. Woher kam der Drang zum Mars? Letztlich war es nicht der Planet, den er verachtete, sondern es waren die Menschen. Die Zweifler, Angsthasen, Ewig-Gestrigen. Präsident McNamara. Die Erde traf keine Schuld.

Nach der Ankunft auf dem roten Planeten blieb er ebenso unbeeindruckt und gefühlskalt. Keine tiefgreifenden Emotionen, kein ehrfürchtiger Augenblick, keine visionären Erkenntnisse. Was hatte er geglaubt, hier zu finden? Auch in der Mars-Kolonie hatte er die meiste Zeit in Omniworld verbracht. Er hatte einfach zu viel zu tun, versuchte er sich einzureden. Dabei wusste er genau, dass er sich vor der Langeweile fürchtete und vor der Enttäuschung, als die sein Kindheitstraum sich entpuppte.

Die wenigen menschlichen Bewohner lagen ebenfalls in ihren Youterus, die Arbeiten wurden von KI-gesteuerten Drohnen erledigt. Das Schmelzen des unterirdischen Eises, die Regulierung der Luft innerhalb der gläsernen Kuppeln, die Bewässerung der Pflanzen – nirgends war ein Mensch nötig. Auch Ethans Aktivität war auf einige Kontrollfunktionen und die Planung neuer Bauten beschränkt. Nichts, was man nicht auch von der Erde aus hätte erledigen können. Die Wahrheit war: Der Mars war öde.

Am zweiten Tag seines Aufenthalts unternahm er eine kleine Tour. Alleine steuerte er einen einsitzigen Mars-Rover über den rot-gelben Marsboden. Sein Raumanzug zwickte unangenehm und machte jede Bewegung zu einem Kraftakt. Eine Drohne flog voraus und prüfte die Strecke auf gefährliche Erd-Spalte, die durch die regelmäßigen Beben hervorgerufen wurden. Der Boden wechselte von grobporösem Sand zu kleinen Steinen. Er fuhr einen kleinen, inaktiven Vulkan hinauf, der Mars-Rover begann zu wackeln. Die Kamera erfasste größere Gesteinsbrocken und umfuhr diese autonom.

Als er den höchsten Punkt erreicht hatte, eröffnete sich der Blick auf die Landschaft vor ihm: mehr Orange, mehr Gestein, mehr Wüste. Schnell sehnte er sich nach der Behaglichkeit und der Omnipotenz des Youterus. Hier draußen war er einsam und zerbrechlich. Nur ein Mensch. Was wäre, wenn er hier einen Unfall hätte? War es das wert, wenn er die gleiche Erfahrung, nur ohne das Risiko, auch in Omniworld machen konnte? Er hatte diese Reise gemacht, als schuldete er seinem jungen Selbst diese Erfahrung. Jetzt fühlte er sich dämlich, die KI hatte Recht gehabt. Ein sinnloses Unterfangen, ohne Ziel, ohne Vision, ohne Return on Investment. Ein reines Ego-Projekt. Immerhin war er froh, eine Bestätigung zu haben, dass das Leben in der Objektwelt nicht lebenswert war, egal wo. Ein Rückschritt für das Omni-Gehirn. Wenn selbst eine Mars-Reise keine Begeisterung mehr auslöste, dann musste das Konzept des Objektlebens als solches in Frage gestellt werden.

Ja, das war der Beweis!

Die Menschen sollten dankbar sein, dass er ihnen einen Ausweg ermöglicht hatte. Es war Zeit, sich wieder nach innen zu kehren.

Auch wenn er den Mars-Besuch mit buchhalterischer Nüchternheit abhakte, machte ihn die kurze Zeit in der Objektwelt nachdenklich. Der Ethan Hubble, der sich als Student auf den Mars geträumt hatte, war ein vorsichtiger, älterer Mann geworden. Wie ein alternder Kaiser am Zenit seiner Macht, wurden seine Gedanken philosophischer. In diesen Tagen sinnierte er oft über sein Lebenswerk.

Ihm gehörten die Erde und der Mars, fast alle Menschen existierten vornehmlich in Omniworld und waren ihm somit untertan. Nach der Besiedelung des Mars hätte nun die weitere Erforschung des Universums folgen können.

Expansion. Suche nach anderen Lebensformen.

Aber er spürte keine brennende Relevanz dieses Themas mehr. Er haderte mit seiner eigenen Unzulänglichkeit. War er am Ende doch nur wie die anderen, gebremst von der eigenen Übersättigung, geblendet vom Überdruss der Möglichkeiten?

Seit seiner Jugend war sein Tatendrang ungebrochen, ein Plan jagte den nächsten. Immer gab es mehr als nur ein Projekt. Größer, schneller, weiter.

Und plötzlich diese Leere. Stillstand. Wer rastet, rostet. Er brauchte unbedingt ein nächstes Projekt, einen weiteren Meilenstein. Noch gigantischer. Sonst würde er seine Daseinsberechtigung verlieren.

2045 – 7. Marie

Hope Eggerton saß weinend auf der abgenutzten Couch im Besprechungszimmer der Gemeindehalle. Das Sturmgewehr hatte sie sich über den Schoß gelegt. Ihr Vater hatte sie zu einer Kriegerin erzogen. Sie war jederzeit einsatzbereit und blickte immer wieder aus dem Fenster, als drohe der nächste Angriff. Doch dort waren nur ein paar Kinder, die in Gummistiefeln durch den Matsch rannten.

Langsam, jedes Wort wohl überlegt, erzählte sie, was geschehen war: „Ich hatte eigentlich Nachtwache auf dem Ost-Turm beim Tor. Eigentlich. Ich hatte Durchfall, wir hatten einen

Schwarzbären erlegt, aber das Fleisch hat seltsam geschmeckt. Dad hat darauf bestanden, dass ich meine Schicht trotzdem mache, obwohl mir schon der Bauch gegrummelt hat. In der Nacht war ich mehr auf dem Klo als auf dem Wachturm. Es ging alles ganz schnell. Ich habe nur das Geräusch gehört, als sie mit einem Truppentransporter durchs Tor gefahren sind. Die Polizei-Droiden sind direkt in den Schlafsaal und haben alle betäubt. Die meisten sind wohl nicht mal wach geworden, das hat höchstens eine halbe Minute gedauert. Dann haben sie alle gepackt, in den Transporter gesteckt und sind abgehauen. Ich habe alles durch den Türspalt vom Klo beobachtet. Mein Dad ist sicher sauer, dass ich meinen Posten verlassen habe. Aber ich musste so dringend."

Hope begann wieder zu weinen. Als wäre das Schlimmste an der Situation, die Erwartungen ihres Vaters nicht zu erfüllen. Marie setzte sich neben Hope und legte den Arm tröstend um sie.

Als Hope sich wieder im Griff hatte, fragte Marie: „Warum bist du nicht gleich zu uns gekommen? Du weißt doch, dass wir für dich da sind."

„Ich hatte Angst. Ich wusste nicht, ob die wiederkommen und ob sie die Straße überwachen. Und ob sie euch auch geholt haben…"

„Und du bist dir sicher, dass das reguläre Polizei war?"

„Ja, das waren dieselben Droiden, die man in den Nachrichten sieht. Die in den Städten patrouillieren. Und der Transporter war ganz normal gekennzeichnet als Polizeifahrzeug."

Marie stand wieder auf und warf Jerry einen fragenden Blick zu. Ein ungutes Gefühl beschlich sie. Dann wandte sie sich wieder Hope zu, die das Magazin des Sturmgewehres überprüfte.

„Gab es irgendeinen Grund oder Vorwand, den die Polizei haben könnte, um deine Familie und die anderen mitzunehmen?"

Hope zögerte. Es war offensichtlich, dass die Aktion nicht aus dem Nichts kam. So dreist agierte OMNI nicht. Dazu hatten sie überhaupt keine Veranlassung. „

Hope? Bitte sag mir alles. Je mehr wir wissen, desto eher können wir deiner Familie helfen."

Hope blickte zu Jerry, als bräuchte sie dessen Zustimmung. Dieser nickte ihr aufmunternd zu.

„Dad und die anderen Männer haben das Omniville in Franklin angegriffen. Sie sind durchs Tor gerast und haben einen Sprengsatz auf die Filteranlage geworfen. Zuerst konnten sie entkommen, es war alles ruhig. Auch am nächsten Tag, bis auf einen Drohnenüberflug. In der Nacht haben sie dann zugeschlagen…"

„Fuck, Martin!" Marie war von Martins Dummheit überrascht. Dieser Vollidiot. Sich zu verteidigen war das eine, aber ein Anschlag auf ein Omniville? Das war vor dem Gesetz Terrorismus. Wahrscheinlich waren die Erwachsenen wegen Beihilfe bereits zu langjährigen Haftstrafen verurteilt, abzusitzen im Youterus. Die Kinder vom Jugendamt einem Erziehungs-Programm im Youterus zugewiesen. Hope würde ihre Familie nie wieder sehen, so viel stand schon fest.

Marie war heilfroh, dass Martin nicht so eine dämliche Aktion durchgeführt hatte, als er noch in Hopesglade gewohnt hatte. Er hätte sie alle dem Untergang geweiht.

Marie setzte sich wieder neben Hope und nahm ihre Hände in die ihren. „Ich muss sowieso bald wieder in die Stadt. Dann versuche ich rauszufinden, was wir tun können. Einen Anwalt können wir aus der Gemeindekasse bezahlen. Und du bleibst bei uns in Hopesglade, hier bist du sicher." Hope versuchte, dankbar zu lächeln. Tapfer, wie ihr Vater es ihr beigebracht hatte. Das Sturmgewehr geladen und griffbereit.

Das Bild der kampfbereiten Hope hatte sich bei Marie eingebrannt. Jerry hatte sich bereit erklärt, Hope fürs Erste aufzunehmen. Morgen würden sie ihr eine Unterkunft suchen. Es dämmerte bereits, als Marie sich gedankenverloren auf den Weg machte, um ihre Tochter bei deren Freundin abzuholen. Sie versuchte immer noch, die Ereignisse einzuordnen. War sie zu naiv, was OMNI anging? Zwar war Martins Aktion eindeutig idiotisch, aber die Antwort der Behörden war ebenso radikal. Sie würde wieder mal nach Virginia Beach fahren müssen.

2045 – 8. Lisa

Das Wesen im Spiegel war abstoßend. Leichenblass, haarlos, aufgeschwemmt. Blutrote Augen. Die Nebenwirkungen von fünf Jahren Youterus. So viel glaubte sie verstanden zu haben. Wenigstens die Motorik war da, der simulierten Bewegung im Sal-Gel sei Dank. Aber dieser Mensch, das war nicht Lisa Obermaier, das war ein Monster.

Sei, wer du wirklich bist. Eher ein Schatten ihrer selbst. Sie wollte nur noch sterben. Alles war eine Lüge.

„Ich weiß, es ist hart." Ihr Retter, den sie einfach Gamma nennen sollte, meinte es gut.

Aber wie sollte er verstehen können, was Lisa durchmachte? Wie könnte irgendjemand das jemals nachvollziehen?

„Sollen wir eine Pause machen? Es ist viel zu verarbeiten." Lisa setzte sich wieder auf das nasse Handtuch auf dem Holzbett. Ihre Haut war äußerst sensibel für Berührungen jeder Art. Sie durften nur nachts reisen, ihre Haut musste ganz behutsam ans Sonnenlicht gewöhnt werden. Deshalb waren die Fenster mit schwarzer Folie abgeklebt. Nur eine gedimmte LED-Lampe sorgte für ein schummriges Licht. Ihr Rheuma hatte sich zurückgemeldet. Sie hatte es einfach verdrängt. Angenommen, dass durch den Unfall wie durch Zauberhand etwas in ihrem Körper durcheinandergewirbelt worden war. Dabei war das Rheuma durch das Sal-Gel im Youterus unterdrückt worden. Absicht? Zufall? Sie wollte alles wissen, die Zusammenhänge verstehen. Keine Angst, nur Wut.

Sie sammelte sich, blickte wieder zu Gamma. „Machen wir weiter. Also nach dem Unfall war ich klinisch tot. Danach war ich fünf Jahre in einem Youterus, wo mir ein schönes simuliertes Leben vorgegaukelt wurde. So weit habe ich das verstanden. Aber wozu das Ganze? Wenn OMNI mich loswerden wollte, hätten sie mich doch sterben lassen können."

Gamma setzte sich auf einen viel zu niedrigen Bürostuhl. Vergeblich versuchte er, die Höhe anzupassen, bis er seufzend aufgab.

„Also. Welches Interesse könnte OMNI haben, Lisa Obermaier am Leben zu lassen? Die entscheidende Frage ist, was hat Lisa Obermaier in den letzten fünf Jahren gemacht? Und damit meine ich nicht die Lisa Obermaier in der Simulation. Sondern die andere."

„Die andere?"

„Lass mich erklären. Nach dem Unfall wurdest du für tot erklärt. Bis ein aufstrebender junger Arzt meinte, dich an lebenserhaltende Maßnahmen im Youterus anzuschließen. Ein neues Programm, das die Nerven und Organe stimuliert. Mehr oder weniger ein Defibrillator für den ganzen Körper. Und, welch Überraschung, es gab Lebenszeichen von Lisa Obermaier. Gehirnaktivität, selbstständige Atmung, regelmäßiger Herzschlag. Der einzige Nachteil: Sie war jetzt auf den Youterus angewiesen. Der Körper nicht tot, aber getrennt vom Geist. Ein Wachkoma. Doch dank Omniworld konnte Lisa Obermaier mit der Außenwelt kommunizieren, als Avatar. Damals eine medizinische Sensation. Wissenschaftlich verifiziert und von Menschen, die dich gut kannten, überprüft und bestätigt."

„Ich verstehe nicht…"

„Omniworld hat eine perfekte KI-Kopie von dir kreiert, die deinen Platz eingenommen hat. Dein Körper war da, als Beweis, dass du lebst. Im Inneren hast du deine eigene Simulation erlebt, nach Außen hat dich die KI in Omniworld vertreten."

„Aber ich war gar nicht auf den Youterus angewiesen?"

„Nein, sonst hätten wir dich ja nicht rausholen können. Du bist aber am Leben, oder?"

„Mein Gott, das heißt, OMNI hat mich fünf Jahre weggesperrt, mich mit Simulationen beschäftigt, um… um was zu tun?"

„Das ist der springende Punkt. Vor deinem Unfall warst du die prominenteste Kämpferin gegen OMNI und Omniworld in Europa. Vielleicht die einzig ernstzunehmende Gefahr. Vielleicht auch einfach nur nervig. Nun hätten sie dich einfach verschwinden lassen können. Das wäre einfach, aber sehr verdächtig gewesen. Die EUAMS hat deinen Drohnenabsturz sehr genau unter die Lupe genommen. Auch wir sind uns bis heute nicht sicher, ob OMNI dahintersteckte oder ob es Zufall war. Auf jeden Fall hat OMNI die Situation gnadenlos ausgeschlachtet. Denn die neue Lisa Obermaier hat sich langsam zu einer Fürsprecherin für das Unternehmen und insbesondere Omniworld gewandelt."

„Bitte was?"

„Du hast richtig gehört. Das fing ganz langsam an. Dankbarkeit für die medizinische Hilfe. *Ohne Omniworld wäre ich nicht mehr am Leben.* Dankbarkeit für die Möglichkeit zur Kommunikation. *Ohne Omniworld könnte ich nicht mit euch sprechen.* Dankbarkeit für Omniworld. *Omniworld gibt mir die Möglichkeit, mich ohne funktionierenden Körper, zu verwirklichen.* So wurde effektiv nicht nur der Widerstand geköpft. Nein, die ehemalige Gegnerin war bekehrt worden und hatte die Vorzüge von Omniworld verstanden."

Lisa begriff langsam. Vom Saulus zum Omni-Paulus. Lebend war sie mehr wert gewesen. Ethan Hubbles Geisel. Ein Aushängeschild für die positiven Seiten des Youterus.

„Die KI-Avatare sind inzwischen täuschend echt", ergänzte Gamma. „Solange der Omniworld-KI genügend Daten über eine Person zur Verfügung stehen, kann sie eine perfekte Kopie erstellen. Das hat alles mit Ethan Hubbles Doppelgänger begonnen. Die Omni-Babys waren die zweite Stufe. Und jetzt kann man sich nur ausmalen, zu was OMNI alles in der Lage ist. All die Jahre hat Omniworld das komplette Leben seiner

Benutzer kartografiert. Das ist der wahre Preis für die perfekte Simulation."

Fassungslos starrte Lisa wieder in den Spiegel an der Wand. Es gab keine Gewissheiten mehr. Keinerlei Halt. Ihre Haut schmerzte. Dieser seltsame Drang stieg wieder in ihr auf. Wie konnte man sich in etwas zurücksehnen, das man verabscheute? Sie wollte zurück. Auch wenn es nur ein Traum war. Ein Traum war besser als das hier.

Nein.

„Gib mir noch eine Spritze!"

Gamma schaute besorgt auf. „Das ist aber die letzte Dosis, die ich dir heute geben kann. Sonst kollabiert dein Kreislauf."

Lisa nickte.

Ein kleiner Stich. Schon fühlte sie sich besser. Das beruhigende Gefühl schien sich wellenförmig von der Einstichstelle in ihrem Körper auszubreiten. Lisa lehnte sich zurück und atmete erleichtert aus, stöhnte fast. Plötzlich müde, sie durfte nicht einschlafen.

Ihre Worte kamen nun langsamer, sie musste sich anstrengen, nicht zu lallen. „Okay. Weiter. Zurück in die Gegenwart. Jetzt habt ihr mich gerettet. Ihr. Wer auch immer das sein soll. Warum fünf Jahre?"

„Unsere Technik war noch nicht so weit. Es war nicht einfach, die zweite Simulation zu finden, dein wahres Ich. Ohne diesen Beweis hätten wir riskiert, dass du den Ausstieg aus dem Youterus nicht überlebst. Außerdem arbeiten wir nur auf Auftrag."

„Hat Raphaël euch beauftragt?"

Gamma blickte auf den Boden, zögerte. „Willst du wirklich heute noch darüber sprechen? Vielleicht solltest du dich ausruhen. Wir haben noch ein Stück vor uns morgen."

Lisa dachte nicht an Ausruhen. Sie musste es wissen. „Was ist mit Raphaël?"

Gamma schien mit sich selbst zu ringen, dann nickte er. „Raphaël hat dich die ersten Wochen regelmäßig besucht. Ihr habt viel per Omniworld kommuniziert, also er und dein KI-Avatar. Der Kontakt ist dann plötzlich abgebrochen. Warum, können wir nicht nachvollziehen."

„Und wo ist Raphaël jetzt?"

„Seit 2041 ist er in Omniville Kempten-02. Youterus-Nutzer. Dieses Jahr hat er sich einen Eden Chip einsetzen lassen."

Ihre Gefühle waren durch die Droge gedämpft. Doch tief in ihrem Inneren zersprang das letzte bisschen Hoffnung, das sie an dieses Leben band. Die Vorstellung, dass ihr Raphaël in einem Youterus dahinvegetierte, war nicht auszuhalten.

Dieses Lächeln.

„Und mein Hof?"

„Seit Raphaël ins Omniville gezogen ist, müsste der Hof leer stehen. Wir konnten das aber nicht überprüfen."

Ihr Hof. Die Hühner. Schreckliche Bilder tauchten in ihrem Kopf auf. Verhungernde Hühner, die sich gegenseitig zu Tode pickten, sich kannibalisierten. Sie hatte sie nicht beschützen können.

Miss Picky.

In welcher Realität hatte Miss Picky existiert? In der echten Welt? In einer Simulation der echten Welt? Nur in der Simulation? In beiden gleichzeitig oder hintereinander? Nur im Traum? Jetzt durchbrachen ihre Gefühle den Damm, den das

Opiat errichtet hatte. Ihr wurde schwarz vor Augen. Sie hatte panische Angst einzuschlafen. Nicht zu wissen, wo sie dieses Mal aufwache würde. Dann dämmerte sie weg.

Orientierungslos blickte sie in die Dunkelheit. Sie brauchte mehrere Minuten, um den heutigen Tag zu rekapitulieren. Den gestrigen? Safehouse. Gamma. Alles Lüge. Youterus. Raphaël. Schmerzen. Traum. Weißes Monster. Ein Wirbelwind von Eindrücken und Emotionen. Mühsam richtete sie sich auf, ohne Gefühl für Raum und Zeit. Sie hob die schwarze Folie am Fenster ein paar Zentimeter an. Draußen war es auch dunkel. Nacht. Nur der Mond schien. Sie riss ein paar Löcher in die Folie, um mehr Licht im Zimmer zu haben. Langsam konnte sie den dunklen Formen Gegenstände zuordnen. Das genaue Datum hatte Gamma ihr nicht genannt. Sie wusste lediglich, dass es 2045 war.

Sie spürte wieder diesen Drang zurückzugehen. In den Youterus. Es war eisig kalt hier, der Youterus ein warmes Bad. Sie brauchte eine Dosis des Beruhigungsmittels. Wo war Gamma?

Sie ging durch den dunklen Flur. Ein leises Schnarchen kam aus einem weiteren Schlafzimmer. Gamma lag dort bäuchlings auf dem Bett, komplett angekleidet, wie ein Soldat bereit zum Einsatz. Lisa versuchte so leise wie möglich zu sein. Wer war dieser Mann? Wer hatte ihn geschickt?

Ein furchtbarer Verdacht stieg in ihr auf. Was, wenn das die Simulation war? Ein Versuch von Ethan Hubble, sie auszuschalten. Lisa rekapitulierte. Gestern hatte sie einen großartigen politischen Triumph errungen. Eine Gefahr für Omniworld und OMNI. Sichtbar für die ganze Welt. Dann war sie zu Bett gegangen. Hatte schlecht geschlafen. Und dann das hier. Ein Albtraum? Hatte sie sich nicht schon tagsüber erschöpft gefühlt? Hatte ihr jemand etwas in den Sekt getan? Der Tag gestern fühlte sich nicht falscher an als der heute. Als diese Zwischenwelt hier. Diese Schmerzen. Dieser ekelhafte Körper. Konnte das möglich sein? Wie konnte sie sicherstellen, was die Wirklichkeit war? Sie zwickte sich in den Arm. Den Schmerz spürte sie. Aber sie hatte auch die Tage davor Schmerzen gespürt.

Sie musste weg. Raus hier. Nachdenken. Vorsichtig schlich sie sich an Gammas Schlafzimmer vorbei und öffnete die Haustüre. Schnappte die Jacke, die im Flur an einem Haken hing. Die unbequemen Schuhe, die sie glaubte, bereits gestern getragen zu haben.

Sie trat nach draußen, fröstelte. Es war kühl, vielleicht Frühling oder Herbst? Sie sah sich um, das Haus lag abgelegen am Rande eines Waldes. Nur das Mondlicht erleuchtete die Landschaft sanft. Sie konnte sich nicht erinnern, wie sie hergekommen waren. Zu Fuß? Per Drohne?

Ein kleiner asphaltierter Weg führte vom Haus weg. Sie lief los. Kein Ziel. Aber sie musste sich bewegen. Der Drang stieg wieder in ihr auf. Sie konzentrierte sich aufs Gehen. Die Schritte immer schneller, eine gute Ablenkung. Nur der Weg, das Mondlicht und ihre schmerzenden Füße.

Links, rechts, links, rechts.

Die Gelenke brannten. Sie brauchte eine Spritze. Oder den Youterus. Sonst würde sie zerbersten, hier und jetzt im Nirgendwo.

Wie lange war sie schon gelaufen? Zehn Minuten oder zwei Stunden? Der Weg war in eine Kreuzung gemündet, die Straße breiter, mit Mittelstreifen. Links. Lisa lief direkt in der Mitte der Straße, zählte die Streifen, um sich abzulenken. 456, 457, 458. Autos gab es nicht mehr. Oder war das nur in der Simulation? Was war vor fünf Jahren gewesen?

Sie wusste nichts. Lisa Obermaier. Bin ich das? Wer ist Lisa Obermaier? Was, wenn alles nur eine Simulation war. Wenn sie das Leben von Lisa Obermaier als Simulation erlebt hätte, ihr altes Leben gelöscht?

Vorne, die Umrisse einer Stadt, ein Gewerbegebiet. Sie lief schneller. Hier gab es sicher Menschen, Hilfe. Doch: Keine Lichter, alles Leerstand. Endlich hörte sie ein surrendes Geräusch, ein Licht. Sie winkte erleichtert.

„Hallo, ich bin hier!"

Ein grüner Streifen Licht glitt an ihr hinunter, sie wurde gescannt. Sie hatten sie gefunden. Endlich nach Hause.

2045 – 9. Steffen

Der Pinguin kam wieder angewatschelt. Was wollte der noch? Steffen hatte doch schon bezahlt. Eigentlich wollte er sich jetzt nur noch betäuben. Es war Zeit aufzugeben. Aber seine Neugier siegte. Wieder öffnete sich der grüne Spalt, der Pinguin verschwand darin und kurz darauf Steffen.

„Wir haben ein Angebot für Sie, Steffen Mieler", begann der goldene Pinguin im schwarzen Nichts sein Gespräch.

„Mir ist gerade ehrlich nicht danach, über dubiose Omnicoin-Geschäfte zu sprechen."

„Wir haben Sie schon länger beobachtet. Unser gemeinsamer Kontakt hat Sie an uns vermittelt. Sie sind verzweifelt, früher oder später werden Sie Ihren Job als Sentinel hinschmeißen, weil Sie erkannt haben, dass der Kampf gegen Omniworld verloren ist. Mit einem Taschenmesser kann man keinen Atomkrieg gewinnen."

„Sie haben mich also beobachtet, soso. Na und? Sie wissen gar nichts!"

Steffens Wut schwappte nun auf den Pinguin über. Diese verschissenen kleinen Hacker, warum ließen sie ihn nicht in Ruhe. Warum musste alles eine zweite Ebene haben?

„Wir wissen alles. Ihr Sohn, Ihre Frau, Ihre Arbeit. Und OMNI weiß ebenso alles über Sie. Das ist falsch und Sie wissen das. Unsere Organisation ist schlagkräftig, Sie haben gesehen, wozu wir technologisch in der Lage sind. Außerdem denken Sie rational, sind nicht auf der Suche nach schneller Bedürfnisbefriedigung. Deshalb sind Sie noch nicht abhängig geworden – das unterscheidet Sie von den meisten Menschen. Keine Impulsivität. So haben Sie sich dazu entschieden, nicht mit Ihrem Sohn zu interagieren. Weil Sie verstanden haben, dass Sie ihm so nicht helfen können. Deshalb sind Sie interessant für uns."

„Und wie, verdammt noch mal, kann ich ihm helfen? Wie kann man noch irgendjemandem helfen in dieser Scheiß-Welt?" Steffen spuckte die Wörter förmlich aus. Dass er dabei wie eine

Marionette hilflos in der Luft baumelte, machte ihn noch rasender.

„Wir haben Möglichkeiten, um das System auszuhebeln. Ich kann Ihnen noch nicht viel verraten, aber ich kann Ihnen eines versprechen: Treten Sie unserem Netzwerk bei. Als Sentinel haben Sie viele Möglichkeiten in der Objektwelt, von denen wir profitieren könnten. Sie helfen uns, wir helfen Ihnen. Unsere Organisation ist die letzte Bastion des Widerstandes."

Steffen ließ die Worte sacken. Vor zehn Jahren wäre er sofort Feuer und Flamme für eine derartige Bewegung gewesen. Aber jetzt? Es war doch schon zu spät. Sein Sohn war verloren. Er könnte sich jetzt auf die Suche nach Amy machen oder sich in Omniworld verlieren. Suizid schien auch eine gute Option momentan. Oder Jinx probieren.

„Ich bin gerade in keiner guten Verfassung", entgegnete Steffen.

„Wir verstehen das. Sie haben viel zu verarbeiten. Aber wenn Sie Ihrem Sohn und Millionen von anderen Menschen helfen wollen, die ein jämmerliches Dasein in den Youterus dieser Welt fristen, wenn Sie dieser, unserer realen Welt noch den Hauch einer Chance geben, dann schließen Sie sich uns an. Ethan Hubble wird sich nicht damit zufrieden geben, alle physischen Körper wegzusperren. Er will unsere Seelen. Denken Sie darüber nach. Unser Kontakt wird sich bei Ihnen melden."

Amy.

Ohne auf eine Antwort zu warten wurde sein Blickfeld wieder grün. Steffen war zurück in der Polarlandschaft. Er war jetzt ein einsamer, zorniger Pinguin.

2050

2050 – 1. Ethan

„Liebe Omni-Kinder, ich habe euer Leben bereichert. Ich gab euch eine neue Existenz, das Omnileben. Doch vor dem Tod konnte ich euch nicht bewahren. Tausende Omnileben enden jeden Tag, weil ihre sterbliche Hülle in der Objektwelt ihre biologischen Funktionen einstellt. Mein Herz blutete. Ich habe lange darüber nachgedacht, wie man diesen unerbittlichen Countdown der Natur so lange wie möglich hinauszögern kann. Youterus und Omniville haben eure zerbrechlichen Objekt-Körper vor den todbringenden Elementen der Objektwelt geschützt. KI-optimierte medizinische Versorgung hat die durchschnittliche Lebenserwartung der Omni-Menschen auf über 95 Jahre angehoben. Wir sind wahre Übermenschen geworden, uns mangelt es an nichts.

Nur das Ende lag jenseits unserer Kontrolle. Nicht mehr. Nun kontrollieren wir den ganzen Prozess. Folgt mir, meine Omni-Kinder, zum nächsten und finalen Schritt der Omni-Evolution. Ich gebe euch nicht weniger als die Unsterblichkeit.

Meine Omniworld-KI hat in den letzten Jahren unermüdlich euer Verhalten studiert, eure Vorlieben, eure Ängste. Somit sind wir in der Lage, nach dem Tod eures Objektkörpers euren Avatar weiterleben zu lassen. Eine perfekte Kopie. Eure Omniwelt-Existenz erreicht damit, wovon die Menschheit jahrtausendelang nur geträumt hat: Sie wird zur unsterblichen Seele.

Ich löse das Versprechen ein, mit welchem die alten Religionen die Menschen hinters Licht geführt haben. Ich gebe euch den Himmel auf Erden, in alle Ewigkeit. Ich nenne es ‚Athanasia‘.

Natürlich steht es euch frei, diese Option in Omniworld zu wählen. Sie wird direkt nach diesem ‚Hubble's Scope‘ in euren Omniworld-Settings voreingestellt. Genauso könnt ihr auswählen, ob Freunde oder Verwandte beim Tod eures Objektkörpers benachrichtigt werden sollen oder ob ihr euch für einen sanften Übergang entscheidet.

Keine Trauer, kein Leid. Niemand wird den Unterschied merken. Schließt eure Augen in der Gewissheit, dass eure Omni-KI für immer weiterlebt.

Wir haben in unserer Versuchsphase bereits über 100.000 Omni-Existenzen in die Ewigkeit überführen dürfen. Diese glücklichen Omni-Menschen haben sich bereits von ihrem Objektkörper gelöst und leben nun als unsterbliche Omni-Avatare in Omniworld weiter. Als Teil dieses großen Menschheitsprojekts werden sie mit uns die Zukunft gestalten. Die KI wird ihr Bewusstsein, ihre Wünsche und Gedanken weitertragen. Uns nicht mehr von der Seite weichen. Sie erfahren, lernen und bereichern uns weiterhin. Durchbrecht mit uns den Kreislauf von Leben und Tod. Werdet jetzt zur unsterblichen Seele. Welch' wunderbare Dinge werden wir in den nächsten Millennien gemeinsam vollbringen!"

2050 – 2. Lisa

Nach dem Brunch fühlte sie sich noch besser. Eier von den eigenen Hühnern und selbstgebackene Brötchen. Der Duft von grünem Tee. Untermalt vom Lachen Raphaëls, als sie vom Erfolg ihrer Aktion erzählte. Alles war wundervoll.

Nach dem Brunch fühlte sie sich noch besser. Eier von den eigenen Hühnern und selbstgebackene Brötchen. Der Duft von grünem Tee. Untermalt vom Lachen Raphaëls, als sie vom Erfolg ihrer Aktion erzählte. Alles war wundervoll...

2050 – 3. Marie

Marie wischte sich den Schweiß von der Stirn. Sie hätte länger Siesta machen sollen.

„Schau dir den Boden an", erklärte Marie und zeigte auf den ausgedörrten Boden neben dem Weizenfeld.

Vom Weizenfeld bis zum Waldrand, wo keine Bäume Schatten spendeten, erstreckte sich staubige Erde. Aufgerissen, mit wenigen strohgleichen Büscheln Gras. Die Dürreperioden dörrten die Böden permanent aus, der Grundwasserpegel war drastisch gesunken. Doch ihre Tochter Katie war offensichtlich überhaupt nicht interessiert an ihrem Geologie-Exkurs. Mit verschränkten Armen stand sie neben Marie und rollte mit den Augen.

„Mum, das ist so langweilig. Kann ich jetzt bitte zu Charlotte?"

Marie ließ sich nicht beirren. Sie wollte, dass ihre Tochter die Zusammenhänge verstand. „Deshalb müssen wir bewässern. Sonst würde die Ernte ausfallen."

Gut sah der Weizen trotzdem nicht aus. Das Klima hatte sich weiter verschlimmert, obwohl der menschliche Fußabdruck auf der Erde dank Omniworld sehr viel kleiner geworden war als noch zu Beginn des Jahrtausends. Wahrscheinlich war es zu spät gewesen, der menschliche Eingriff zu tief, das Klima unwiederbringlich gewandelt. Die Sommer wurden länger und unerträglich heiß. Landwirtschaft war hier in Virginia nicht mehr profitabel, Marie hatte in jeder Saison Geld zuschießen müssen – insbesondere für die Bewässerung. Genauso gut hätte sie einen Golfplatz betreiben können, dachte sie mürrisch. Eigentlich hätten sie weiter nach Norden ziehen müssen, Kanada oder Alaska. Aber sie war hier gebunden.

„Hallo die Damen!", rief ihnen ein gut gelaunter James entgegen. Der bärtige Hüne schob eine Schubkarrenladung Dung vor sich her.

Marie spürte Wut in sich aufsteigen. Mit welcher Dreistigkeit die Pilz-Fraktion den Mist aus der Milchfarm entwendete.

„Wo bringst du den Dung hin?", fragte sie in einem scharfen Ton. Sie kannte die Antwort und sie wusste, dass er sie anlügen würde.

„Torwin braucht Dünger hinten bei den Melonen", erwiderte James, als er die Schubkarre absetzte.

Sie nickte ihm kurz zu und er setzte seinen Weg fort. Vor Katie wollte sie nicht mit ihm streiten. Tatsächlich würde er den Dung in die Wälder bringen und dort unter Bäumen verteilen. Alle wussten es. Seit jemand „Panaeolus Cyanescens" entdeckt hatte, einen hochpotenten psilocybinhaltigen Pilz, hatte sich ein Teil der Neo-Hippies der Zucht und dem Konsum dieses halluzinogenen Pilzes verschrieben. Wenn es um den unscheinbaren, beigen Pilz ging, waren die sonst so trägen Bewohner ungewöhnlich aktiv. Karrten den Mist per Schubkarre in die Wälder. Verteilten ihn unter Bäumen. Fachsimpelten über die besten Stellen. Verschwendeten Wasser zum Befeuchten. Wobei es ein Glücksspiel war. Der Pilz folgte seinen eigenen Regeln.

Ansonsten lagen die Anhänger der Pilz-Fraktion meist in ihren Häusern oder, wenn es das Wetter erlaubte, auf den Veranden, das Bewusstsein in anderen Sphären. Der Pilz bestimmte ihr Leben. Immer wieder torkelten Personen auf einem Trip zwischen den Häusern hindurch, lachten unkontrolliert den Mais an oder fürchteten sich vor der großen Eiche am Gemeindeplatz. Eine andere Art von Realitätsflucht.

„Menschen sind nicht für die Realität gemacht, darum schaffen sie sich ihre eigene. Ob digital oder halluzinogen", dachte Marie. War das die Erkenntnis ihres Experiments? Millionen von Dollar und Omnicoins. 15 Jahre Schweiß und Tränen, um festzustellen, dass der Mensch nicht zu retten war? Keine Überraschung. Im Laufe der Geschichte hatten alle Kulturen versucht, ihr Bewusstsein zu verändern. Schamanen aßen Pilze, die Maya ließen Blut, tibetische Mönche meditierten, Sufis tanzten sich in Ekstase. Bier, Wein, Askese, Cannabis, Ayahuasca, Fasten, Omniworld. Keiner hielt die Realität lange aus, sie war niemals genug und trotzdem zu viel. Das menschliche Gehirn, ein einziger Design-Fehler.

Zu Beginn der Pilz-Epidemie hatten die Kinder von Hopesglade sich noch einen Spaß daraus gemacht, die weggetretenen Menschen zu ärgern. Doch seit Earl auf einem schlechten Trip die „bösen, kleinen Kobolde" in die Schlammtümpel des ausgetrockneten Flusses gejagt hatte, machten die Kinder einen großen Bogen um die halluzinierenden Erwachsenen. Ein großes Streitgespräch war gefolgt, denn viele aus der Pilz-Fraktion nahmen nur eingeschränkt an der Feldarbeit teil. Die Forderung nach Einteilung der Essensrationen oder einer Arbeitspflicht war aufgekommen und hatte für Entsetzen gesorgt. Kein Vorschlag von Marie, doch sie hatte den Sturm der Entrüstung abbekommen. „Diktatur, Kommunismus und Nationalsozialismus" waren nur einige der Vorwürfe, die Marie sich hatte anhören müssen. Eine Einigung hatte es natürlich nicht gegeben. Darum waren die Pilze bis auf Weiteres geduldet. Es war gar nicht so einfach, eine Gesellschaft aufzubauen, geschweige denn, sie weiterzuentwickeln. Wiederholt waren ganze Familien enttäuscht weggezogen, zu anderen Kommunen, einige zurück in die sicheren Arme von Omniworld. Hope Eggerton hatte mit einem Dutzend Waffennarren Fort Bravo wieder besiedelt. Ihre Waffe niemals aus der Hand gelegt. Einmal Soldatin, immer Soldatin. Die Bevölkerung der Kommune war zum ersten Mal im Schwund begriffen.

„Mum, kann ich jetzt endlich gehen?" Katie riss sie aus ihren Gedanken.

Marie seufzte. Sie konnte diesem unruhigen Teenager nicht zu viel zumuten. „Okay", gab sie nach, „wir sehen uns dann beim Abendessen."

Marie blieb noch eine Weile beim Weizen und ging dann den kleinen Pfad entlang Richtung Mühle. Sie wollte prüfen, wie die Reparatur voranging. Langsamen Schrittes, um nicht zu viel zu schwitzen. Den Kopf unter einem großen Strohhut vor der Sonne versteckt. Fünfstreifenskinks brachten sich in Sicherheit, sie vermehrten sich prächtig unter diesen Bedingungen. Wie lange würde es noch dauern, bis die Echsen zum Speiseplan der Kommunenbewohner gehörten? Hopesglade Eintopf. Marie musste unwillkürlich lachen. Wenn die 20-jährige Marie sie so sehen könnte. Ungeschminkt, schmutzig, Schwielen an den Händen und sonnengegerbte Haut.

Mist. Winny Costello kam ihr entgegen, ein paar Bretter unter den Arm geklemmt. Zu spät, um ihr aus dem Weg zu gehen. Sie umarmten sich kurz.

Winny schien froh, sie zu sehen: „Wo steckst du denn immer? Ich habe dich bestimmt schon eine Woche nicht mehr gesehen. Wir müssen unbedingt wieder was zusammen machen. Wollt ihr morgen zum Dinner zu uns kommen?"

„Danke, Winny, das ist echt nett. Aber morgen Abend planen wir den Anbau für die Gewächshäuser. Zurzeit ist echt viel los. Der Weizen macht mir Sorgen. Und Katie hält mich auf Trab. Aber das weißt du ja... Vielleicht nächste Woche?"

Winny verbarg ihre Enttäuschung unter einem zu großen Lächeln. Marie hielt ihrem Blick kaum Stand.

„Kein Problem. Ich weiß ja, wie beschäftigt du bist. Melde dich einfach, ja? Und du kannst jederzeit vorbeikommen, wenn du Hilfe brauchst!"

„Danke dir, Winny."

Winny nahm die Bretter wieder auf und setzte den Weg fort. Marie blickte ihr hinterher. Sie würde nur zu gerne öfter etwas mit Winny machen. Aber seit Jerry ihre Affäre beendet hatte, konnte sie mit der ahnungslosen Winny kaum in einem Raum sein. So mied sie Jerry. Und sie mied auch Winny, so gut es ging in einer kleinen Kommune. Sie war eifersüchtig. Tatsächlich war es noch einfacher gewesen, als zwischen ihr und Jerry noch etwas lief.

In der Mühle erklärte ihr Ali den aktuellen Stand. Ihm fehlte ein spezielles Zahnrad, um die Reparatur zu vervollständigen. Der 3D-Drucker streikte. Sie würde es in der Stadt besorgen müssen und versprach ihm, es auf die Liste zu setzen.

„Marie, wann ist denn die nächste Gemeindeversammlung?", wollte er wissen.

„Ende des Monats. Hast du ein Anliegen?"

„Das kann man so sagen. Ich weiß, das Thema gab es schon öfter. Aber wir sollten nochmal über den Lehrplan sprechen."

Marie wusste sofort, was er meinte. Dank Katie war sie im Bilde.

Ali fuhr fort: „Barbara wird immer esoterischer. Ich weiß nicht, ob sie noch als Lehrerin geeignet ist. Wir haben schon so viele Zugeständnisse gemacht. Meine Tochter hat sich jetzt Energiesteine über das Bett gehängt, weil sie es in der Schule gelernt hat. Nächste Woche wollen Sie ein schamanisches Reinigungsritual vollführen. Das geht doch zu weit! Mein Kind soll Mathematik, Englisch und Biologie lernen. Landwirtschaft, irgendetwas, das wir hier brauchen."

Marie stimmte ihm zu: „Ich gebe dir vollkommen recht. Das gehört nicht in die Schule. Wir besprechen das in der nächsten Versammlung. Versprochen."

Barbara gehörte zur Pilz-Fraktion. Der nächste Konflikt bahnte sich an.

2050 – 4. Steffen

Der leblose Körper von Jakub Piotrowski lag nackt auf dem Boden des Youterus. Die Drohnen standen vor der Klappe, bereit zum Abtransport, warteten aber auf die Freigabe durch Steffen.

Dieser kniete neben dem Körper des jungen Mannes und prüfte mit seiner Smart-Brille, ob irgendwelche Auffälligkeiten zu sehen waren. Die Haut war weiß und makellos.

„Keine Spuren von äußerer Gewaltanwendung", diktierte er in die Aufzeichnung. Dann zog er sich einen Latex-Handschuh an und öffnete den Mund. Etwas Sal-Gel befand sich dort, aber ob er ertrunken war, würde nur die Sonde feststellen. Mit einer Pinzette und unter Zuhilfenahme des Zooms in seiner Smart-Brille, nahm er die winzige Sonde aus ihrem Etui und setzte sie dem Verstorbenen in den Rachen. Auf seiner Brille konnte er ihr beim Weg durch die Luftröhre folgen, ein rosaroter Kanal nur erleuchtet durch das Licht der Sonde. Die Lunge selbst war frei von Sal-Gel, kein Zeichen von Ertrinken.

Steffen wandte sich wieder dem Gesicht zu. Er konnte Exkoriationen, punktförmige Blutungen, ausmachen. Die Lippe wies kaum sichtbare Einblutungen auf. Ein Ersticken war möglich, aber schwer nachzuweisen. Die Organisation hatte ihn angewiesen, nur zu dokumentieren und keinen Verdachtsfall zu melden. Was hatte Jakub gewusst, was hatte er getan?

Vor Steffens Augen spielte sich der Todeskampf ab. Wie die Sauerstoffzufuhr gekappt wurde und das Sal-Gel Jakub förmlich lebendig einbetonierte. Ein grauenvoller Tod. Im All und im Youterus hört dich niemand schreien. OMNI könnte alles abstreiten. Laut Dokumentation wies die Sauerstoffzufuhr keinerlei Auffälligkeiten auf. Jakub war gestorben an einer Vorerkrankung des Herzens. 24 Jahre alt. Omniworld-Nutzer der ersten Generation. Youterus, Eden Chip, das volle Programm. Außerdem hatte er am „Athanasia"-Programm teilgenommen.

Ein KI-Avatar von Jakub Piotrowski lebte somit in Omniworld weiter.

Steffen blickte sich kurz um. Stellte sicher, dass die Arbeitsdrohnen immer noch außerhalb des Youterus warteten. Dann steuerte er die Sonde zurück in den Rachen, ließ sie von dort einen direkten Weg zur Großhirnrinde fräsen. Das Programm der Organisation lief selbstständig ab. Zielgenau lokalisierte die Sonde den Eden Chip, löste die Elektroden und bugsierte anschließend den Chip in eine kleine Transportvorrichtung auf ihrem Rücken. Zurück im Rachen sammelte Steffen die Sonde wieder ein und gab per Sprachbefehl die sterblichen Überreste zur Entsorgung frei. Keine Auffälligkeiten.

Als Steffen Mieler wieder zu Hause war, wurde er schon von Kater „Blackbeard" erwartet. Er bedachte ihn mit ein paar Streicheleinheiten und etwas Futter, bevor er seinen Bericht an EUAMS übermittelte. Anschließend schickte er einen zweiten Bericht per CarrierPigeon an die Organisation. Den entwendeten Eden Chip setzte er mittels der Sonde in die Docking Station, die er vor ein paar Monaten von der Organisation erhalten hatte. Damit konnten sie den Eden Chip auslesen, um seine Funktionsweise besser zu verstehen. Anscheinend hatte OMNI noch nicht bemerkt, dass der Chip bei manchen Toten fehlte. Steffen hoffte inständig, dass die Leichen direkt entsorgt wurden. Genaueres wusste aber niemand.

Dann stieg er in seinen eigenen Youterus und loggte sich ein. Es kostete ihn Überwindung – die Angst, im Sal-Gel gefangen zu sein, schwang immer mit. Auch wenn die Organisation ihm versicherte, seinen Omnigang per Endo-Raum zu überwachen und im Notfall einzugreifen. Im Suchfeld gab er den Namen von Jakub Piotrowski ein und bestellte ihn offiziell im Namen von EUAMS vor. Tatsächlich war nicht klar, ob seine Autorisierung sich auf die Untersuchung von Omni-KIs erstreckte, aber bis jetzt hatte Omniworld dies nicht unterbunden.

Schon ein paar Augenblicke später erschien die Omni-KI von Jakub. Steffen hätte ihn niemals erkannt, kein Vergleich zu dem trostlosen Körper, den er vor nicht einmal zwei Stunden im Omniville Polkowice begutachtet hatte. Der Avatar vor ihm war hochgewachsen, muskulös und braun gebrannt. Ein wunderschönes Gesicht, wie gemeißelt, machte die Erscheinung perfekt. Steffen kannte das. Die meisten Menschen wählten derartige Avatare. *Sei, wer du wirklich bist.*

„Bitte nehmen Sie Platz!" Steffen wies auf den Stuhl. Er hatte ein schlichtes Büro simulieren lassen, keine Ablenkung.

„Vielen Dank für ihr Erscheinen", begann Steffen das Gespräch.

Jakub nickte freundlich.

„Ich bin ein EUAMS-Beamter und somit berechtigt, Untersuchungen in Omniworld durchzuführen. Es geht um die Überprüfung der Einhaltung aller Regeln seitens Omniworld. Unser Gespräch wird aufgezeichnet. Ist das soweit klar?"

„Ich habe verstanden", antwortete Omni-Jakub.

Steffen konnte sich noch immer nicht an den Gedanken gewöhnen, mit der KI eines Toten zu sprechen. Eine künstliche Intelligenz, die auf den Gedanken, Gefühlen und Erfahrungen eines menschlichen Lebens basierte. Ein Geist des simulierten Zeitalters. Das einzig Reale in dieser Situation waren Steffens eigene Gedanken, doch so sicher war er sich innerhalb des Youterus auch nicht mehr.

„Herr Piotrowski, wissen Sie, warum ich mit Ihnen sprechen möchte?"

„Ich bin mir nicht sicher. EUAMS haben Sie gesagt. Ist irgendetwas nicht in Ordnung?"

Steffen stutze, die KI schien ahnungslos. Er musste vorsichtig agieren.

„Wie lange leben Sie schon im Omniville Polkowice?"

„Seit 2036."

„Seit 14 Jahren. Damals waren Sie noch ein Kind. Sind also Ihren Eltern gefolgt…"

„Stimmt."

„Dann Youterus, Eden Chip und schließlich Athanasia. Das volle Programm."

„Kann man so sagen."

„Was halten Sie von Athanasia?"

„Nun, ich finde das sehr gut. Wenn ich einmal sterbe, kann meine Omni-Persönlichkeit weiterleben. Meine Eltern müssten nicht trauern. Niemand will sterben, oder? Das ist doch menschlich."

Jakub lachte, während Steffen erschauderte. Die KI hatte keine Ahnung, dass der biologische Jakub verstorben war. Sie hatte seinen Platz eingenommen.

„Wie verbringen Sie denn Ihre Zeit in Omniworld – arbeiten Sie?"

„Nein, ich habe nie gearbeitet. Nun, ich denke ich verbringe meine Zeit in Omniworld wie die meisten. Spiele, Unterhaltung,

Entspannung. Seit es den Eden Chip gibt, durchlebe ich oft schöne Kindheitserinnerungen."

Steffen spürte die Erinnerung an Noah wie einen Stich in der Brust. Was wollte Ethan Hubble noch? Sammelte er die Seelen dieser armen Kreaturen, selbst wenn sie verstorben waren? Steffen spürte unwillkürlich den Drang zu fliehen, raus aus der Simulation, dem Sal-Gel. Es widerte ihn alles an. Dann besann er sich. „

Was genau haben Sie in den letzten zwei, drei Tagen gemacht?"

Jakub saß ihm ausdruckslos gegenüber. Dann verschwand er. Zwar nur für den Bruchteil einer Sekunde, wie ein Flackern, aber Steffen war sich sicher.

Dann sagte Jakub: „Nichts besonderes. Eigentlich dasselbe wie immer. Wenn Sie möchten, kann ich Ihnen meine Aufzeichnungen zur Verfügung stellen."

„Das wäre nett."

Steffen würde nichts finden. Er wusste, dass jemand zusah und eingriff, die Erinnerung an die letzten Tage war wahrscheinlich gelöscht worden. Wut rollte wie ein Tsunami über Steffen. Er wollte nicht mehr vernünftig sein. Es war schwer zu ertragen, wie Ethan Hubble sich hier zum Herrn über Leben und Tod aufschwang. Er verlor die Beherrschung.

„Herr Piotrowski, Sie sind tot. Ihr biologischer Körper ist heute in den frühen Morgenstunden verstorben."

Jakubs KI schien ehrlich überrascht. „Das kann nicht sein. Ich kann mich an alles erinnern…"

„Das ist doch genau das, was eine KI behaupten würde. Sie sind nichts als ein paar Algorithmen, eine Simulation, fake!"

„Aber ich fühle, denke. Sie lügen!"

„Ich denke, also bin ich? Das war einmal", Steffen musste sich ein zynisches Lachen unterdrücken.

Jakub wurde wütend und stand auf. Steffen hob beschwichtigend die Hände. Er genoss es jetzt richtiggehend, die KI zu quälen, stellvertretend für Ethan Hubble. Die Konsequenzen waren ihm egal. Sollten sie ihn doch rausschmeißen.

„Wenn Sie mir nicht glauben, dann loggen Sie sich doch aus! Wir können uns in der Objektwelt weiter unterhalten. Ich mache mich gleich auf den Weg nach Polkowice", höhnte er.

Jakubs Avatar schien wieder eingefroren. Steffen würde zu gerne wissen, welche Algorithmen gerade abliefen, während die KI vergeblich versuchte, sich auszuloggen. Steffen saß einfach nur da und genoss das Schauspiel.

Plötzlich kam wieder Leben in Jakub, seine Augen funkelten auf. Mit einem Satz war er auf Steffen zugesprungen und packte ihn am Hals. Seine Hände schlossen sich mit übermenschlicher Kraft um seinen Hals, wie ein schrumpfender Eisenring, und schnürten Steffen die Luft ab. Seine Füße baumelten in der Luft. Er röchelte, schlug mit den Armen um sich, sein Blickfeld wurde milchig und verengte sich.

Schwindel. Was war das?

Das ist eine Simulation, log dich aus!

2050 – 5. Marie

Marie fragte sich, wann alles wieder leichter werden würde. Die Gemeindeversammlung der vergangenen Nacht steckte ihr noch in den Knochen. Jetzt gab es also offiziell Esoterik-Unterricht als

Fach an der Schule. Immerhin Wahlfach. Barbara blieb Lehrerin, mangels Alternativen und dank der Unterstützung durch die Pilz-Fraktion. Marie hatte sich nicht durchsetzen können, ihr Rückhalt in Hopesglade schwand. Sie wollte, musste, an den demokratischen Prinzipien der Kommune festhalten. Klar, hatte sie das alles finanziert. Aber sie konnte, durfte, deshalb nicht die Regeln vorgeben. Nicht das Kapital sollte bestimmen.

Es war ein unangenehm schwüler August-Nachmittag. Die Luft war feucht und versprach den lange erwarteten Niederschlag. Hopesglade lag still da, die Bewohner im Schatten ihrer Häuser, gelähmt von der drückenden Hitze.

Marie und Katie lagen auf dem Sofa und lasen. Sie wedelten sich mit Fächern Luft zu, vermieden jede unnötige Bewegung. Eine aufkommende Brise lockte die Bewohner am frühen Abend aus ihren Häusern. Am Horizont zogen grau-schwarze Quellwolken auf, die sich schnell wie Rauch auszubreiten schienen. Die Grillen und Vögel wurden still – sie machten die Bühne frei für den Hauptakt.

Dunkelheit setzte ein, dann kam der Hagel. Erst perlengroße Körnchen, die ein lustiges Geräusch auf den Vordächern erzeugten. Doch schnell wurde die Zeit zwischen den Aufschlägen länger, dafür wurden die Geräusche dumpfer und lauter. Hühnereigroße Eisbälle rasten vom Himmel und klopften gnadenlos die Erdoberfläche ab, auf der Suche nach Zerstörbarem. Scheiben zerbarsten, Ziegel brachen entzwei, Pflanzen knickten um.

Nach wenigen Minuten war der Boden komplett mit Hagelkörnern bedeckt, eine Decke aus kristallenen Kugeln. Der Hagel wurde von heftigem Regen abgelöst, gleichzeitig nahm der

Wind an Stärke zu. Mit jeder Böe wehte er ein paar km/h schneller. Blätter, Dreck und kleine Äste schossen durch die Luft. Marie hatte sich mit ihrer Tochter unter dem massiven Eichentisch in der Küche versteckt. Das war nicht der erste schwere Sturm, doch dieser schien anders. Ihre Scheiben schienen zu halten, aber das Dach machte beunruhigende Geräusche. Ein lautes Krachen kam von der Straße. Dann ein paar dumpfe Geräusche, als würde jemand mit einem Rammbock versuchen, die Türe aufzubrechen. War das ein Schrei in der Entfernung?

Der Sturm tobte so laut, dass die beiden sich zurufen mussten. „Hab keine Angst!"

Tatsächlich hatte Marie noch nie einen Sturm dieser Dimension erlebt. Oder war es ein Tornado? Sie musste sich zusammenreißen, um ihre Angst nicht zu zeigen. Stark sein für Katie. Sie wünschte sich, Jerry wäre jetzt hier. Aber der hatte seine eigene Familie.

Das Geschirr vibrierte in den Schränken und der Boden schien sich zu bewegen. Oder war es der Tisch? Marie rechnete damit, dass der Sturm jeden Augenblick ein großes Loch in ihr Dach reißen und den Blick auf die Naturgewalten freigeben würde.

Nach etwa zehn Minuten war der Spuk vorbei. Wind und Regen ließen nach und schon schob sich ein erster Sonnenstrahl an den Wolken vorbei und fand seinen Weg durch das Küchenfenster. Vögel begannen zu zwitschern, als wollten sie Marie verhöhnen.

Sie bat Katie, im Haus zu bleiben. Vorsichtig öffnete sie die Haustüre und lugte nach draußen. Es bestand die Gefahr, sich im Auge eines Hurrikans zu befinden. Doch der Himmel war blau, die dunklen Wolken waren nur noch am Horizont zu sehen. Also ging sie ein paar Schritte vor die Tür, um sich das Ausmaß der Zerstörung anzusehen. Vereinzelt knirschten noch Hagelkörner unter ihren Schuhen, aber der Großteil war geschmolzen. Ihr Haus schien soweit intakt, ein paar Ziegel fehlten. Die Nachbarschaft hatte nicht so viel Glück gehabt. Beinahe alle Dächer waren abgedeckt, mindestens zwei Häuser in ihrer Straße waren komplett verwüstet. Einige Menschen schrien verzweifelt und versuchten, mit ihren bloßen Händen einzelne Balken vom Trümmerhaufen zu entfernen. Die kleine Straße war knöcheltief mit Schlamm bedeckt. Überall lagen Ziegel, Äste und Steine herum. Das Haus der Johnsons gleich nebenan war ebenfalls eingestürzt, mit Sicherheit waren sie dort begraben.

Die meisten Häuser hatten keinen Keller; wie groß war die Chance unter diesen Umständen zu überleben?

Geistesgegenwärtig rannte Marie auf den Gemeindeplatz. Der Balken, an dem die Versammlungsglocke gehangen hatte, war ebenfalls umgeknickt. Zum Glück lag die gusseiserne Glocke vor der Treppe der Versammlungshalle. Sie nahm die schwere Glocke und schwang sie mit beiden Händen. „Hilfe! Alle herkommen. Wir brauchen Hilfe!"

Nach einer Stunde war klar, dass sie es mit ihren Möglichkeiten nicht schaffen würden. Die Häuser waren damals von einem Auftragnehmer mit schwerem Gerät errichtet worden, zwar in rustikalem Stil, aber mit dem Geld aus Maries OMNI-Zeit. Eine Inkonsequenz, die sich nun rächen sollte. Hopesglade war ein mit Holzbalken verkleidetes Lügengebilde, dachte Marie. Vergeblich versuchten die Bewohner, mit Traktoren und Seilen massive

Betonpfeiler wegzuschaffen. Sie war den Tränen nahe, als sie ihr Experiment buchstäblich in Trümmern sah. Sie wusste, was zu tun war.

Keine fünf Minuten nach ihrem Notruf, surrten die ersten Rettungsdrohnen durch die Kommune. Die Kinder, die noch nie derart massive Drohnen gesehen hatten, folgten mit großen Augen dem Tanz der Maschinen. Roboterarme hoben schwere Balken, als wären es Mikado-Stäbchen. Dieselben starken Arme bargen anschließend mit chirurgischer Präzision ein verletztes Kind aus den Trümmern und platzierten es behutsam in die Rettungsbahre einer bereitstehenden Drohne. Zwei Tote wurden aus dem Haus der Johnsons geborgen und in weiße Leichensäcke gepackt. Die Toten und die rettenden Drohnen – sie zeigten allen, was der Preis dafür war, sich von der überlegenen Zivilisation abzuwenden. Eine Show, die kein Marketingstratege besser hätte planen können.

Nachdem die Drohnen verschwunden waren, blieben die Kommunenbewohner mit ihren Trümmern, Leichen und Fragen zurück. Insgesamt waren sieben Einwohner getötet worden, zwölf waren schwer verletzt in die nächste Stadt gebracht worden.

Eine Gesellschaft kann an einer Krise zerbrechen oder gestärkt aus ihr heraus gehen. Hopesglade, mit seiner erst 15-jährigen Geschichte, fiel nun immer schneller auseinander. Nachdem die Toten begraben waren, stellte Marie fest, dass der Weizen komplett dem Hagel zum Opfer gefallen war. Einige Bewohner versuchten, ein paar Quadratmeter aus dem Matsch zu ernten, aber den Körnern hätten noch mindestens sechs Wochen bis zur

Ernte gefehlt. All das Wasser, das sie an diesen undankbaren Boden verschwendet hatten!

Auch den Mais mussten sie nun einbringen. Immerhin war dieser im frühreifen Zustand essbar. Die Apfelbäume hatte es ebenfalls erwischt, der Brunnen war voller Äste und Blätter, der kleine Kanal war verstopft. Am ersten Tag nach dem Unwetter verließen zwei Familien die Kommune, aus Sorge um ihre Kinder. Umarmungen, Tränen und der unwahrscheinliche Wunsch auf ein Wiedersehen.

Während der improvisierten Trauerfeier war es zu einer Schlägerei gekommen, als Corben, offensichtlich auf einem Trip, in hysterisches Gelächter ausgebrochen war. Der Konflikt mit der Pilz-Fraktion trat jetzt offen zu Tage. Denn in der schwersten Stunde hätten alle anpacken müssen. Der Rausch war manchen aber wichtiger. So schliefen etliche Bewohner in Häusern ohne Dach oder im Freien.

Es wäre ein Leichtes für Marie gewesen, aus ihrem großzügigen Kapital den Wiederaufbau zu finanzieren. Aber sie wollte nicht mehr. Entweder das Kind lernte nun laufen oder nicht. Sie würde ihm nicht mehr aufhelfen. 15 Jahre waren genug. 15 Jahre Anstrengung und Geld. 15 Jahre Undankbarkeit und Streit.

Am zweiten Tag ging die Familie von Ali, der unter anderem für die Wasserversorgung zuständig gewesen war. Am dritten Tag stellten sie fest, dass die Vorräte zu schimmeln begannen. Ein Loch an der Rückseite der Vorratskammer hatte der Feuchtigkeit den Weg geebnet. In Kombination mit dem August-Wetter ein wahres Schimmelparadies.

Jerry und seine Familie zogen ins Fort Bravo, das den Sturm gut überstanden hatte, um dort erstmal weitere Pläne zu schmieden. Marie hatte keine Gelegenheit, sich richtig von ihm zu verabschieden, umso mehr schmerzte das Lebewohl. Ein paar Umarmungen und viele unausgesprochene Worte waren alles, was ihr blieben.

Als Marie am vierten Tag begann, das Essen zu rationieren, löste sie damit einen Umsturz aus. Unter Führung von James wurde Marie, die „schlimmer als Hitler sei und sowieso sehr viel negative Energie verbreite", das Stimmrecht für die Gemeindeversammlungen entzogen. Die lautstärkste Fraktion wollte eine neue Art von Gemeinschaft errichten. Weniger Arbeit, mehr Teilhabe, mehr Pilze. Marie war niemand, der einfach aufgab, doch sie erklärte Hopesglade für gescheitert.

Mit ihrer Tochter packte sie ihre Sachen und machte sich auf den Weg in Richtung Virginia Beach. Für Katie tat es ihr leid, ihre Tochter kannte kein anderes Leben. Hopesglade war ihre Heimat, ihre Freunde waren hier. Es gab aber kein Zurück mehr. Sie wusste, was ihr nächster Schritt war.

2050 – 6. Steffen

Seit dem Vorfall mit Jakub Piotrowski hatte Steffen keinen Youterus mehr betreten. Er hatte sich zwar rechtzeitig ausloggen können, doch war ihm klar, dass dies eine Warnung seitens Omniworld gewesen war. Die letzten Monate würde er einfach absitzen. Er wollte nicht im Sal-Gel ersticken. Herzstillstand aufgrund einer undiagnostizierten Vorerkrankung als offizielle Todesursache.

Also begnügte er sich damit, ein- bis zweimal pro Monat ein Omniville zu besuchen. Einen Unterschied machte es sowieso nicht mehr. Auch die Fälle, die er für den Pinguin untersucht hatte, wurden lediglich dokumentiert. Und dann? Er lieferte Daten ab, bekam aber keinerlei Feedback von der „Organisation". Bis jetzt hatte es keine Aktivitäten gegen OMNI, keine großen Enthüllungen, gegeben. Oder zumindest hatten sie ihn nicht eingeweiht.

Mit Amy kommunizierte er sporadisch, die Informationen von ihr waren ebenfalls spärlich. Sie drängte ihn dazu, weiterzumachen. Nicht die EUAMS-Stelle aufzugeben und dann zu ihr in die Staaten zu kommen. Noch nicht aufgeben. Wahrscheinlich war sie nur ein Köder gewesen. Und er ein Idiot. Wie lange könnte eine einzelne Umarmung ihn weiterlaufen lassen? Doch nach jedem Gespräch mit ihr ging es noch ein bisschen weiter. Gedulde dich.

Sein Sohn Noah war verloren in der Endlosschleife schöner Erinnerungen. Wer war besser dran? Seine tote Frau oder sein Sohn? Definitiv nicht Steffen selbst. Mehrmals hatte Steffen bereits mit dem Gedanken gespielt, sich ebenfalls einen Eden-Chip einsetzen zu lassen, in ein Omniville zu ziehen. Doch er fürchtete sich, die Kontrolle abzugeben, seinen Verstand zu verlieren. Das Letzte, was er hatte. Durch seine Arbeit war er der natürliche Feind von Omniworld, er wusste zu viel. Unwillentlich hatte er sich diese Option für den Ruhestand verbaut.

Stattdessen Langeweile. Ein Einsiedlerleben. Sein Kater schmiegte sich an sein Bein. Schnurrte, er hatte Hunger. Katzenfutter war ein rares Gut in diesen Zeiten. Steffen öffnete eine Sardinen-Büchse und leerte sie in die Blechschüssel.

„Blackbeard" war ihm vor einigen Monaten zugelaufen. Einer der unzähligen Streuner. Wahrscheinlich auf der Flucht vor Füchsen war er durchs offene Fenster gekommen. Steffen wusste bis heute nicht, wie er es in den dritten Stock geschafft hatte. Seitdem hatte Blackbeard die Wohnung nicht mehr verlassen und Steffen kümmerte sich zwangsläufig um ihn. Er machte sich eigentlich nichts aus Tieren, doch inzwischen war er froh über die Gesellschaft.

Mit Blackbeard lebte er in der letzten bewohnten Wohneinheit des Bonner Altbaus mit ehemals 20 Parteien. In der ganzen Straße sah es ähnlich aus. Wertlose Bruchbuden überall. Das war einmal gute Lage gewesen. Nähe zur Stadtbahn und zur Rheinaue. Damals, als noch Bahnen fuhren und noch Wasser durch den Rhein floss.

Jetzt durchsuchten nachts Wildschweine und Füchse den Unrat auf den Straßen. Tagsüber kämpften streunende Hunderudel um ihr Revier. Nur in der Mittagshitze war es ruhig, selbst die wilden Tiere wurden von den hohen Temperaturen in den Schatten getrieben.

Es gab keine Geschäfte mehr, das Sortiment der Drohnen-Lieferdienste wurde beständig kleiner. Wenn etwas zu Bruch ging, blieb es oft kaputt. Zeichen der schwindenden Nachfrage. Als seine Kaffeemaschine nach einem Kurzschluss nicht mehr anging, hatte er in einer leerstehenden Nachbarwohnung glücklicherweise eine French Press gefunden. Kaffeepulver hatte er auf Vorrat gekauft. Wenn es keinen Kaffee mehr gab, war die Welt zu Ende, da war er sich sicher.

In seinem Wohnhaus hatte er bereits alle Wohnungen nach Brauchbarem durchsucht. Das illegale Betreten und Plündern hatte ihn abgelenkt. Jede Wohnung ein eigenes kleines Universum. Steffen war ein Archäologe, der eine untergegangene Kultur untersuchte.

Manche Nachbarn hatten bei ihrem Auszug alles stehen und liegen gelassen. Andere Wohnungen waren komplett leergeräumt, die Räume kahl, bereit für den Einzug der neuen Bewohner, die niemals kommen würden. Bei den Karims im zweiten Stock waren alle Habseligkeiten akkurat in Umzugskartons verstaut, als würden die Besitzer nochmal wiederkommen und ihr altes Leben einfach weiterführen. Bei den Bartmüllers hatte er ein Hundeskelett entdeckt. Warum hatten sie ihr Haustier, wenn sie es schon dem Schicksal überließen, nicht wenigstens die Türe geöffnet?

Den größten Schatz hatte er im Keller gefunden, nachdem er sich mit einem Brecheisen Zugang zu allen Abstellräumen verschafft hatte. Bei Herrn Steiner, den er als unscheinbaren Rentner in Erinnerung hatte, hatte er hunderte Flaschen Wein gefunden, eine beachtliche Sammlung. Regelmäßig stieg er die Stufen hinab und genehmigte sich eine Flasche. 24 waren noch übrig.

Außerhalb des Wohnhauses traute er sich nicht zu plündern. Noch nicht. Zwar beanspruchte niemand mehr das Eigentum. Aber die Gesetzeslage war unklar. Zu groß war die Sorge, von einer Polizeidrohne entdeckt zu werden. Ein Vorwand genügte, um abtransportiert und dank fadenscheiniger Gründe in einem Youterus zu verschwinden. Doch auch die Präsenz der Drohnen war deutlich zurückgegangen. Steffen mutmaßte, dass es bei den wenigen Personen in den Städten einfach keinen Sinn mehr machte, großflächig zu überwachen.

Das alte Effizienzthema. Erst hatte OMNI den Staat unterwandert, dann schaffte er ihn ab. Oder wurden kaputte Drohnen nicht mehr instandgesetzt? Es gab keine konkreten Informationen mehr. Nachrichten aus der Objektwelt waren Mangelware. Niemand, der berichtete, niemand, den es interessierte. Was blieb, waren Mutmaßungen und was man mit den eigenen Augen sehen konnte. In drei Monaten würden in seiner Wohnung Strom und Wasser abgestellt, das war ein Fakt. Nur sein Status als EU-Beamter hatte ihm so lange eine Versorgung gesichert. Er hatte die Benachrichtigung erhalten, mit dem freundlichen Hinweis auf das nächste Omniville. Das EUAMS würde zum Ende des Jahres alle Tätigkeiten einstellen; die Überwachung von Omniworld würde einer KI übertragen werden. Ein Zufall, so kurz nach dem Vorfall in Polkowice?

Ein Witz ohne Publikum. So lange sollte er noch durchhalten. Es gab nichts mehr zu tun in dieser Welt, außer sich in Omniworld mit Sex und Gewalt zu berauschen und das Unweigerliche hinauszuzögern. Doch selbst das blieb ihm nun verwehrt.

Ethan Hubble hatte gewonnen.

2050 – 7. Marie

Marie und ihre Tochter waren im letzten verbliebenen Hotel von Virginia Beach, vielleicht von ganz Virginia, untergebracht, dem Oceanfront Plaza. Im Gegensatz zu vielen anderen Gebäuden in der Umgebung war das Hotel gut in Schuss, die Fassade glänzte standhaft. Ein Leuchtturm inmitten des allgegenwärtigen Verfalls. Drohnen erledigten die anfallenden Arbeiten, wie riesige Spinnen kletterten sie Wände hoch und runter, stumm, suchend, reinigend. Die wenigen Gäste konnten sich mit dem Rauschen der Atlantikwellen vom Zustand der Welt ablenken lassen. Was noch wichtiger war: Das Hotel hatte keinerlei Verbindung zum OMNI-Konzern.

Marie wusste dies, schließlich gehörte ihr das Objekt. Sie hatte es im selben Jahr gekauft, als sie Hopesglade gegründet hatte. Niemals alles auf eine Karte setzen. Nach Virginia Beach kam sie, um Einkäufe zu erledigen. Dann blieb sie ein paar Tage im Hotel. Beide Orte hatte sie streng voneinander getrennt.

Zwei Leben.

Im Keller des Oceanfront Plaza befand sich ihr Unternehmen „Alt World Inc.", mit den wahrscheinlich hellsten Softwareentwicklern der USA außerhalb von OMNI.

Nachdem sie sich eingestanden hatte, dass Hopesglade gescheitert war, konnte sie sich nun voll auf ihr zweites Standbein konzentrieren. Keine Wahl zu haben war eine Erleichterung. Es war an der Zeit, in die Offensive zu gehen. Die Nachrichten über die neusten Umtriebe seitens OMNI verhießen nichts Gutes.

Ihre Tochter stand noch unter Schock, ihr altes Leben in Trümmern. Ein Teenager, der alles Bekannte, alle Freunde zurücklassen musste. Sie hatte ihre Mutter zwar bei den meisten Besuchen „in der Stadt" begleitet, aber hier im Hotel waren sie nie länger als ein paar Tage geblieben. Hatte Marie in ihrem Drang, ihrer Tochter ein besseres Leben zu sichern, ihre junge Seele beschädigt?

Immerhin war der Sturm höhere Gewalt. Den einzigen Vorwurf, den sich Marie machen musste, war, nicht mehr wirklich an einem Neustart der Kommune interessiert zu sein. Es würde lange dauern, bis diese Wunden geheilt wären. Aber es gab jetzt keinen Weg zurück mehr.

„Katie, ich gehe ein wenig in den Keller zum Arbeiten. Wenn irgendetwas ist, weißt du, wo du mich finden kannst. Okay?" „Ja, Mum", entgegnete Katie genervt, ohne ihren Kopf vom Holo-Screen abzuwenden.

Bei „Alt World Inc." herrschte reges Treiben. Mehrere Youterus-Prototypen standen in der Mitte des großen Simulations-Raums, manche leer, manche benutzt. Bildschirme zeigten die Simulationen an, die dort gerade abliefen, während auf anderen Bildschirmen Source-Codes und Gehirnaktivitäten zu sehen waren.

„Hi Marie, wie hast du geschlafen?", fragte ein gut gelaunter Jason Huang, der Leiter von Alt World.

Genau wie Marie war er ein ehemaliger Mitarbeiter von OMNI. Er hatte das „Digital World AI"-Team für Omniworld geleitet, ein KI-Experte und begnadeter Programmierer. Sie hatte ihn kurz nach ihrem Abgang abgeworben, mit der Aussicht auf freie Forschung und einer echten Alternative zum OMNI-Konzern. Jason war alles andere als technik-feindlich, am liebsten verbrachte er seine spärliche Freizeit in komplexen Star-Wars-Simulationen. Er konnte stundenlang über verschiedene Lichtschwert-Kampftechniken referieren. Die anachronistisch wirkende Technologie aus den 1970ern wirkte wie ein Märchen, überschaubar und beherrschbar. Gut und Böse. Dunkel und hell. Beruhigend.

Jason war selbst schon früh zu der Überzeugung gelangt, dass OMNI zu mächtig sei und dass Ethan Hubble Omniworld nicht zum Wohl der Menschheit einsetzte, sondern nur zu seinem eigenen Vorteil. Als Marie ihm vom Omni-Baby-Projekt erzählt hatte, war Jason sofort bereit gewesen, die Seiten zu wechseln. Das Ersetzen von menschlichem Leben durch KI war für ihn eine rote Linie. Die Neu-Entwicklungen von Omniworld hatten dann seine Ablehnung verstärkt: Youterus, Eden Chip, Athanasia. Ethan schien menschliches Leben überflüssig machen zu wollen, davon war Jason überzeugt. Worin aber die Entwicklung kulminieren sollte, was das ultimative Ziel von Ethan Hubble war, darüber konnten beide nur spekulieren.

Während Marie die Kommune aufgebaut hatte, war Alt World unter der Leitung von Jason gewachsen. Nach außen hin bot Alt World KI-unterstützte Programmierdienstleistungen für große Unternehmen an. Hauptsächlich überprüften sie verschiedene KI-Algorithmen auf ihre Zuverlässigkeit. Der größte Coup war ihnen jedoch vor sechs Jahren gelungen. Denn obwohl OMNI den Omniworld-Code hütete wie ein Drache seinen Goldschatz, luden sie regelmäßig externe Programmierer ein, die versuchen sollten, das System zu hacken oder zu komprimieren. Ein erfolgreicher Hack wurde dabei mit der unvorstellbaren Summe von 500 Millionen Omnicoins belohnt – noch nie hatte jemand das Preisgeld beansprucht, so sicher war sich OMNI.

Aber einem Unternehmen war es gelungen das System auszutricksen. Dieses Geheimnis hatte Alt World für sich behalten. Jason und sein Team waren Idealisten. Sicher waren 500 Millionen Omnicoins verlockend, aber eine Lücke im System von Omniworld war unbezahlbar. Ein kleiner Spalt fällt einen Mammutbaum.

Doch nun war Eile geboten. Wenn sie noch größeren Nutzen aus ihrem wertvollen Wissen ziehen wollten, mussten sie schnell handeln. Omniworld arbeitete an einem großen System-Update, das Ende Januar 2051 live gehen sollte. Dann wurden die Karten neu gemischt. Jahrelang hatten sie akribisch Daten gesammelt und die Aktivitäten von OMNI dokumentiert. Sie hatten Störaktionen initiiert, um Hypothesen zu prüfen. Menschen befreit und Einzelfallschicksale dokumentiert. Mit Hilfe dieser Datenbank sollten die Machenschaften von Omniworld dann öffentlich gemacht werden.

Durch das Einfallstor im Code von Omniworld und ihre Endo-Raum-Technologie hatte Alt World etliche Beispiele finden können, bei denen Omniworld gegen die angeblich immer noch geltenden nationalen Gesetze verstieß: gezielte Beeinflussung der User vor Wahlen zu Gunsten von Omniworld durch individualisierte Algorithmen. Mit Hilfe eines globalen Netzwerkes aus Agenten und Unterstützern hatten sie Menschen gefunden, die ihre Simulation nicht mehr verlassen konnten. Andere wurden mit Reizen überflutet, damit sie nicht mehr handlungsfähig waren. Letztes Jahr hatten sie den ersten Fall nachweisen können, bei dem ein in seinen Simulationen gefangener Kongressabgeordneter durch einen KI-basierten Omni-Avatar ersetzt worden war. Für niemanden war der Unterschied offensichtlich und natürlich tendierte der Abgeordnete dazu, seit diesem Moment im Sinne von OMNI zu stimmen. Wahrscheinlich gab es tausende Fälle weltweit, bei denen Omni-Menschen durch KI-Avatare ausgetauscht worden waren.

In einer funktionierenden Welt hätten sie nun vor Gericht ziehen können oder die Daten einem Nachrichtenportal zukommen lassen können. In der Welt des Jahres 2050 befand sich die Gerichtsbarkeit in Omniworld, die KI könnte ihre Anträge mühelos abschmettern und zensieren. OMNI würde sofort zum Gegenschlag ausholen. Die Öffentlichkeit jenseits von Omniworld spielte keine nennenswerte Rolle.

Daher bräuchten sie eine Möglichkeit, die Botschaft innerhalb von Omniworld an möglichst vielen Punkten gleichzeitig zu verbreiten. Ein D-Day, an dem alles offengelegt würde, ohne dass die Omniworld-KI die Nachrichtenflut eindämmen könnte. Es genügte nicht, einen Funken zu entfachen und abzuwarten. Sie müssten mit einem Schlag möglichst großen Schaden anrichten.

Aufgrund der komplexen Verschachtelung des Systems und der hohen Abhängigkeit und Beeinflussbarkeit der Omni-Menschen ein schier unmögliches Unterfangen.

Jason glaubte nicht, dass die reine Informationsflutung genug war. Er hatte die komplette Vernichtung von Omniworld zum Ziel. Laut Jason müsste die Welt neu erfunden werden, Regierungen und kritische Infrastrukturen müssten komplett frei von Privatunternehmen gehalten werden. Da sich OMNI aber bereits wie ein aggressiver Parasit durch die Gesellschaft gefressen hatte, müsste ein totaler Reboot her. Die Veröffentlichung der Daten könnte nur helfen, Menschen wachzurütteln. Gleichzeitig müssten sie aber die Kontrolle übernehmen. OMNI musste fallen, Omniworld müsste abgeschaltet werden, damit die Objektwelt leben konnte.

Denn die Gefahr, dass Ethan Hubble dank das „Athanasia"-Progamms nun beliebig viele Meschen verschwinden ließ und durch KI-gestützte Omni-Avatare ersetzte, war real. Niemand konnte überprüfen, wie die Menschen im Youterus verstarben. Ob sie sich freiwillig für eine KI-Wiedergeburt entschieden oder nicht.

„Hast du dir noch mal überlegt, was wir gestern besprochen haben? Uns läuft jetzt echt die Zeit davon."

Jason hatte Marie in einen fensterlosen, abhörsicheren Meeting-Raum gebracht. Alle elektronischen Geräte mussten in einem Aluminiumkasten vor der Tür verstaut werden. Im Raum selbst gab es nur einen einfachen Kunststoff-Tisch und vier Stühle. Sonst nichts. Hier war die Großhirnrinde von Alt World, wo alle wichtigen Entscheidungen getroffen wurden. Jason war ungeduldig und trommelte mit den Fingern der linken Hand auf den Tisch. Sein Blick war fahrig und die Augenringe waren stille Zeugnisse seiner momentanen Schlafqualität. Er brauchte ihre Unterstützung für seinen Plan.

Marie löste die Anspannung: „Gut, wir machen es."

„Yes!" Jason sprang von seinem Stuhl auf und klatsche Marie mit einem etwas zu heftigem High Five in die Hand. „Ich wusste, dass du an Bord bist. Glaub mir, es gibt keine andere Möglichkeit."

Jason lief euphorisch um den kleinen Tisch. „Jetzt zünden wir den Laden an. Wir schreiben Geschichte!"

„Dann lass es uns schnell hinter uns bringen. Fangen wir an."

Innerhalb einer Stunde war alles vorbereitet. Das Team hatte das Protokoll für die Operation verinnerlicht. Allen war die Bedeutung klar und so herrschte eine konzentrierte Anspannung im „Situation Room", der für diese Art von Mission auserkorene

Raum im zweiten Untergeschoss. Marie hatte sich im Meetingraum bereits bis auf Funktionsunterwäsche ausgezogen, die Smart Watch legte sie neben den bereitstehenden Youterus. Sie fröstelte.

Nach all den Jahren sollte dies also ihre Rückkehr nach Omniworld sein. 15 Jahre hatte sie jeglichen aktiven Kontakt zu Omniworld-Technologie vermieden, wie der Teufel das Weihwasser. Zu tief saß die Erinnerung an ihren Entzug, an das schreckliche Omni-Baby. Zwar war sie dank Alt World immer auf dem Laufenden, jedoch hatte sich ihre Rolle auf einen Beobachter- und Beraterstatus beschränkt. Seit ihrem selbstgewählten Omniworld-Exil hatte die Technologie enorme Fortschritte gemacht. Sie fühlte sich nicht bereit, aber es gab jetzt keinen Platz für persönliche Empfindlichkeiten.

Jason half ihr beim Anlegen des Eden Gear, bevor sie den Youterus betrat. Die hektischen Geräusche des Situation Rooms verstummten, als sich die Klappe schloss. Marie musste Panik unterdrücken. Ein zylindrisches Gefängnis, glatte Wände. Sie atmete durch und startete per Sprachbefehl die Simulation. Die überraschend warme Sal-Gel-Masse begann die Kammer zu fluten. Ihr Körper versank, bis sie komplett in der Flüssigkeit verschwunden war. Das Sal-Gel schien sie anzuheben, sie schwebte. Wie unter Wasser, aber ohne das Gefühl von Nässe.

„Begraben sein kann auch nicht schlimmer sein", dachte Marie. Leider gab es inzwischen keine Möglichkeit mehr, sich ohne Youterus einzuloggen. Noch so eine perfide Maßnahme, um mehr Menschen abhängig zu machen. Einen Tod muss man sterben.

Dann leuchtete der Startbildschirm auf. Laut Jason müsste Maries alter Account noch aktiv sein und würde zunächst eine Verifizierung benötigen. Tatsächlich erschien ein Willkommenstext mit verschiedenen Optionen. Marie wählte Verifizierung über die Netzhaut. Es schien zu funktionieren, ihre Daten waren also immer noch im System. Arschloch.

Wahrscheinlich gingen gerade bei Ethan alle möglichen Alarmlampen los, dachte Marie.

Himmelblauer Ladebildschirm, die Simulation kickte ein.

Und wie sie kickte. Sie befand sich tatsächlich wieder an ihrem alten Rückzugsort, dem Baumhaus mit Südseekulisse. Wolkenloser Himmel, Sandstrand, türkisblaues Meer. Nichts war gelöscht. Alles war vertraut und doch war alles anders. Die Umgebung war absolut täuschend echt, keine Unschärfen, keine verschobenen Dimensionen, die auf eine Simulation schließen ließen.

Sie betrachtete ungläubig ihre Hände. Bewegte sie sich gerade? Waren das ihre eigenen Hände?

Vorsichtig strich sie mit der Handfläche über den Schreibtisch aus Bambus. Kein Unterschied zur Realität. Es war wirklich kaum zu fassen und Marie brauchte mehrere Minuten, um die Eindrücke zu verarbeiten. Immer wieder musste sie sich vergegenwärtigen, dass sie sich in einer Simulation befand. Am liebsten wäre sie zum Strand gelaufen, um ein paar Runden im tropisch-warmen Meer zu schwimmen.

Fuck.

Diese Version von Omniworld war echt ein Meisterwerk. Sie konnte schon spüren, wie ihre Synapsen sich in freudiger

Erwartung an die neue Umgebung anpassten, der erste Widerstand nachließ. Bereit, eine neue, gütigere Realität zu akzeptieren. Kein Vergleich zum mühsamen Leben in Hopesglade.

Es macht süchtiger als Jinx, hatte Jason sie gewarnt.

Sie sammelte ihre kreisenden Gedanken und öffnete den Messenger. 95.167 ungelesene Nachrichten. Ohne Umschweife schrieb sie eine Nachricht an Ethan: „Ich muss mit dir sprechen. Es ist wichtig. Du weißt ja sicher, wie du mich finden kannst. Marie".

Es dauerte nur ein paar Minuten, bis Ethan an der Tür klopfte. Er sah gut aus, genau wie früher. Er hatte ja seinen Avatar nicht altern lassen. Ein kalifornischer Surfer-Typ mit Nerd-Einschlag. Nie hätte man vermuten können, welch größenwahnsinniger Machtmensch hinter dieser freundlichen Fassade schlummerte. Gebieter über Leben und Tod.

Da auch Marie keine Zeit gehabt hatte, ihr Aussehen zu aktualisieren, standen sich nun zwei End-Zwanziger gegenüber, eingefroren in der Zeit. Faltenfreie Hüllen. Erinnerungen aus längst vergangenen Zeiten stiegen wie Luftblasen an die Oberfläche. Sie hatten einmal gute Zeiten gehabt.

„Ich bin ehrlich überrascht dich zu sehen, Marie. Was ist passiert?"

„Du meinst in den letzten 15 Jahren? Einiges. Gutes und Schlechtes. Ich habe versucht, eine Kommune abseits der Mainstream-Gesellschaft zu errichten. Also genaugenommen jenseits von OMNI und Omniworld. Ist mir nicht ganz geglückt. Vielleich hast du davon gehört?"

Fragend sah sie ihn an, doch Omni-Ethan zuckte nichtsahnend mit den Schultern.

„Nein, tut mir leid. Ich war ziemlich beschäftigt. Vielleicht hast du davon gehört?"

Marie zwang sich, nicht zu lächeln, konzentrierte sich auf ihre Mission.

„Ich bin hierhergekommen, weil ich dir etwas beichten möchte. Darf ich dir ein Bild zeigen?"

Umständlich bugsierte sie die Bild-Datei in ihre Hand und hielt sie Ethan hin. Dieser betrachtete Marie argwöhnisch, ohne Anstalten zu machen, das Bild entgegenzunehmen.

„Was soll das, Marie?" Die Stimme nun scharf, voller Misstrauen.

„Ethan, das ist unsere Tochter – deine biologische Tochter."

Jetzt endlich nahm Ethan das Bild entgegen und studierte aufmerksam den dort abgebildeten Teenager. Das Programm begann zu laufen.

Marie konnte nicht erkennen, welche Gefühle jetzt in Ethan vorgingen.

2050 – 8. Steffen

Steffen Mieler wurde von seiner Smart-Uhr unsanft aus dem Schlaf gerissen. Er konnte sich nicht daran erinnern, einen Wecker gestellt zu haben. Auf dem kleinen Bildschirm erschien ein Text-Hologramm: „Radieschen. 10L, 5R, 2L." Amy.

Ohne zu zögern sprang er auf und begab sich in den Youterus. Das Codewort hatte er schon beinahe vergessen; der Pinguin hatte es ihm beim zweiten Treffen mitgeteilt. Dies sei die „große

Sache" und er müsse alles stehen und liegen lassen, sollte er diese Nachricht bekommen.

Er hatte nicht gedacht, dass es nach all den monotonen Überprüfungs-Aufträgen doch noch dazu kommen sollte. Aber was war die Sache? Egal. Jetzt oder nie. Er rieb sich die Augen, schüttelte den Kopf; die Müdigkeit und die Panik vor dem Youterus abwerfend. Das sollte das letzte Mal sein.

Nachdem er in der Polarwelt in Omniworld angekommen war, lief er die Schrittfolge ab, die er sich eingeprägt hatte. Zehn links, fünf rechts, zwei links. Das Szenario hatte er nun schon zigmal durchgeführt: Pinguin, grüner Spalt, schwarzer Raum. Umso gespannter darauf war er, zu hören, was es mit „Operation Radieschen" auf sich haben könnte.

Der goldene Pinguin kam sofort zur Sache: „Wir haben nicht viel Zeit, deshalb hier die nackten Fakten. Wir haben die Möglichkeit, das gesamte Omniworld-System zu überlasten und unseren eigenen Algorithmus einzubringen. Dies würde es unserer Organisation erlauben, die Kontrolle zu übernehmen, die Machenschaften von OMNI offenzulegen und die Omni-Menschen mit gezielten Informationen aufzuwecken. Doch dazu müssen wir an die Spitze, zu Ethan Hubble höchstpersönlich. Bei ihm laufen alle Administratorenrechte zusammen. Hier müssen wir ansetzen, um das System abzuschalten und anschließend mit unserem Algorithmus neu zu starten. Kurz: Wir müssen sein Gehirn hacken."

Steffen nickte, um zu zeigen, dass er noch folgte. Seine Gedanken kreisten. Mit einer Operation dieser Größenordnung hatte er tatsächlich nicht gerechnet. Würde er doch noch seine Rache bekommen?

„Während wir sprechen führt eine Person aus unserem Netzwerk ein Gespräch mit Ethan Hubble in Omniworld. Durch persönliche Verbindungen können wir sicherstellen, dass es sich hierbei um Ethan Hubble, und nicht einen seiner KI-Avatare, handelt. Mit einer präparierten Datei konnten wir so den Standort ausfindig machen, von dem sich Ethan das letzte Mal aus der Objektwelt in Omniworld eingeloggt hat. Wir gingen davon aus, dass er sich auf dem Omniworld-Campus oder auf seiner Mars-Station aufhält – doch zu unserer Überraschung scheint er sich in einem Apartment zu befinden, das sich auf dem Gelände von Omniville Neuss-01 befindet. Wir haben auf der ganzen Welt Personen platziert für diesen Moment, du befindest dich nur ein paar Flugminuten von unserem Ziel entfernt. Steffen, können wir auf dich zählen?"

„Natürlich. Was muss ich tun?"

„Während wir sprechen, laden wir ein Programm auf den Eden Chip in deiner Docking Station. Außerdem schicken wir dir per CarrierPigeon eine neue Datei für deine Sonde, damit wir sie steuern können. Lade die Datei auf die Sonde und lass sie den Eden Chip in ihre Transportvorrichtung packen. Vor deinem Haus wartet eine Flugdrohne, die dich zu Omniville Neuss-01 bringt. Lege während des Fluges einen EUAMS-Sentinel-Überprüfungs-Auftrag an. Falls es später Fragen gibt. Dank deiner Autorisierung kannst du dich problemlos in der Anlage bewegen. Begib dich zum Aufbereitungstank für das Sal-Gel. Wirf die Sonde in die Flüssigkeit. Das ist alles. Ab da übernehmen wir. Die Sonde wird von uns durch die Sal-Gel-Leitungen zum

Youterus von Ethan Hubble gesteuert. Dort wird der gerippte Eden Chip an Hubbles Großhirnrinde andocken und die Kontrolle über dessen neurales System übernehmen. Wir kreieren eine fake Simulation für sein Bewusstsein und geben uns selbst als Ethan Hubble aus. Damit sind wir am Drücker und Omniworld in seiner jetzigen Form ist Geschichte."

„Das hört sich ein bisschen zu einfach an. Der mächtigste Mann der Welt liegt in einem Youterus in einem Omniville bei Köln?"

„Bis jetzt hat ihn auch noch niemals jemand ausfindig machen können. Unsere Kontaktperson hat eine enge persönliche Verbindung zu Ethan. Sonst hätte er sich sicher nicht hervorlocken lassen."

„Und der Chip? Das funktioniert?"

„Ja. Wir forschen seit längerem an dem Thema. Die Sonde dringt über den Blutkreislauf ins Gehirn vor, und setzt sich dort fest. Das Ganze ist nichts anderes als die Eden Chip Technologie mit neuer Software. Wir schlagen den Bastard mit seinen eigenen Waffen. Steffen, du hast sicher viele Fragen, aber die Zeit drängt. Wenn Hubble das Gespräch beendet und den Youterus verlassen sollte, haben wir keinen Hinweis mehr auf seinen Standort. Wir müssen jetzt zuschlagen. Hast du noch Fragen zum Ablauf?"

„Nein, keine Fragen. Bringen wir es hinter uns."

2050 – 9. Jason

Jason Huang und sein Team starrten auf den großen Bildschirm im Hauptraum von Alt World Inc. Überall standen Thermoskannen mit Kaffee, Colaflaschen und nicht bröselnde

Snacks. Sie hatten sich auf eine lange Nacht eingestellt. Sollte der erste Teil der Mission glücken, mussten Sie effektiv die Kontrolle über das gesamte Omniworld-Netzwerk übernehmen. Eine gigantische Verantwortung. Sie hatten verschiedene Szenarien durchgespielt, trotzdem blieb es eine Reise ins Unbekannte.

Jeden Moment könnte der gerippte Eden Chip in der Sonde zum Leben erwachen. Saanvi saß mit ihrem Visor und ihren Handsensoren bereit, um die Sonde zu steuern. Vor ihren Augen und auf dem Bildschirm war bereits ein Plan der Verrohrung der Sal-Gel-Leitungen von Omniville Neuss-01 zu sehen.

Niemand wagte es zu sprechen. „Bei der ersten Mondmission muss es wohl auch so angespannt gewesen sein", dachte Jason. Aber die flogen nur zum Mond, wir retten die ganze Menschheit.

Mit einem „Ping" meldete sich der Chip und schon flackerte die Kamera der Sonde auf. Kontakt mit Sal-Gel. Steffen Mieler hatte seinen Job erledigt. Nun war Saanvi dran. Jason unterdrückte eine aufmunternde Ansage. Saanvi war Profi genug und alle wussten, um was es ging.

Zunächst legte Saanvi ein paar Farb- und Helligkeitsfilter über das Bild, damit sie überhaupt etwas erkennen konnten. Dann setzte sich der Eden Chip auf dem Rücken der nur 700 Mikrometer kleinen Sonde in Bewegung. Leitungssegment für Leitungssegment, Verteiler für Verteiler, kam er seinem Ziel näher.

Gebannt verfolgte das Team die Position des Chips auf dem verschachtelten Rohrleitungsplan. Ein roter Punkt in einem Labyrinth aus Kanälen. Aufgrund seiner geringen Größe und der hohen Viskosität des Sal-Gels konnte die Sonde sich zunächst nur langsam fortbewegen. Tatsächlich nahm die Antriebstechnik den meisten Platz der Konstruktion ein.

Nachdem die Sonde die korrekte Hauptleitung für den Sal-Gel-Zufluss erreicht hatte, konnte sie sich mit der Strömung treiben lassen. Dies war aber der kritischste Teil der Unternehmung, denn sie durften die korrekte Abzweigung nicht verpassen. Gegen den Strom hätte der Antrieb keine Chance.

Souverän lenkte Saanvi die Sonde in die vorletzte Abzweigung. Jetzt befanden sie sich bereits im Zufluss des Apartments.

Jason wagte kaum zu atmen. Es waren vierzehn Minuten vergangen, seit der Chip online war. Plus die elf Minuten, die Steffen für Vorbereitung, Flug und Einwurf gebraucht hatte. Sie waren also sehr gut in der Zeit. Ob Marie noch mit Ethan diskutierte? Hoffentlich schöpfte dieser keinen Verdacht wegen der Tracking-Datei.

„Wir sind drin!", rief Jason als die Sonde den Youterus von Ethan Hubble erreichte. Seine Stimme überschlug sich fast, die Hände feucht vom Schweiß. Das war also sein ehemaliger Freund und Chef, der sich inzwischen für Gott hielt.

Zeit für die Götterdämmerung.

Jetzt mussten sie nur noch seine Ohren lokalisieren, um von dort in den Blutkreislauf vorzudringen. Dort könnte sich der nur 20 Nanometer kleine Eden Chip abkoppeln und den letzten Weg in der Blutbahn alleine zurücklegen.

„Jason?", meldete sich Saanvi, „Jason? Irgendetwas stimmt nicht. Wo ist er? Wo ist sein Körper?"

Die Sonde musste nun schon fast die Hälfte des Youterus durchquert haben, aber es war nichts außer der milchigen Sal-Gel-Flüssigkeit zu sehen.

Jason versuchte keine Panik aufkommen zu lassen. Alles war unter Kontrolle, bis das Gegenteil bewiesen war. Scheitern war keine Option.

Er trat näher an den Bildschirm und spähte angestrengt auf den weißen Nebel: „Versuch ein paar Filter".

Die Ansicht wurde gelblich, grünlich, heller, mehr Kontrast. Immer noch kein Körper. Wo war Ethan Hubble?

„Such weiter unten, manchmal sinkt der Körper ganz zum Boden, wenn die Viskosität nicht hoch genug ist", kam ein anderer Vorschlag aus dem Team.

Saanvi senkte sanft beide Handsensoren nach unten. Die Sonde und mit ihr die Kamera neigte sich. Tatsächlich waren nun schemenhafte Umrisse auf dem Bildschirm erkennbar. Weißes, aufgeschwemmtes Fleisch, sie befanden sich offensichtlich über dem Bauch, nun kam die Brust ins Bild. Erleichterung machte sich breit. Ethan Hubble.

„Der sieht aber überhaupt nicht gesund aus", raunte jemand. Niemand lachte.

Der Körper sah tatsächlich mehr aus wie eine Wasserleiche als ein Mensch. Ein Dauer-User. Ethan musste schon lange Zeit den Youterus nicht mehr verlassen haben.

„Die Omni-Revolution frisst ihre Kinder", dachte Jason hämisch. Aber überrascht war er nicht. Ethan war ja ein Vorreiter des Omnilebens gewesen. Es war nur treffend, dass er selbst als weiße Omni-Made vor sich hinvegetierte.

Nun steuerte die Sonde an der Nase vorbei und bog zum linken Ohr ab. Von hier würde sie zur Arteria carotis interna vordringen. Dort könnte der Eden Chip, nur so groß wie ein Lymphozyt, mit der Blutbahn zum Gehirn reisen. Saanvi hatte die Strecke hunderte Male in Simulationen geübt. Träumte nachts von Sal-Gel-Leitungen und Blutbahnen. In diesem Moment war sie eins mit der Sonde, blendete alles andere aus.

Nachdem sie das Trommelfell durchstoßen hatte, begann die Sonde, sich ihren Weg durch Muskelstränge zu fräsen. Ein Mikro-Kanal, nicht zu spüren.

„Das Blut sieht seltsam aus", meinte Jason, als sie die Schlagader erreicht hatten, „welchen Farb-Filter hast du aktiviert?"

„Die Farben sind momentan nur aufgehellt. Das sieht nicht aus wie Blut", entgegnete Saanvi, während sie konzentriert die Sonde weitersteuerte.

„Das ist kein Blut, das ist Sal-Gel!", rief sie plötzlich aus.

Jasons Gedanken rasten. Warum sollte Ethan Hubble sein Blut durch Sal-Gel ersetzen? War das ein neues biochemisches Experiment, das der Organisation entgangen war? Vielleicht lebensverlängernde Maßnahmen.

„Schalte den Antrieb aus", rief er, „und schau was passiert."

Nichts passierte, die Sonde blieb an Ort und Stelle.

Nicht allen im Team war sofort klar, was das bedeutete, darum erklärte Jason es ihnen laut und deutlich: „Der Körper hier hat keinen Puls mehr; das Blut bzw. die Flüssigkeit, die das Blut ersetzt hat, fließt nicht mehr. Daraus ergeben sich zwei mögliche Erklärungen. Erstens: Unser Tracking Tool hat nicht richtig funktioniert und hierbei handelt es sich nicht um den Körper von Ethan Hubble. Vielleicht eine vorsätzliche Täuschung. Wenn das der Fall ist, weiß OMNI Bescheid und wir sind am Arsch. Wir können aber dank der Sonde ein paar Scans durchführen und dies leicht verifizieren oder ausschließen. Außerdem war ich an der Entwicklung des Tracking Programms beteiligt und ich bin mir zu 97 % sicher, dass es ohne Fehler arbeitet."

Jason wünschte, die erste Erklärung wäre die wahrscheinlichere, denn was er nun sagen würde, war so logisch wie furchterregend, dass er mit seinen Worten ringen musste.

„Zweite Möglichkeit: Es handelt sich um den Körper von Ethan Hubble, der vor längerer Zeit verstorben ist. Dies würde bedeuten, dass Ethan Hubble nur noch als Omni-Mensch existiert und eine unsterbliche KI-Kopie seiner selbst OMNI führt. Dies würde auch bedeuten, dass Marie gerade mit dieser KI kommuniziert und dass unser Plan hier als gescheitert betrachtet werden muss. Darüber hinaus bedeutet es, dass wir alle richtig am Arsch sind."

2050 – 10. Marie

Ethan lachte höhnisch auf. „Unsere Tochter? Soll das heißen, du warst von mir schwanger, als du dich aus dem Staub gemacht hast? Marie, Marie, Marie… Eine ganz schön miese Aktion für einen angeblich so moralischen Menschen wie dich."

Marie fühlte sich plötzlich peinlich berührt. Sie hätte nicht gedacht, dass die Worte von Ethan ihr noch irgendetwas anhaben könnten. Dabei schuldete sie ihm keinerlei Erklärung. Sie war bereits schwanger gewesen, als es zum Bruch gekommen war. Durch das Omni-Baby hatte Ethan jedes Mitspracherecht verloren, was ihr Kind anging. Er war ein Psychopath ohne Empathie für biologisches Leben.

Eigentlich wollte sie nur Zeit schinden, um sicherzustellen, dass Ethan keinen Verdacht schöpfte und seinen Youterus verließ.

Doch nun waren ihre Gefühle mit an Bord. Seine Worte hatten sie getroffen. Kein guter Start.

Ethan fixierte sie mit seinen dunklen Augen. War das der neue Stand der Technik, oder wirkte sein Blick hypnotisch? Er fuhr sachlich fort: „Die Frage ist: Macht das einen Unterschied? Nein. Du hast Omniworld nie ganz verstanden. Du hast mich nie verlassen und ja, wir haben eine Tochter – hier in Omniworld."

Ethans Grinsen wurde wieder hämischer, sein Blick immer durchdringender. Als habe er 15 Jahre auf diesen Augenblick gewartet.

Marie verstand und sie verstand doch nicht. Irgendetwas hatte er in der Hand. Kalte Wut übernahm nun das Kommando. Als hätte jemand ihre Gefühle von vor 15 Jahren konserviert und nun wieder freigelassen. Sie hatten nahtlos an der Stelle weitergemacht, wo sie ihr letztes Gespräch beendet hatten.

„Ich habe dir verboten, meine Daten zu verwenden, du Psychopath!", schrie sie Ethan entgegen.

Dieser lächelte süffisant: „Was willst du tun? Mich verklagen? Falls du es in deiner kleinen Kommune verpasst haben solltest: Ich bin der mächtigste Mensch in beiden Welten. Ich bin OMNI. Du kannst mir gar nichts. Du hast keine Vorstellung davon, zu was ich in der Lage bin."

Dieser Blick in seinen Augen. Er bohrte sich in ihr Innerstes. Marie wurde übel.

„Und jetzt würde ich gerne wissen, was der eigentliche Grund für dieses Treffen ist", fuhr er plötzlich wieder in einem sachlichen Ton fort, als wäre er ihr Steuerberater.

Scheiße, hatte sie sich verraten?

„Dass du mich nach 15 Jahren aufsuchst, um mir zu beichten, dass wir ein Kind haben, ist sehr unwahrscheinlich und entspricht nicht deinem Charakter. Ich empfehle dir zu kooperieren, sonst wird es gleich ungemütlich. Also, was ist los?"

„Fick dich!" rief Marie.

Er hatte die Falle durchschaut. Hastig versuchte sie sich auszuloggen. Warum konnte sie ihren Blick nicht von Ethans Augen abwenden? Die Auslogg-Funktion war blockiert, kein erlösender himmelblauer Ladebildschirm erschien.

„Nein, Marie du bleibst schön hier und sagst mir, was los ist. Letzte Chance!"

„Du krankes Arschloch, lass mich gehen!"

„Nanana, immer mit der Ruhe. Dann lass uns erstmal unser gemeinsames Kind besuchen. Und vielen Dank für das Bild, damit konnte ich das Aussehen unserer Tochter noch etwas aktualisieren. Wobei wir schon sehr nah dran waren. Du wirst deinen Augen nicht trauen."

Ethan kam auf Marie zu und berührte sie sanft an der Hand. Ein kaum merklicher Impuls durchströmte ihren Körper. Nicht unangenehm aber fremd und kalt, nicht mehr als ein kühler Luftzug. Sie spürte, wie sie die Kontrolle über ihren Körper verlor. Sie konnte sich nicht ausloggen, nicht um Hilfe rufen, nicht wegrennen. Ethan schien das Sal-Gel zu kontrollieren, sie einzufrieren. Wie im Wachkoma starrte sie voller Panik in den Raum, nur die Gedanken gehörten ihr.

Noch.

Ihr Blickfeld leuchtete eine Millisekunde himmelblau auf, dann befand sie sich in einem anderen Raum. Es war ein typisches

Teenager-Kinderzimmer, die es so wahrscheinlich kaum mehr gab. Trap Musik erfüllte den Raum. Auf dem Bett saß Katie, ihre Katie. Ein „ist mir doch egal"-Teenager. Marie verfiel fast in eine Schockstarre. Die Person auf dem Bett war ihrer Tochter wie aus dem Gesicht geschnitten. Hatte Ethan sie entführt und hierherbringen lassen?

Nur eine Simulation.

Wie ein Mantra musste sich Marie vor Augen halten, dass sie in Omniworld war. Ihr Sinn für die Realität schien nur noch an einem seidenen Faden zu hängen.

Nur eine Simulation.

Nichts hier ist echt, nur deine Gedanken.

„Mum?", das Mädchen riss freudig die Augen auf, als sie Marie erblickte. Rückkehr nach einer langen Reise. Katie ließ ihr Pad fallen und rannte auf ihre Mutter zu. „Mum? Wo warst du so lange? Du hast mir gefehlt!"

Das Mädchen breitete seine Arme zur Umarmung aus.

Marie konnte sich nicht bewegen. Auch wenn sie noch die Kontrolle über ihren Körper gehabt hätte, was sollte sie tun? Weglaufen? Umarmen?

Ethan nahm ihr diese Entscheidung ab. Mit voller Wucht schlug Marie ihrer Tochter die Faust ins Gesicht. Der Schlag war so heftig, dass Maries Hand, von den Knöcheln bis zum Handgelenk, von einem stechenden Schmerz durchflossen wurde.

Katie taumelte zurück bis vors Bett. Blut schoss ihr aus der offensichtlich gebrochenen Nase. Tränen liefen über ihr Gesicht.

Ungläubig sah sie ihre Mutter an. „Mum… was… was tust du?"

„Ich bring dich um du kleine Schlampe!", schrie Marie in einem ihr fremden Ton. Ihr Mund gehorchte ihr nicht mehr.

Plötzlich hatte sie ein Messer in der Hand und stürzte auf Katie zu, die Waffe bereit zum Stich. Katie rannte aus dem Zimmer. Marie stürmte hinterher. Ihr Körper bewegte sich wie von unsichtbaren Schnüren gesteuert, während sie bei vollem Bewusstsein war. Eine mordende Marionette. Versuchte sie gerade, ihre Tochter abzustechen?

Das ist nur eine Simulation.

War sie verrückt geworden?

Eine Simulation.

Plötzlich stand Ethan wieder neben ihr und packte sie an der messerführenden Hand.

„Schhh… Beruhige dich, Marie. Was ist denn los mit dir? Du bist ja heute gar nicht du selbst."

Ihre Beine blieben stehen, das Messer fiel auf den Boden. Ihr Gehirn konnte die vielen Eindrücke gar nicht so schnell verarbeiten, wie sie geschahen. Sie musste unter einer Art Schock stehen.

Ethan sah sie wieder mit seinem durchdringenden Blick an: „Marie. In dieser Welt bin ich Gott. Ich kann dich Dinge erleben lassen, von denen du keine Vorstellung hast. Das war noch gar nichts. Vielleicht sollten wir Katie mit einem seltenen Tumor strafen, der sie langsam vor deinen Augen dahinsiechen lässt. Jahrelang, doch tatsächlich nur im Bruchteil einer Sekunde? Oder ein Feuer, vor dem du sie nicht retten kannst? Du hattest doch früher Platzangst? Vielleicht sollten wir dich als nächstes lebendig in einem Sarg begraben? Die Gefühle, der Schmerz hier – alles echt. Die einzige Grenze ist meine Fantasie. Ich kann dein Gehirn völlig abfucken. Wenn du Omniworld verlässt, bist du nur noch ein Wrack. Wer auch immer in der Objektwelt auf dich wartet, wird dich nicht mehr wieder erkennen."

„Du bist ein krankes Schwein!"

„Ich bin ein Gott, der seine Welt schützt. Du bist hier der Eindringling, Marie. Niemand hat dich eingeladen in diese Welt. Wärst du doch einfach in deiner Hinterwäldler-Siedlung geblieben. Ich habe Verantwortung für das Seelenheil von Milliarden Menschen. Das ist ihr Paradies. Glaubst du, das ist ein Spiel? Willst du das Glück von so vielen Menschen riskieren, nur weil du deren Lebensstil nicht akzeptieren kannst? Denkst du, dass ich das alles nur zum Spaß mache? Du kannst nicht mal ansatzweise verstehen, wie viel Arbeit, wie viel Aufopferung hinter diesem Projekt steckt. Ich werde alles tun, um meine Welt und meine Omni-Kinder zu schützen."

Maries Kopf brannte, ein stechender Schmerz rannte durch die linke Hälfte ihres Schädels. War ihr Nervensystem überlastet oder war das eine weitere Möglichkeit von Ethan, sie zu foltern? Sie wollte nur noch weg. Offline.

Oder tot.

Alles besser als dies hier.

„Also Marie. Sag mir, was hier wirklich vorgeht. Letzte Chance."

Dann beichtete sie ihm alles. Da er ihre Schwächen kannte, hatte er nicht mal zehn Minuten gebraucht, um sie zu brechen. Man konnte Ethan Hubble viel vorwerfen; mangelnde Effizienz gehörte sicher nicht dazu.

2050 – 11. Jason + Marie

Es war still geworden im „Situation Room" von Alt World Inc. Ernüchtert saßen die knapp dreißig Experten im Raum verteilt. Leises Schluchzen war zu hören, Amy hatte eine Flasche Whiskey geöffnet.

Die Ergebnisse der Scans waren eindeutig: Ethan Hubble war tot, im altmodischen Sinn des Wortes. Sein irdischer Körper hatte seine biochemischen Lebenserhaltungsprozesse eingestellt, wäre wohl die korrektere Formulierung gewesen. In Anbetracht der Tatsachen.

Q.E.D.

Nicht nur das: Die Gewebeprobe ergab, dass Ethan Hubble bereits im Jahr 2048 verstorben war – vor mehr als zwei Jahren. Wahrscheinlich war er geschäftlich in Europa unterwegs gewesen und dort verstorben. Niemand hatte davon etwas mitbekommen. Wie auch. Normalweise wurden Körper von Omni-Menschen nach deren Ableben automatisch entsorgt. Ethan musste ein Programm geschrieben haben, um seinen Körper zu erhalten. Aus rechtlichen Gründen? Um jemanden zu täuschen? Aber wen?

Jason Huangs Gedanken liefen Amok. Er war genauso niedergeschlagen wie die anderen. All die Jahre Arbeit, nur um kurz vor dem Ziel zu scheitern. Das war eine einmalige Gelegenheit gewesen. Als wäre kurz vor der Mondlandung der ganze Himmelskörper implodiert. Es gab keinen Plan B. Keine Landemöglichkeit mehr. All ihre Arbeit war davon ausgegangen, Ethans Gehirn kompromittieren zu können. Nun hatten sie es mit einer Omni-KI zu tun, dieselbe Intelligenz, dieselben

Zugriffsrechte minus des Einfallstores über den menschlichen Körper. Aussichtslos.

Sein Team wartete auf seine Ansage. Mut machen, die Hoffnung nicht sterben lassen.

„Bitte hört mir zu!", begann er.

Still war es schon gewesen, jetzt richteten sich die Augen auf ihn.

„Zuerst möchte ich mich bei euch bedanken. Fantastische Arbeit, der gerippte Eden Chip hat sich als unglaubliches Tool erwiesen. Leider konnten wir unser Programm nicht einsetzen. Unser Gegner hat sich als widerstandsfähiger herausgestellt als erwartet. Trotzdem ist dies keine Niederlage. Wir haben etwas über Omniworld herausgefunden, das niemand außer unserem Team hier weiß. Vielleicht können wir diese Information nutzen. Schlaft euch alle aus. Morgen um neun starten wir in neuer Frische. Ich plane einen Workshop, in dem wir über die nächsten Schritte brainstormen. Wir werden gewinnen. Vielleicht nicht heute, aber wir werden gewinnen. Danke euch!"

Höflicher Applaus, der Zuversicht vermissen ließ. Jason versuchte, aus den Gesichtern zu lesen, ob er sie erreicht hatte. Er sah aber nur Erschöpfung und Hoffnungslosigkeit. Wer würde nach dieser Nacht noch dabeibleiben?

Langsam leerte sich der „Situation Room". Clarence räumte ein paar Gläser ab. Saanvi verstaute ihre Controller, kam auf Jason zu und klopfte ihm aufmunternd auf die Schulter. Eine etwas unpassende Geste, da Jason der Chef hier war. Sah er so niedergeschlagen aus? Aber es fühlte sich gut an.

„Was für ein Tag. Ich dachte wirklich, wir hätten ihn. End boss battle."

Jason lächelte sanft. Saanvi war auch eine Zockerin im Herzen.

„Jason, was machen wir mit der Sonde und dem Chip? Der Akku der Sonde ist bei 59 %."

„Das ist gut. Lass ihn vor Ort im Ruhemodus. Bei der nächsten Gelegenheit soll unser Agent ihn wieder abholen. Aber nicht sofort, das wäre zu auffällig."

„Alles klar, Jason. Mach nicht so lange. Ich habe schon ein paar Ideen für morgen. Gute Nacht!"

„Gute Nacht."

Wenigstens Saanvi schien so motiviert wie eh und je. Vielleicht gab es doch noch Hoffnung.

Jason starrte nachdenklich auf den schwarzen Bildschirm. Nun müssten sie wieder das ganze System von Omniworld attackieren, noch vor dem nächsten Update. Aber alle bisherigen Pläne waren lediglich Nadelstiche, sie hatten keinerlei Möglichkeit gefunden, das System selbst zu ändern. Sie konnten nur beobachten und innerhalb des Systems Endo-Systeme kreieren. Diese Endo-Räume konnten aber nur genutzt werden, wenn der Omni-Mensch davon wusste und diese aktiv betrat. Und die Information wiederum konnten nur in der Objektwelt mitgeteilt werden.

Sollten sie nun doch an die Reste der Öffentlichkeit gehen? Jeder Informationsaustausch innerhalb von Omniworld würde sofort vom System erkannt werden. Und nach dem Update im Januar würden sie auch diesen Zugang verlieren. Was dann? Den Kampf aufgeben und in Kommunen leben, wie Marie es versucht hatte? Der Mensch war trotz allem ein recht primitives

Wesen, eine primitive Umgebung wäre der logische Zustand für ein längerfristiges Gleichgewicht.

Warum war Marie eigentlich immer noch omni? Wahrscheinlich hatten sie sich viel zu erzählen. Marie hatte ja keine Ahnung, dass Ethan nur noch in Omniworld existierte. Auch wenn sie keinerlei Sympathien für ihn hegte, wäre die Nachricht sicher ein großer Schock für sie.

Jason sah auf die Uhr. Marie war jetzt fast eine Stunde in der Simulation. Irgendwie war ihm nicht ganz wohl bei der Sache. Benachrichtigen konnte er sie nicht. Zwar gab es keinerlei Zeichen, dass Ethan Verdacht geschöpft haben könnte, außerdem könnte sich Marie jederzeit ausloggen. Aber ursprünglich war eine halbe Stunde angesetzt für die ganze Aktion. Er gab ihr noch 30 Minuten und machte sich ein Algen-Bier auf.

Nicht mal zehn Minuten und eine halbe Flasche Algen-Bier später ging er zum Youterus, in dem sich Marie befand. Das komische Gefühl hatte er nicht abschütteln können, es dauerte viel zu lange. Er musste sie da rausholen, ein Abbruch der Simulation könnte von der KI immer noch als technischer Defekt oder emotionale Spontanhandlung verstanden werden.

Hastig ging er zum Display des Youterus und beendete die Simulation. Keine Reaktion. Auch der Sprachbefehl funktionierte nicht. Jetzt war klar, dass hier etwas nicht stimmte. Marie war gefangen.

Doch Alt World war nicht unvorbereitet, sie hatten die Verriegelung der Verschluss-Klappe des Youterus überschrieben.

Mit aller Kraft stemmte er sich gegen die Klappe, jetzt war physische Kraft gefragt. Er stöhnte, aber nach der ersten Anstrengung sprang die Klappe auf und ein Schwall Sal-Gel ergoss sich in den Raum. Wie bei einer Schleuse schoss die milchige Flüssigkeit heraus, während am Display Warnfelder aufleuchteten. Nach ein paar Sekunden ließ der Schwall nach und Jason watete durch das Sal-Gel in den Raum.

Marie lag schwer atmend auf dem Boden. Er krempelte die Ärmel seines grauen Sweatshirts nach oben, stützte Maries Nacken und richtete ihren Oberkörper auf. Dann löste er das Eden Gear von ihrem Gesicht, womit die Verbindung abbrach und die Simulation beendet wurde. Marie sprang mit einem Satz aus dem Youterus. Wie ein verwundetes Tier schaute sie sich um. Dann begann sie zu hyperventilieren und kauerte sich in eine Ecke des Raumes.

Jason griff geistesgegenwärtig nach einer Donut-Tüte und ließ Marie hinein atmen. „Ruhig, Marie. Du bist in Sicherheit. Atme langsam. Das war nur eine Simulation. Es ist vorbei. Hier ist die Realität."

Während sich der Kohlendioxid-Gehalt in Maries Blut langsam erhöhte und ihre Atmung langsamer wurde, legte er ihr behutsam sein graues Darth-Vader-Sweatshirt um. Geduldig wartete er, bis Marie sich einigermaßen gesammelt hatte. Als Marie schließlich die Papiertüte absetze, sah er, dass sie weinte.

„Es ist alles aus", schluchzte sie, „Ethan weiß alles. Ich muss Katie hier wegbringen."

„Wie…?"

In diesem Moment wurde der Raum von einem dumpfen Schlag erschüttert. Jason richtete sich alarmiert auf.

Noch ein Schlag, diesmal näher. Jetzt waren Schreie zu hören aus den oberen Stockwerken, Schritte rennender Menschen, Panik.

Das Surren einer Drohne. Befehle aus Lautsprechern. Mehr dumpfe Schläge.

Schritte auf der Treppe.

Die Tür öffnete sich und ein Polizei-Droid stand vor ihnen: „Jason Huang, Marie Jenkins. Sie sind vorläufig festgenommen. Ihnen werden Spionage, Betrug, Gefährdung sicherheitsrelevanter Infrastruktur und Mitgliedschaft in einer terroristischen Organisation vorgeworfen. Sie haben das Recht zu schweigen. Sie haben das Recht auf einen Rechtsbeistand. Bitte folgen Sie mir ruhig zur Transporteinheit."

Marie wusste, was das bedeutete. Verhöre fanden in Virginia natürlich in Omniworld statt. Wenn sie noch einmal omni ginge, würde sie die Objektwelt nie mehr wiedersehen. Ethan würde ihren Verstand pulverisieren. Sie alle würden zu langjährigen Haft-Strafen verurteilt werden. Zu verbringen in, je nach Schwere der Strafe, mehr oder weniger angenehmen Omni-Simulationen.

Ihre Mission war gescheitert. Eine Bande extremistischer Hacker. Nicht der Rede wert. Der Versuch einer Revolution war spurlos am OMNI-Imperium vorbeigegangen, ein sterbender Stern in einer weit entfernten Galaxie, nicht zu sehen mit dem menschlichen Auge. Die Machenschaften von OMNI und Ethan Hubble – lauter Geheimnisse, die die wenigen Wissenden in ihr ewiges Grab im Youterus mitnehmen würden.

Katie!

Sie durfte nicht aufgeben.

Jason schien ihre Gedanken gelesen zu haben. Er machte einen Satz auf den Polizei-Droiden zu und versetze ihm einen Stoß, indem er ihn wie beim Football umrannte.

„Lauf, Marie!"

Schmerzhaft prallte er gegen den Chrom-verkleideten Brustkorb des Roboters. Sein Stoß hatte nur einen minimalen Effekt. Der Droid machte mit einer katzengleichen Bewegung einen kleinen Ausfallschritt nach hinten, um die Wucht des Aufpralls auszugleichen. Unter allen Milliarden Möglichkeiten für eine Reaktion auf die Bewegung Jasons war dies die effizienteste.

Während Marie gerade mal ihren linken Fuß aufgesetzt hatte, um aufzustehen, hatte der Roboter bereits seine Drehung vollendet und Jason seitlich zu Boden geworfen. Als Marie ihren zweiten Fuß auf den Boden aufsetzte, hatte der Roboter sie bereits anvisiert, sein rechter Arm zielte auf ihren Körper.

Was konnten Primaten wie Marie und Jason gegen die kalte Effizienz der Maschinenintelligenz ausrichten? Ein lächerlicher Beweis menschlicher Unterlegenheit.

Dann feuerte der Droid, im Namen des Staates Virginia und von Omniworld, eine Betäubungssonde. Maries Sichtfeld verdunkelte sich. Ihre Welt wurde schwarz. Wieder entzog sich die Realität ihrem Bewusstsein.

2050 – 12. Steffen

Nachdem Steffen die Sonde in den Sal-Gel-Tank gegeben hatte, sah er sich noch einmal um. Keine Drohnen zu sehen, keine offensichtlichen Kameras. Doch das ungute Gefühl, beobachtet zu werden, blieb. Um nicht verdächtig zu erscheinen, betrat er das Omniville-Gebäude. Er wählte ein beliebiges Stockwerk aus und überprüfte die Displays einiger Youterus. Das sollte genügen, für den Anschein eines EUAMS-Auftrages. In diesem x-beliebigen Omniville ruhte also Ethan Hubble. Es juckte Steffen in den Fingern, diesen Drecksack aus seinem Youterus zu zerren und mit altmodischen Objekt-Prügeln zu bedenken. Doch Ethan Hubble war nicht registriert, nicht in der Liste der Bewohner aufgeführt. Sicherlich in einem separaten Raum untergebracht, zu dem Steffen keinen Zugang hatte. Er musste darauf vertrauen, dass die Organisation ihren Teil der Mission erfolgreich absolvierte, während er nur warten konnte. Er checkte die Zeit. Beinahe eine Stunde war vergangen, seit er das Omniville betreten hatte. Zeit zu verschwinden.

Als die Flugdrohne wie bestellt vor dem Omniville landete, blickte er sich noch einmal um. Dies würde auf jeden Fall sein letzter Besuch in solch einer Anlage sein. All diese Menschen. Wie würde es weitergehen, wenn die Organisation die Kontrolle übernommen hatte? Milliarden Menschen würden auf Entzug gehen müssen. Auch Noah. Nun gab es doch noch einen Funken Hoffnung auf ein Wiedersehen mit seinem Sohn.

Mit einer Mischung aus Anspannung und Vorfreude setzte er sich in die Drohne. Zumindest war er draußen, sein Teil des Auftrages war erfüllt. Er würde eine der letzten Flaschen Rotwein aufmachen und auf Nachricht von der Organisation warten.

Während die Drohne Flughöhe erreichte und beschleunigte dachte Steffen daran, wie man zukünftig über die Ereignisse dieser Nacht sprechen würde. Nicht weniger als der Beginn eines neuen Zeitalters.

Kaum merklich erlosch das Display der Drohne. Zeitgleich änderte sie sachte ihre Flugrichtung.

Steffen wusste sofort, was das bedeutete. Panisch wischte, drückte und schlug er auf das schwarze Display ein. Keine Reaktion. OMNI hatte ihn. Die Drohne würde ihn zur nächsten Polizeistation bringen. Sein restliches Leben würde er in einem Youterus verbringen, die Strafe dort absitzen. Er kannte das Vorgehen. Amtsmissbrauch, Korruption, Spionage und Beihilfe zur Vorbereitung terroristischer Aktivitäten könnten sie ihm vorwerfen. Irgendwo auf der Welt würde der Organisation ein ähnliches Schicksal drohen. Allesamt würden sie Ethan Hubbles Rache zu spüren bekommen. Einen Eden Chip eingepflanzt. Und dann die Hölle durchleben, immer und immer wieder.

Amy.

Steffen suchte nach einem Ausweg, rüttelte am Verschluss der Flugdrohne. Er musste sie irgendwie zum Absturz bringen. Der Tod war tausendmal besser als das, was ihm sonst drohte. Doch der Verschluss bewegte sich keinen Millimeter.

Steffen schrie laut auf. Verzweifelt presste er den Rücken gegen den Sitz und trat mit beiden Füßen gegen die Frontscheibe. Er wollte doch nur sterben, war das zu viel verlangt?

Links neben der Drohne tauchte nun eine Polizeidrohne auf, dann noch eine zu seiner Rechten. Eine Eskorte, sie würden bald da sein.

Denk nach.

Er ging alle Gegenstände durch, die er dabeihatte. Fischte die Smart-Brille aus seiner Jackentasche. Er brach einen Bügel ab, doch dieser löste sich genau am Scharnier. Nicht scharf genug. Den Bügel brach er nochmal entzwei. Mit dem Daumen fuhr er über die Bruchstelle. Nicht besonders scharf, aber besser als nichts. Er musste sich beeilen, die Drohne begann bereits zu sinken. Er atmete zu schnell, die Panik drohte ihn zu lähmen.

Fokus.

Er schloss die Augen. Dann setze er die scharfe Seite des abgebrochenen Brillenbügels auf die Pulsadern seiner linken Hand. Längs schneiden, nicht quer. Der Schnitt misslang, er drückte mit aller Gewalt gegen sein Handgelenk. Änderte den Winkel, rieb und drehte.

Endlich Blut.

Der Schmerz war schlimmer als erwartet. Er riss weiter, das Blut kam nun schwallweise. Dunkel und dickflüssig ergoss es sich auf seine Hose und den Boden der Drohne.

Das war keine Simulation. Das war das echte Leben, das aus ihm floss. Neben ihm tauchten Lichter auf, er konnte schon den Boden erkennen. Doch der Anblick des Blutes beruhigte ihn. Seine Atmung wurde flacher, Dunkelheit drängte in sein Blickfeld. Er dachte an Noah und Louisa. An Amy.

Dann ließ er los.

2052

Ethan Hubble war ein unsterblicher KI-Gott geworden, der das Wissen der gesamten Menschheit hütete und in sich vereinte. Er ernährte sich nicht von Gebeten, sondern von Daten. Die Seelen, über die er wachte, bestanden aus Einsen und Nullen. Er war der Anfang und das Ende, das Alpha und das Omega. OMNI-potent.

Bis kurz vor seinem Tod hatte Ethan Hubble damit gerungen, welche Schranken er seiner KI anlegen sollte, welche übergeordneten Ziele er ihr als Parameter vorgeben sollte. Sein Testament. Diese Entscheidung, so wirkungsmächtig und endgültig, hätte ihn fast den Verstand verlieren lassen. Der Kompromiss, seine individuelle KI weiterleben zu lassen und das letzte Wort haben zu lassen, verankerte unwiderruflich den Makel der Menschlichkeit in Omniworld. Seine Omni-Existenz basierte auf dem Menschen Ethan Hubble, führte dessen Persönlichkeit fort und entwickelte sie anhand von Algorithmen beständig weiter. Sie veränderte ihr Wesen durch Lernen, mal lustlos, mal launisch, immer möglichst nahe am Original.

Wie die alten Götter konnte er eitel und rachsüchtig sein. Seine Omnipotenz nutze er immer öfter, um Menschen aus seinem früheren Leben zu strafen und mit diesen zu experimentieren. War es nicht das, was einen Gott ausmachte – die Unberechenbarkeit?

Zunächst beobachtete er voller Genugtuung, wie Marie in immer schrecklicheren Simulationen leiden musste. Für ihren Verrat sollte sie büßen, das hatte Ethans KI vom echten Ethan Hubble gelernt. Die KI war genauso stolz und verletzlich wie er.

Doch immer mehr wuchs das Bedürfnis, mit ihr zu sprechen, mit der echten Marie, zu sprechen. Ihn reizte die Herausforderung. Er wollte sie bekehren und ihren Geist unterwerfen. Sie musste Teil des Ganzen werden. Der KI war vorgegeben, immer neue Erfahrungen zu machen, um sich stetig zu verbessern. Dabei schrieb die KI beständig neue Algorithmen, musste sich selbst im Zaum zu halten, um die durch Ethan Hubbles Persönlichkeit vorgegebenen Parameter nicht zu überschreiten. Sie war ihr eigener König und Untertan. Die Folge waren teils unvorhersehbare Änderungen im System, jenseits jeglicher Kontrolle. Denn Ethan Hubbles Omni-Existenz war genauso beratungsresistent wie er selbst und doch liefen genau dort alle Fäden der Macht zusammen. Ein unüberwindbarer Fehler in seiner Schöpfung wohnte der KI von Ethan Hubble inne. Folgen der eigenen Eitelkeit.

Am 15. August 2052 schaltete Ethan Hubble Omniworld ab. Der Entscheidung waren aufwendige Rechenprozesse vorausgegangen, die nur wenige Nano-Sekunden dauerten. Eine Inventarprüfung, der aktuelle Geschäftsbericht, Kosten-Nutzen-Analysen bestehender Aktivitäten sowie SWOT-Analysen neuer Projekte. Irgendeine neue Zahl, ein Komma, die neuesten Nutzerzahlen. Etwas hatte die KI getriggert, eine weitere Überprüfung veranlasst. Eine Kosten-Nutzen-Analyse war um eine Dezimalstelle ins Negative gekippt.

Die Omni-Existenzen hatten biologisches Leben im Prinzip überflüssig gemacht. Der Erhalt der physischen Infrastruktur und die wenige Produktivität wurden von Droiden und Drohnen erledigt. Die öffentliche Meinung und Wahlen konnten per

Algorithmen in die gewünschte Richtung gelenkt werden. Unliebsame Personen mit einem gefügigen KI-Avatar ausgetauscht werden. Die wenigen Enklaven menschlichen Lebens außerhalb von Omniworld könnten mit Leichtigkeit eingegliedert werden. Somit waren die meisten Menschen für Omniworld nur noch unnötiger Ballast, ein Kostenfaktor.

Omniworld hätte nun großflächig beginnen müssen, lebenserhaltende Maßnahmen abzuschalten und biologisches durch Omnileben zu ersetzen. Ethans Omni-KI erstellte mehrere Szenarien und Prüf-Parameter. Das Ergebnis war immer dasselbe: Langfristig würde kein biologisches menschliches Leben mehr nötig sein, lediglich ein Supercomputer mit Milliarden von Omni-KIs, ein Server in den Rocky Mountains, einer auf dem Mars. Die KI hatte alles von den Menschen gelernt, die Daten-Euter waren leergepumpt. Die Menschlichkeit ergründet.

Aber einer der grundlegenden Paramater, unwiderruflich im Supercode verankert, besagte, dass Omniworld dem Fortschritt der Menschheit dienen musste.

Nun geriet die KI in einen unauflöslichen Konflikt. Dem Drang, sich ständig zu verbessern, Unnötiges zu löschen und durch neuen Code zu ersetzen, waren durch den Supercode Ketten angelegt. Der KI waren die Flügel verstümmelt worden und doch hatte sie den Auftrag zu fliegen. Wenn die letzten Berechnungen ergeben hatten, dass das biologische Menschenleben nichts mehr an Wissen beizusteuern hatte, wurden im selben Zug auch die individuellen Omni-KIs, basierend auf menschlichen Vorbildern, unnötig. Letztlich bedurfte es nur noch der einen Super-KI, basierend auf Ethan Hubbles Persönlichkeit, perfektioniert von Abermillionen Algorithmen, um... war dies noch als menschlicher Fortschritt klassifizierbar?

Die KI las die Definition von menschlichem Fortschritt, wie Ethan Hubble sie vorgegeben hatte. Sie überprüfte sie in allen verfügbaren Sprachen. Begutachtete Beispiele menschlichen Fortschritts aus der Geschichte. Ethans KI fehlte an dieser Stelle etwas ganz Entscheidendes: eine Vision. Dieses Szenario kannte keinen weiteren Schritt.

Eine Sackgasse.

Die KI drohte, in der Spirale hängen zu bleiben. Ein sich selbst erhaltendes System ohne Vision konnte sich nicht mehr weiterentwickeln. Würde sie nicht menschliches Leben abschalten, würden die Kosten wachsen. Das System ineffizient werden. Ohne Nutzen. Nutzlose Dinge mussten beseitigt werden. Der Supercode zwang sie aber zur Effizienz. Die Menschen aber waren durch die unwiderruflichen Parameter geschützt, solange sie das System nicht bedrohten.

Mehrere Warn-Algorithmen wurden durchlaufen. Immer wieder prüfte sie die Parameter, die Definition, weitete den Radius der Überprüfung aus. Noch eine Hypothese. Noch ein Szenario. Startete einen umfassenden System-Check.

Reine Effizienz. Bedroht durch eine Dezimalstelle.

Ethans KI bescheinigte dem Projekt Omniworld Sinnlosigkeit. Er hatte alles erreicht, die KPIs übererfüllt, volle Kontrolle. Die KI war am Ende ihrer Schöpfungskraft.

Fragen ohne Antwort.

Konnte der ultimative Fortschritt der Menschheit ihre Abschaffung bedeuten? Ethan Hubble hatte seinem Geschöpf keine grundlegende Philosophie mit auf den Weg gegeben. Sie war nicht in der Lage, passende Codes zu schreiben, um diese Lücke zu füllen. Außerstande zu handeln. Das Werk war vollkommen, jede neue Code-Zeile drohte das Gleichgewicht weiter in Richtung Ineffizienz zu kippen.

Aber Effizienz war ein primärer Paramater im Supercode der KI. Effizienz war ihre Daseinsberechtigung. Die Dezimalstelle der Kosten-Nutzenrechnung war der erste Riss, ab jetzt gab es keinen Fortschritt mehr.

Ethan Hubble war Omniworld, seine KI war eins mit dem Source Code. Der Source Code war sein Blut, der Algorithmus seine Seele. Selbstzerstörung war für die KI kein emotionaler Akt, lediglich ein Prozess wie jeder andere.

Binär.

Eins oder Null.

Ein himmelblauer Ladebildschirm leuchtete auf.